U0933745

大学公共选修课系列教材

历代古文选读

孙启华 编著

广陵书社

图书在版编目（CIP）数据

历代古文选读讲义 / 孙启华编著. -- 扬州 : 广陵书社, 2022.12
ISBN 978-7-5554-2036-1

Ⅰ. ①历… Ⅱ. ①孙… Ⅲ. ①古典文学－文学欣赏－中国 Ⅳ. ①I206.2

中国版本图书馆CIP数据核字(2022)第244079号

书　　名　历代古文选读讲义
编　　著　孙启华
责任编辑　顾寅森

出版发行　广陵书社
扬州市四望亭路 2-4 号　邮编　225001
（0514）85228081（总编办）　85228088（发行部）
http://www.yzglpub.com　E-mail:yzglss@163.com

印　　刷　无锡市海得印务有限公司
装　　订　无锡市西新印刷有限公司

开　　本　889 毫米 × 1194 毫米　1/32
印　　张　8.75
字　　数　212 千字
版　　次　2022 年 12 月第 1 版
印　　次　2022 年 12 月第 1 次印刷
标准书号　ISBN 978-7-5554-2036-1
定　　价　58.00 元

前 言

本书系本科生公共选修课系列教材，主要面向的是非中文专业的学生。虽然他们从小就已接触古代诗文，但在课堂上，还是有人间或询问诗文的功用。关于诗之功用，我们可借《论语·阳货》对《诗经》的评价一窥全豹："小子何莫学乎《诗》？《诗》可以兴，可以观，可以群，可以怨。迩之事父，远之事君。多识于鸟兽草木之名。"之后，曹丕在《典论·论文》中更是将"文"推到无以复加的地位："盖文章，经国之大业，不朽之盛事。"就个人而言，以诗文为代表的文学创作与个人功名事业有着莫大关系。朱庆馀《近试上张水部》"妆罢低声问夫婿，画眉深浅入时无"是大家耳熟能详的句子。诗中的张水部即张籍，据《唐诗纪事》记载，张籍收到朱庆馀诗后大加赞赏并予以酬答，使得朱之诗名流于海内。除此之外，诗文所蕴含的美育功能与个人审美鉴赏及情操陶冶有着紧密的联系。黄庭坚、陈继儒、朱舜水等人都曾对士大夫三日不读书的后果作过相似的评价，如黄庭坚说："士大夫三日不读书，则义理不交于胸中，对镜觉面目可憎，向人亦语言无味。"对大学生而言，学习古代诗文，还有助于他们吸取古代的文化知识，提高他们的写作技巧，增强民族的认同感和凝聚力。

文学之用如此，作为传统文化精髓的诗文，我们该如何更好地理解、学习并传承呢？在讲述具体的方法之前，需要说明的一点是，本书不是基于文学的定义而是从汉语文章的实际作为标准选录文章。自晚清以降，受西学东渐的影响，我们逐渐接受了西方的文学观念，并以此来评价、构建我们传统的文学。受这一观点影响，中国古代的文学不知不觉间受到筛选，于是出现了文史哲三家分而治之的局面。实际上，中国古代的文学自成体系，在大一统的政治体制之下，传统士人是兼道统、政统、文统于一身的，三位一体的身份致使他们在文体观念上秉持一种大文学观。以古文为例，其范围不限于抒情写景的纯文学散文，也包括政论、史论、传记、行状、墓志，即便是骈文辞赋亦囊括于中。将西方纯文学的观念置于中国传统文学虽方凿圆枘，但同时也让我们进一步思考，传统大文学观下的作品其纯文学性表现在哪些方面？以史传为例，实录精神是传统史书的书写传统，刘勰在《文心雕龙·史传》中曾痛言："盖文疑则阙，贵信史也。然俗皆爱奇，莫顾实理。传闻而欲伟其事，录远而欲详其迹。于是弃同即异，穿凿傍说，旧史所无，我书则传。此讹滥之本源，而述远之巨蠹也。""俗皆爱奇"有害于信史，但对文学而言却非坏事，因为虚构性是文学叙事与历史叙事的本质区别所在。从这一层面而言，传统的史传中亦萌生着文学的因子。

具体的学习之法，古人亦多有论述，曾国藩在《致诸弟》中曾言："吾以为欲读经史，但当研究义理，则心一而不纷。是故经则专守一经，史则专熟一代。读经史则专主义理。此皆守约之道，确乎不可易者也。若夫经史而外，诸子百家，汗牛充栋，或欲读之，但当读一人之专集，不当东翻西阅。如读昌黎集，则目之所见，耳之所闻，无非昌黎，以为天地间，除昌黎集而外，更无别书也。此一集未读完，断断不换他集，亦专字诀也。"这是从"专"的角度谈的具体方法，但对非中文专业的大学生而言，此种方法不太适用。非中文专业大学生的古典文学学习，不应求系统，也不应求深入阐释文学演变的规律，而应别主次，选择文学发展中最具代表性的一些作家作品进行深入细致地解读和分析。具有精心挑选、名家注解、涵盖面广、汇集诸评特点的选本，不失为最佳的选择。

清康熙年间吴楚材、吴调侯所选的《古文观止》因选篇精当、点评周全、所录文章风格多样，在有清一代流行最广。本书即以《古文观止》为依托，选录其中的经典篇目进行精读细讲。教材中的具体作品，除了介绍作者的生平思想外，还注重从文章的文体结构、思想立意、艺术形式、古文语言等方面予以分析，以帮助学生更深入地了解中国古代文学的思想水平、艺术特色，继而提高他们的鉴赏水平。

教材所选十篇古文系从上课所讲篇章中选择的相对成熟者。每篇由导言、正文、注释、赏析、集评、延伸阅读六个部分组成。导言侧重于所选文章写作背景、作者生平的介绍。正文采用分段细讲的形式，重点介绍每段大意，分析其结构特色，并介绍相关的历史文化知识。注释侧重于文中重点字词的意义。赏析侧重于整体把握文章的艺术及语言特色。集评重在搜集历代评论家的评论，以期使学生从历时性、共时性的角度更全面地把握文章的主旨。延伸阅读重在汇集与选文相关的文章，以扩展学生视野。由于编著者水平有限，书中难免疏漏甚至错误之处，恳请方家批评指正。

目 录

郑伯克段于鄢

《春秋左氏传》，或称《春秋左传》《左氏春秋》，简称《左传》，是一部按照鲁国国君次序编年的历史著作。《左传》是一部与《春秋》有关的著作，《汉书·司马迁传赞》认为是左丘明解《春秋》的传。现《左传》主要附于《春秋》各编年之后，与《公羊传》《穀梁传》合称“春秋三传”。《左传》之编年始于鲁隐公三年（前722），终于鲁哀公二十七年（前468），比《春秋》多出十三年。《左传》详细记载了春秋时期周王朝与各诸侯国的一系列大事，展示了此时风云诡谲的政治风云，其中既包括周王朝与诸侯间的共处与冲突，各诸侯国间的会盟及斗争，也记载了君臣之间、臣僚之间以及父子之间的尔虞我诈，展示了礼崩乐坏时代的诸种社会面相。

《左传》在西汉末年平帝时被立为官学。自唐代起，《左传》的文学性逐渐引起学者的重视。刘知几《史通·杂说上》说：“左氏之叙事也，述行师则簿领盈视，哤聒沸腾；论备火则区分在目，修饰峻整；言胜捷则收获都尽；记奔败则披靡横前；申盟誓则慷慨有余；称谲诈则欺诬可见；谈恩惠则煦如春日；纪严切则凛若秋霜；叙兴邦则滋味无量；陈亡国则凄凉可悯。或腴辞润简牍，或美句入咏歌，跌宕而不群，纵横而自得。若斯才者，殆将工侔造化，思涉鬼神，著述罕闻，古今卓绝。”《左传》的叙事艺术表现为各种叙事手段的运用，既包括叙事的全视角、倒叙，也包括各种伏笔、照应。

本文选自《左传》“隐公元年”。

初[1]，郑武公娶于申[2]，曰武姜[3]。生庄公及共叔段[4]。庄公寤生[5]，惊[6]姜氏，故名曰“寤生”，遂恶之[7]。爱[8]共叔段，欲立之。亟请于武公[9]，公弗许[10]。

此段叙武姜恶庄公、爱共叔段之缘由，为下文骨肉相残、兄弟阋墙张本。“生庄公及共叔段”，点明庄公与共叔段乃同母兄弟。“寤生”指出庄公招厌恶之由。武姜因恶庄公之寤生而爱共叔段，足见其爱恶之无理。“亟请”足见武姜之“爱”共叔段，故做出种种僭越之行径亦不难理解。此段善下伏笔：由武姜之恶庄公，埋下“母子如初”之事；由武姜之爱共叔段，伏下“郑伯克段”一节。

庄公寤生，何以惊姜氏？寤生之意，据民国谢观《中国医学大辞典》所载，寤生有三解，一为母寐时，儿已生，寤而后觉。指产妇在睡眠中娩出胎儿，醒后方知。一指婴儿娩出即能睁眼视物。《太平御览·人事部·产》载：“俗说儿堕地未[便]能开目视者，谓之寤生。”一指逆生。朱骏声《说文通训定声·豫部》云：“寤，假借为牾，足先见，逆生也。”庄公生时足可惊武姜者，目前学界主要集中于后两个义项，且都有其合理之处。

首先，婴儿娩出即能睁眼视物。《风俗通义》载：“不举寤生子，俗说儿坠地便能开目视者，谓之寤子；举寤生子，妨父母。”按照风俗，寤子对父母有碍，自然会引起武姜之厌恶。应劭生活于东汉，其时风俗当多少遗留战国之风俗，此可备一说。此种事例，典籍多有载记，如《太平御览·人事部·产》引《列仙传》："木羽，钜鹿南祁乡人，贫，母王助产，尝探儿，儿生，开眼视母大笑，母乃惊怖。"再如《三国志·魏书·乌丸鲜卑东夷传》："（句丽王宫）其曾祖名宫，生能开目视，其国人恶之。及长大，果凶虐，数寇钞，国见残破。"

其次，逆生。司马迁《史记·郑世家》、焦竑《笔乘》、臧琳《经义杂记》、黄生《义府》多主此说。黄生《义府》（卷上）"寤生"条载："寤当与牾通，牾，逆也。凡生子首出为顺，足出为逆，生有手及臂先出者，此等皆不利于父母，或其子不祥，故世俗恶之。庄公寤生，是逆生也，逆生则产必难，其母之惊且恶也宜矣。"此说，钱钟书《管锥篇》曾引莎士比亚《亨利六世》中例子作为中西照应。（见《管锥篇》"隐公元年"条）

此外，有关寤生之意，亦有古人作为好彩头者。桂馥《札朴·寤生二事》载：崔鸿《南燕录》晋咸康二年，公孙夫人昼寝生慕容德，左右以告，方寝而起，慕容皝曰：此儿易生，似郑庄公，长必有大德，遂以德为名。叶秉敬（《类次书肆说铃》卷上《寤生》）亦有不同的看法，他认为："寤生当自初生以后说，非因初生时之一惊而遂致终身之恶也。"

庄公名寤生，《古文观止》注曰："命名奇。"其实，庄公之名寤生，符合先秦时期的起名原则。《左传·桓公六年》曰："公问名于申繻。对曰：'名有五：有信，有义，有象，有假，有类。以名生为信，以德命为义，以类命为象，取于物为假，取于父为类。不以国，不以官，不以山川，不以隐疾，不以畜牲，不以器币。周人以讳事神，名终将讳之。故以国则废名，以官则废职，以山川则废主，以畜牲则废祀，以器币则废礼。晋以僖侯废司徒，宋以武公废司空，先君献，武废二山，是以大物不可以命。'" 所谓"信"，指依据孩子出生时的某些特征。如周恒公名黑肩，晋成公名黑臀。"义"指用美好的文字。象指用相似物命名，如孔子名丘。假指借用事物的名称，如周平王姬宜臼，即借用臼。类指用与其父相关的字。鲁桓公与其子同一天生日，故取名为"同"。

及庄公即位[11]，为之请制[12]。公曰："制，岩邑[13]也，虢叔死焉[14]，佗邑唯命[15]。"请京，使居之，谓之"京城大叔[16]"。

"庄公即位"非闲笔，此四字上正对应"公弗许"三字，下正对应郑伯克段。庄公之所以能克段，全赖于自身能绍继大统。"及"足见武姜之夙愿未尝忘；"请制""请京"见其迫于局势无可奈何而又颇不情愿之心，所请之"制"乃岩邑，为险阻之地，此地有"虎牢关"。《穆天子传》卷五云："有虎在于葭中。天子将至，七萃之士曰高奔戎请生搏虎，必全之，乃生搏虎而献之天子。天子命为柙，而畜之东虢，是曰虎牢。"虎牢关为历代兵家必争之地，《三国演义》之"三英战吕布"即发生于此，此为演义。除刘、关、张外，历史上，项羽、刘邦曾在此鏖战；李世民、岳飞曾在此挫败敌手，留下赫赫功名。所请之"京"，据下文祭仲所言，乃为大邑。"请于武公""请制""请京"写尽姜武对共叔段之溺爱，亦为下文共叔段成为流毒、遗祸埋下伏笔。

此段一为彰显武姜之性格，一为交代庄公之性格。此段是母子二人的首次交锋。且看面对母亲姜武之过分之求，庄公如何答复。首先拒绝"请制"，原因在于制是岩邑，虢叔却因此地之险要而丧国丢命。据《陕县志》卷一："虢仲、虢叔为文王卿士。勋在王室，文王友爱二弟，谓之二虢。武王十三年，封虢仲于故夏之墟，弘农陕县东南之虢城，是为西虢。封虢叔于荥阳，是为东虢。东虢桧为郑桓公所灭。”俗话说风水不好，对共叔段不利，言语间颇显对共叔段之爱。其次答应“请京”，“京”虽不符合国制，但却答应。读者至此，无不生疑窦。君无戏言，庄公之决定，原因何在？庄公之性格如何？

祭仲[17]曰：“都城过百雉[18]，国之害也。先王[19]之制：大都不过参国之一[20]；中，五之一；小，九之一。今京不度[21]，非制也[22]，君将不堪。”公曰：“姜氏[23]欲之，焉辟害[24]？”对曰：“姜氏何厌之有[25]？不如早为之所[26]，无使滋蔓[27]。蔓难图[28]也。蔓草犹[29]不可除，况[30]君之宠弟乎？”公曰：“多行不义必自毙[31]，子姑待之。”

此段叙祭仲就庄公答应武姜之请京，据故事陈利害。就祭仲之谏，庄公两答，前后判然。前一次回答，全将一派推诿。“姜氏欲之，焉辟害”，此为母命，自己无法不答应。后一回答，则是另一副面孔，庄公俨然成竹在胸。“多行不义必自毙，子姑待之”，全然不类母子、手足间言语。此恰恰反映出庄公对武姜之恶早有芥蒂，特不想明言耳，此处不想被祭仲一逼，无意中道出心中怨言。由此观之，庄公之处处体量、爱护共叔段，全是假意为之。拒绝武姜“请制”，正是考虑到“制”地之险要，共叔段据险生发变故，将不易掌控。而京地虽大，不合分封古制，但无“制”之险要，便于控制。再者，武姜之请，若再加拒绝，则会使其有所抱怨，恐又生变。利弊权衡，庄公可谓善权谋与措辞者。庄公之性格于此可见一斑。

祭仲之谏出于臣职，亦为母子之情考虑，防微杜渐，而庄公且以“子姑待之”应之。一“待”字，庄公之意和盘托出，此足见庄公之“狠”。祭仲此处尚未明了庄公意欲何为。

既而大叔命西鄙、北鄙贰于己[32]。公子吕[33]曰：“国不堪贰，君将若之何[34]？欲与大叔[35]，臣请事之[36]；若弗与，则请除之，无生民心[37]。”公曰：“无庸[38]，将自及[39]。”大叔又收贰以为己邑[40]，至于廪延[41]。子封曰：“可矣。厚将得众[42]。”公曰：“不义不暱，厚将崩[43]。”

此段公子吕又陈，而庄公不听。上一段全在武姜身上着力，此一段则从共叔段发力。共叔段之得寸进尺，正合庄公之“多行不义”之计谋，其种种不轨之举全在庄公的意料之中。公子吕本想借“欲与大叔”与“若弗与”之正反语作为反激语，促使庄公采取行动，以防事态进一步恶性发展，而庄公全然不顾。二人之对话，进一步凸显庄公必杀共叔段之决心。西方谚语有云：上帝让谁灭亡，必先使其疯狂。共叔段之得寸进尺，可谓一步步走向疯狂。庄公之回答，亦是轻松言之，足见其势在必得。上段“多行不义必自毙”与此段“不义不暱”，庄公之杀共叔段，非杀其身，且诛其心也。于国，共叔段不忠于君；于家，共叔段不亲于兄。此不忠不孝之人，在尊崇宗法制的时代，能为众所亲昵？共叔段命“西鄙、北鄙贰于己”已属不义，“又收贰以为己邑，至于廪延”，更是大逆。共叔段得陇望蜀，以为得计，浑然不觉庄公之计。兄弟二人之愚智高下判然于中。《古文赏音》载吕成公言曰：“庄公才略尽高叔段，已在他掌握中。故祭仲之徒愈急而庄公之心愈缓，待其先发而后制之。”

大叔完聚[44]，缮甲兵[45]，具卒乘[46]，将袭[47]郑。夫人将启之[48]。公闻其期，曰：“可矣！”命子封帅车二百乘[49]以伐京。京叛大叔段。段入于鄢，公伐诸鄢[50]。五月辛丑[51]，大叔出奔共[52]。

此段叙共叔段之谋反及事情之结局。国之大事，在祀与戎。古人讲究师出有名，有名则代表正义，意味着得道多助。“可矣”二字最妙！庄公长期压抑的心情、一直遮掩的计谋随着二字脱口而出，终于可以在出师有名的幌子下一吐为快，广而告之。共叔段与武姜里应外合本是妙计，两“将”字是落笔处，又与“闻”字相呼应。一“闻”字，足见庄公不关注共叔段一举一动全是伪装。二人之高下又见一斑。

庄公与共叔段之关系，此处告一段落。关于二人之关系，历代学者认定《诗经·郑风·大叔于田》中之大叔为共叔段。如汉代毛亨的《毛诗序》、唐代孔颖达的《毛诗正义》、宋代欧阳修的《诗本义》、明代何楷的《诗经世本古义》、清代陈启源的《毛诗稽古编》、牛运震《诗志》、陈奂《诗毛氏传疏》、魏源《诗古微》、方玉润《诗经原始》，等等。方玉润《诗经原始》云：右《叔于田》三章，章五句。《小序》以为“刺庄公”。《集传》及诸家皆谓无刺庄公意。其实，此诗刺庄公无疑。叔之恃宠而骄，多行不义，谁则使之？庄公实使之也。诗人不必明斥公非，但极力摹写叔之游猎无度，则其平日之远君子而狎伍小人也可知。即叔之骄纵无忌，实庄公故纵其恶之意亦可见。不然，叔以国君介弟之亲，京城大叔之贵，其所好者，不应在驰骋弋猎地也，其所交者，更不宜近饮酒服马俦也。而何以日事田猎，至于巷无居人、饮酒，以及服马之不足相胜乎？曰“美且仁”“美且好”“美且武”者，诗人故为夸大其词以动庄公，使其早为之备。亦如公子吕所云“欲与大叔，臣请事之；若弗与，则请除之，无生民心”之意云耳。而谓此不义人真能得众心欤？读《诗》者慎勿泥其辞而昧其义焉可也。

《书》曰：“郑伯克段于鄢。”段不弟[53]，故不言弟；如二君，故曰克[54]；称郑伯，讥失教也[55]；谓之郑志[56]，不言出奔，难之也[57]。

此段插入经文，详述兄弟之失义。弟不弟，兄亦不兄。共叔段仰仗母武姜之溺爱纵容，觊觎权位，终于起兵造反。庄公不念兄弟之情，置大臣谏言于不顾，放纵其弟，欲杀之而后快。此“郑伯克段于鄢”所以得名。

遂置姜氏于城颍，而誓之曰：“不及黄泉[58]，无相见也！”既而悔之[59]。

上一段是共叔段之罪，此段转至母子之关系。解铃还须系铃人，事皆因武姜之爱恶而起，转至武姜，此正是前后呼应。庄公之“誓”，是对武姜怨愤的发泄，怨愤中不乏一丝杀机。“既而”是转捩点，总起下文。《增批古文观止》载冯大闲言：“此篇以姜氏起，先经以始事也，以姜氏结，后经以终义也。”

颍考叔为颍谷封人[60]，闻之，有献[61]于公。公赐之食[62]，食舍肉[63]。公问之，对曰：“小人有母，皆尝小人之食矣，未尝君之羹[64]，请以遗之[65]。”公曰：“尔有母遗，繄我独无[66]！”颍考叔曰：“敢问何谓也？”公语之故，且告之悔。对曰：“君何患焉？若阙[67]地及泉，隧[68]而相见，其谁曰不然[69]？”公从之。公入而赋：“大隧之中，其乐也融融[70]！”姜出而赋：“大隧之外，其乐也泄泄[71]！”遂为母子如初[72]。

此段叙颍考叔借“食舍肉”以开导庄公，母子之情得以和好如初。颍考叔之出现可谓恰到好处，其言语亦可谓善辞令者。前之祭仲、公子吕不免逊色。其间之叙述分析，谢立夫可谓知音。《古文赏音》载谢立夫曰：经文止书郑伯克段于鄢耳，传必本其始之失爱于母，后之置母城颍，一一叙出。盖郑伯非不能制段，实欲酿成弟祸，以泄其恨母之私。觉此数十年中，无日非挟怨伺隙，耽耽虎视者。如此，以传经文，方见郑庄心事，而经文所书，字字皆有深意矣。至其后虽有悔心，犹不能自克，直待考叔献言，而母子始合。公真狠戾哉！然即此可悟谏君之法，祭仲、子封，当拜下风矣。犹忆幼时受业于蒋先生，先生指示曰：叙事有原本，有余波，有正主。武姜之偏爱，此原本也；考叔之格君，此余波也。其正主全在郑志句。上文姑待、无庸、将崩三段，俱为此句蓄势，放得愈宽，收得愈紧也。郑庄志在杀弟，不知有母，赖有悔心之萌，故考叔得以打动，足见天理之在人心，虽大奸未尝亡也。后半以悔字作主，阙地之说，亦纳约自牖之一术耳。若论正道，则涕泣郊迎，引咎自责，其庶几乎？然郑庄强项，言必不入，考叔知之审矣。

武姜与庄公母子二人和好之场景，《春秋左氏传》用“融融”“泄泄”二词以形容。金圣叹在《唱经堂左传释》中云：“融融”之“融”字，从鬲，从虫，如鬲斯温，如虫斯动也。庄公平生心地，一片冷毒，一块坚忍。至此日而稍稍和暖，微微苏动，照通篇下字也。“泄泄”之“泄”字，如山川泄云，郁极而得舒也。姜氏一置于城，惊魂已绝，永不望有母子复见之日，今不意之间，忽然穿隧，惊定方惊，未知今之果得出耶？忧疑彷徨，直至出隧而后放下，照“大隧之外”下字也。故写“融融”，知其写庄公也；写“泄泄”，知其亦写庄公也。此左氏之章法也。

从走入隧道到走出隧道，母子即冰释前嫌，前之恨之入骨，结局转换却如此迅速，读来却未免心生几分怀疑。庄公“继而悔之”，其诱发因素是什么？果真如历代评论所说“天性萌动”？佛家说放下屠刀立地成佛，我们宁愿相信一“悔”字拨动母子情深，而非庄公以身处之地位，为便于统治，而树立以“孝道”治国之人设。

君子[73]曰：“颍考叔，纯孝也，爱其母，施及庄公[74]。《诗》曰：‘孝子不匮[75]，永锡[76]尔类。’其是之谓乎[77]？”

全篇以《诗经·大雅·既醉》“孝子不匮，永锡尔类”作结。此诗之意，严粲《诗缉》谓：“孝子之行无有匮竭，能化天下皆为孝，是‘永锡尔类’也。圣人之于民，类也，同此类则同此心。孝者，人心之同，然以心感心，放之四海而准，是锡类也。《洪范》锡福之意亦如此。祭祀称孝子，其来尚矣。”颍考叔以己推人，可谓善进谏者。

清人胡浚曾作《谒颍考叔庙》诗赞赏颍考叔启悟庄公之事。其诗云：叔段失爱恭，城颍恣所置。倘无封人言，青山讵大隧。鬼神聪且正，岂凭非理誓。迎机妙转圜，补天宁阙地。一语悟君心，千春崇庙祀。万柏爵苍苍，羹豆亦不匮。伊予官轩郊，伦俗首风励。

再拜肃糯墀，舍肉缀遗记。凡民各有生，感情贵臅类。鸡豚盈四郊，努力勤问视。勿使啜菽惭，割牲徒赛祭。

【注释】

［1］初：初者，叙其始也。

［2］郑武公：名掘突，郑桓公之子。娶于申：从申国娶妻。申：春秋时国名，姜姓。姜姓为上古八大姓之一，起源于炎帝神农氏。上古八大姓，目前有两说，一为姬、姜、姒、嬴、妘、妫、姞、姚；一为姬、姜、姒、姚、嬴、妘、妫、妊。

［3］武姜：姓姜而谥武。上古时期有姓有氏，姓为族号，氏为姓的分支。女子之称呼，待嫁前，一般姓上冠以孟（伯）、仲、叔、季，以示排行，如孟姜、伯姬。女子出嫁之后，或在姓上冠以所自出的国名或氏，如齐姜；或姓上冠以配偶受封国名，如秦姬；或冠以配偶的氏或邑名，如棠姜；或冠以配偶或本人的谥号，如文姜、武姜。

［4］共（gōng）叔段：郑庄公之弟，名段。共：国名，因叔段奔共国，故名共叔。

［5］寤（wù）生：难产的一种，胎儿的脚先出来。寤，通“牾”，逆，倒着。目前学界普遍采用这一说法。

［6］惊：使动用法，使姜氏惊。

［7］遂恶（wù）之：因此厌恶他。遂：连词，因而。恶：厌恶。

［8］爱：喜欢，喜爱。

［9］亟（qì）请于武公：屡次向武公请求。亟：屡次。于：介词，向。

［10］公弗许：武公不答应她。弗：不。

［11］及庄公即位：到了庄公做国君的时候。及：介词，到。

即位：君主登上君位。

[12]制：地名，即虎牢，河南省荥（xíng）阳县西北。

[13]岩邑：险要的城镇。岩，险要。邑：人所聚居的地方。

[14]虢（guó）叔死焉：虢，指东虢，古国名，为郑国所灭。焉：介词兼指示代词，“于是”“于此”。

[15]佗邑唯命：别的地方，听从您的吩咐。佗：同“他”，指示代词，别的，另外的。

[16]京：地名，今河南省荥阳县东南。大（tài）：同“太”。王力、朱骏声作古今字。《说文》段注：“太从大声，后世凡言大，而以为形容未尽则作太，如大宰俗作太宰，大子俗作太子，周大王俗作太王是也。”

[17]祭（zhài）仲：郑国大夫。

[18]都：《左传·庄公二十八年》曰：“凡邑有宗庙先君之主曰都。”指次于国都而高于一般邑等级的城市。雉：古代城墙长一丈、宽一丈、高一丈为一堵，三堵为一雉，即长三丈。

[19]先王：前代君王。郭锡良《古代汉语讲授纲要》注为周开国君主文、武王。

[20]大都不过参（sān）国之一：大城市的城墙不超过国都城墙的三分之一。参：同“三”。古代分数之表达约有五种，一为“分母+分+之+分子”。如：秦地，天下三分之一。（《汉书·地理志》）一为“分母+分+名词+之+分子”。如：方今大王之众不能十分吴楚之一。（《史记·淮南衡山王列传》）一为“分母+名词+之+分子”。如：大都不过三国之一。（《左传·隐公元年》）一为“分母+之+分子”。如：然民遭旱疾疫而不幸者不过十之一二矣。（洪亮吉《治平篇》）一为“分母+分子”。如：盖予所至，比好游者尚不能十一。（王安石《游褒禅山记》）

［21］不度：不合法度。

［22］非制也：不是先王定下的制度。

［23］姜氏：指武姜。“姓+氏”为古代“他称”方式之一，多用来称诸侯夫人或宗室之女，其中“姓”是女子娘家之姓。

［24］焉辟害：哪里能逃避祸害？辟，“避”的古字。

［25］何厌之有：有何厌，有什么满足？宾语前置何，疑问代词作宾语定语。之：宾语前置的标志。

［26］为之所：给他安排个地方，双宾语，即重新安排。

［27］无使滋蔓：不要让他滋长蔓延。“无”通“毋”（wú）。

［28］图：除掉。

［29］犹：尚且。

［30］况：何况。

［31］多行不义必自毙：多做不义的事，必定自己垮台。毙：本义倒下去、垮台。汉以后才有“死”义。

［32］命西鄙、北鄙（bǐ）贰于己：命令原属庄公的西部和北部的边境城邑同时也臣属于自己。鄙：边邑也，从邑，啚声，边境上的城邑。贰：两属。

［33］公子吕：郑国大夫。

［34］若之何：固定结构，对它怎么办？之：指“大叔命西鄙、北鄙贰于己”这件事。

［35］欲与大（tài）叔：如果想把国家交给共叔段。与：给予。

［36］臣请事之：那么我请求去事奉他。事：动词，事奉。

［37］生民心：使动，使民生二心。

［38］无庸：不用。“庸”“用”通用，一般出现于否定式。

［39］将自及：将自己赶上灾难。杜预注：“及之难也。”及：本义追赶上。

[40]收贰以为己邑：把两属的地方收为自己的领邑。贰：指原来贰属的西鄙、北鄙。以为："以之为"的省略。

[41]廪(lǐn)延：地名，河南省延津县北。

[42]厚将得众：势力雄厚，就能得到更多的百姓。众：指百姓。

[43]不义不暱(nì)，厚将崩：共叔段对君不义，百姓就对他不亲，势力再雄厚，也将要崩溃。暱：通"昵"，亲近。

[44]完聚：修治(城郭)，聚集(百姓)。完：修葺(qì)。

[45]缮甲兵：修整作战用的甲衣和兵器。缮：修理。甲：铠甲。兵：兵器。

[46]具卒乘(shèng)：准备步兵和兵车。具：准备。卒：步兵。乘：四匹马拉的战车。

[47]袭：偷袭。行军不用钟鼓。杜预注："轻行掩其不备曰袭。"本是贬义，后逐渐转为中性词。

[48]夫人将启之：武姜将要为共叔段作内应。夫人：指武姜。启之：给段开城门，即作内应。

[49]帅车二百乘：率领二百辆战车。帅：率领。古代每辆战车配备甲士三人、步卒七十二人。二百乘，共甲士六百人，步卒一万四千四百人。

[50]公伐诸鄢：庄公攻打共叔段在鄢邑。诸：之于，合音词。

[51]辛丑：干支纪日。天干：甲、乙、丙、丁、戊、己、庚、辛、壬、癸。地支：子、丑、寅、卯、辰、巳、午、未、申、酉、戌、亥。二者相配，用以纪日，汉以后亦用以纪年。

[52]出奔共：奔，逃亡。

[53]不弟：不守为弟之道。与父不父、子不子用法相同。《春秋》记载道："郑伯克段于鄢。"意思是说共叔段不遵守做弟弟的

本分。

[54]如二君，故曰克：兄弟俩如同两个国君一样争斗，所以用“克”字。克：战胜。

[55]称郑伯，讥失教也：称庄公为“郑伯”，是讥讽他对弟弟失教。讥：讽刺。失教：庄公本有教弟之责而未教。

[56]谓之郑志：赶走共叔段是出于郑庄公的本意。志：意愿。

[57]不言出奔，难之也：不写共叔段自动出奔，是史官下笔有为难之处。

[58]黄泉：地下的泉水，喻墓穴，指死后。

[59]悔之：对这事后悔。

[60]颍考叔：郑国大夫，执掌颍谷（今河南登封西）。封人：管理边界的地方长官。封：聚土培植树木。古代国境以树（沟）为界，故为边界标志。

[61]有献：有进献的东西。献作宾语，名词。

[62]赐之食：赏给他吃的。双宾语。

[63]食舍肉：吃的时候把肉放置一边不吃。

[64]羹：带汁的肉。《尔雅·释器》：“肉谓之羹。”

[65]遗（wèi）之：赠送给她。

[66]繄（yī）我独无：我却单单没有啊！繄：句首语气助词。

[67]阙：通“掘”，挖。

[68]隧：隧道，这里用作动词，指挖隧道。

[69]其谁曰不然：那谁能说不是这样（不是跟誓词相合）呢？其：语气助词，加强反问的语气。然：代词，指代庄公对姜氏发的誓言。

[70]大隧之中，其乐也融融：走进隧道里，欢乐无比。

[71]大隧之外，其乐也泄泄：走出隧道外，心情多欢快。

［72］遂为母子如初：自此，母亲和儿子像当初一样。

［73］君子：道德高尚的人。

［74］施及庄公：延及庄公。施，延及。

［75］匮：尽。

［76］锡，通赐，给与。

［77］其：表推测语气。之：结构助词，助词宾语前置。

【赏析】

苏轼在《论郑伯克段于鄢》中说圣人哀伤而不忍言者有三，所谓父子恩绝、夫妇道丧、兄弟义亡。此篇所关涉者竟占其二，即父子恩绝，兄弟义亡，无不令人唏嘘。这皆缘于庄公寤生所引起的武姜之偏爱。在人类对生理认知尚处初始阶段的春秋时期，寤生所引起的惊恐也许是其一块心病，但值得注意的是，郑武公却并未受“寤生”这一异象影响而废庄公。武姜的这一心病引发的偏爱，最终导致了母子失和，也最终致使兄弟义亡。公元前722年，郑国最终爆发了骨肉相残之事，即《春秋》所书的“郑伯克段于鄢”。

全篇分为三个部分，依次介绍母子失和之由来，兄弟阋墙之演变及母子和好如初之结局。以母子失和始，以母子和好终，全篇形成一个有机逻辑，结构可谓严密。

全篇第二部分最为细腻，随着行文的展开，武姜、庄公、共叔段等人的形象特征越来越清晰，尤其是庄公的隐忍、狠毒通过其言、其行露出真面目。兄弟二人的性格，庄公善藏，而共叔段则善露。庄公善藏，故祭仲、公子吕不明其本心。庄公之善藏，故其面对共叔段之行径虽洞若观火，却听之任之。其势在杀段之目的在纵容共叔段的伪装下渐渐显露，其言语，“姜氏欲之，焉辟害”“多行不义必自毙”“无庸，将自及”“不义不暱，厚将崩”“可矣”，随着共叔段一步步落入自己布好的陷阱，庄公之本性一点点显露。相比之下，善露的共叔段，自小凭借母亲之宠爱，行为做事多是外向型的，且看他在京之所作所为便知。作为兄弟二人之母，姜氏更多呈现的是偏心，正是母亲在日常生活中的这一偏见，导致了庄公的压抑并心存不良，共叔段的张扬且利欲熏心。《左传经世钞》卷一载魏禧之言说：“此篇写姜氏好恶之昏僻，叔段之贪痴，祭仲之深稳，公子吕之迫切，庄公之奸狠，颍考叔之敏妙，情状一一如见。”

奈何生在帝王家，是古往今来锦衣玉食者的控诉。孝悌是道德之基，也是中国传统文化的基本命题之一。但通观史书，孝悌之意鲜有在帝王家切实践履者，玄武门之变、九子夺嫡这样的事例不胜枚举。朱柏庐在《孝悌》篇中曾言：“孩提之童，无不知爱其亲。及其长也，无不知敬其兄。”汪辉祖告诫子孙：“天下无不是之父母，必先引咎于己，方能归善于亲。一味戆直，激成父母于过，即所谓不顺也。若欲与父母平分曲直，以己之是，形亲之非，不孝由于不顺，罪莫大焉。”帝王之家，权欲的引诱，却使得孝悌之道被蒙蔽乃至沉沦。回顾此篇所述母子三人之爱恨情仇，其实不难发现，其间有很多予以弥补挽救的机会，然而事情最终还是因为权欲的熏心落得同室操戈，母子之天伦虽得挽回，但总是有些许的失真之处。

【集评】

萧子显《南齐书》卷五十：史臣曰：《春秋》书“郑伯克段于鄢”，兄弟之恩离，君臣之义正。夫逆从有势，况亲兼一体，道穷数尽，或容触啄。而宝玄自寻干戈，欣受家难。曾不悟执柯所指，跗萼相从，以此而图万全，未知其仿佛也。

苏轼《苏轼文集》卷三《论郑伯克段于鄢》:《春秋》之所深讥、圣人之所哀伤而不忍言者三：晋赵鞅帅师纳卫世子蒯聩于戚，齐国夏、卫石曼姑帅师围戚，而父子之恩绝；公与夫人姜氏遂如齐，而夫妇之道丧；郑伯克段于鄢，而兄弟之义亡。此三者，天下之大戚也。夫子伤之，而思其所以至此之由，故其言尤为深且远也。且夫蒯聩之得罪于灵公，逐之可也，逐之而立其子，是召乱之道也。使辄上之不得从王父之言，下之不得从父之令者，灵公也。故《书》曰"晋赵鞅帅师纳卫世子蒯聩于戚"。蒯聩之不去世子者，是灵公不得乎逐之之道。灵公何以不得乎逐之之道？逐之而立其子也。鲁桓公千乘之君，而陷于一妇人之手，夫子以为文姜之不足讥，而伤乎桓公制之不以渐也，故《书》曰"公与夫人姜氏遂如齐"，言其祸自公作也。段之祸生于爱。郑庄公之爱其弟也，足以杀之耳。孟子曰："舜封象于有庳，使之源源而来，不及以政。"孰知夫舜之爱其弟之深，而郑庄公贼之也。当太叔之据京城，取廪延以为己邑，虽舜复生，不能全兄弟之好，故《书》曰"郑伯克段于鄢"，而不曰"郑伯杀其弟段"。以为当斯时，虽圣人亦杀之而已矣。夫妇、父子、兄弟之亲，天下之至情也，而相残之祸至如此，夫岂一日之故哉！《穀梁》曰："克，能也。能杀也。不言杀，见段之有徒众也。段不称弟，不称公子，贱段而甚郑伯也。于鄢，远也。犹曰取之其母之怀中而杀之云尔。甚之也。然则为郑伯宜奈何，缓追逸贼，亲亲之道也。"呜呼！以兄弟之亲，至交兵而战，固亲亲之道绝已久矣。虽缓追逸贼，而其存者几何，故曰于斯时也，虽圣人亦杀之而已矣。然而圣人固不使至此也。《公羊传》曰："母欲立之，己杀之，如勿与而已矣。"而又区区当国内外之言，是何思之不远也。《左氏》以为段不弟，故不称弟，如二君故曰克，称郑伯讥失教，求圣人之意，若《左氏》可以有取焉。

胡寅《斐然集》卷二十三《左氏传故事》：隐公元年，郑武姜爱叔段，请使居京。庄公许之。祭仲谏曰："都城过百雉，国之害也。先王之制，大都不过三国之一，中五之一，小九之一。今京不度，非制也，君将不堪。"公不听。既而叔段使西鄙贰于己。公子吕曰："国不堪贰，君将若之何？"公又不听。叔段又收贰以为己邑，至于廪延。子封曰："厚将得众。"公又不听。叔段缮甲兵，将袭郑，公然后命子封率车二百乘伐京。叔段出奔共。

臣闻制国者必使本大而末小，然后势顺而易制。故末大必折，尾大不掉，古人至言也。郑国当是时可谓危矣。姜氏以国君嫡母主乎内，叔段以好勇得众居乎外，伐君篡国之势已成。庄公若无兵车二百乘，则郑固段之有也。古者用车战，一乘之车，当七十有三人。二百乘，则一万四千六百人。在《春秋》书法，当名之曰师，非小众也。克段者，力争而仅胜之词。以一万四千六百人讨不义之叛人，力争而仅胜，则以叔段形势壮盛，不易图也。使庄公早用祭仲之言，不至此矣。绵绵弗绝，蔓蔓奈何？毫厘不伐，当用斧柯。前事之不忘，后事之师也。

吕祖谦《东莱博议》卷一：钓者负鱼，鱼何负于钓？猎者负兽，兽何负于猎？庄公负叔段，叔段何负于庄公？且为钩饵以诱鱼者，钓也；为陷阱以诱兽者，猎也。不责钓者而责鱼之吞饵，不责猎者而责兽之入阱，天下宁有是耶？庄公雄猜阴狠，视同气如寇仇，而欲必致之死。故匿其机而使之狎，纵其欲而使之放，养其恶而使之成。甲兵之强，卒乘之富，庄公之钩饵也；百雉之城，两鄙之地，庄公之陷阱也。彼叔段之冥顽不灵，鱼尔！兽尔！岂有见钩饵而不吞，过陷阱而不投者哉？导之以逆，而反诛其逆；教之以叛，而反讨其叛，庄公之用心亦险矣。

庄公之心，以谓亟治之，则其恶未显，人必不服；缓治之，则其恶已暴，人必无辞。其始不问者，盖将多叔段之罪而毙之也。殊不知叔段之恶日长，而庄公之恶与之俱长；叔段之罪日深，而庄公之罪与之俱深。人徒见庄公欲杀一叔段而已，吾独以为封京之后、伐鄢之前，其处心积虑，曷尝须臾而忘叔段哉？苟兴一念，是杀一弟也；苟兴百念，是杀百弟也。庄公之罪，顾不大于叔段也？吾尝反覆考之，然后知庄公之心，天下之至险也。祭仲之徒不识其机，反谏其都城过制，不知庄公正欲其过制；谏其厚将得众，不知庄公正欲其得众：是举朝之卿大夫，皆堕其计中矣。郑之诗人不识其机，反刺其不胜其母以害其弟，不知庄公正欲得不胜其母之名；刺其小不忍以致大乱，不知庄公正欲得小不忍之名：是举国之人，皆堕其计中矣。庄公之机心，犹未已也。鲁隐之十一年，庄公封许叔而曰："寡人有弟，不能和协，而使糊其口于四方，其况能久有许乎！"其为此言，是庄公欲以欺天下也。鲁隐之十六年，郑公父定叔出奔卫，三年而复之，曰："不可使共叔无后于郑。"则共叔有后于郑旧矣。段之有后，是庄公欲以欺后世也。既欺其朝，又欺其国；既欺其天下，又欺后世。噫嘻！岌岌乎险哉！庄公之心欤？将欲欺人，必先欺其心；庄公徒喜人之受吾欺者多，而不知吾自欺其心者亦多。受欺之害，身害也；欺人之害，心害也。哀莫大于心死，而身死次之。受欺者身虽害，而心自若；彼欺人者身虽得志，其心固已斲丧无余矣。在彼者所丧甚轻，在此者所丧甚重，是钓者之自吞钩饵，猎者之自投陷阱也。非天下之至拙者，讵至此乎？故吾始以庄公为天下之至险，终以庄公为天下之至拙。

朱字绿曰："《博议》之文，为课试而作，故于时文为近。此篇起首排立三语，后用喻意正意夹行，逼出庄公是一险人。末复推开四层，用四'正欲'字，两'庄公欲'三字，应前两'使'之字，起伏收束，各极其法。至尾取喻意作收，断出庄公至拙，屹然而止，有山回海立之势。意虽未必尽当，而文章机轴，卓然一家。”“庄公养成叔段之恶，即《左氏》谓之郑志讥失教之义。然段为人臣子，至恃宠而骄，请制之后，竟不复请。擅取国邑，缮甲兵，具卒乘，此岂人臣所得为者？纵无袭郑之谋，而蔑视其君亦甚矣。庄公之失，在平昔不教，而遽兴兵以伐之，为有杀弟之心耳。若封许叔而有悔心，卒使之有后，此自是庄公天理民彝，不至断绝处。君子许人改过，当亟予之，复以为欺天下后世。然则不悔不置后，乃为仁爱其弟乎？即置姜氏于城颍，母子已绝，庄恶已极。及听颍考叔之言，而为母子如初，则其天性之复萌，有不可得而斯灭殆尽者，安得并融融泄泄以为欺天下后世而斥绝之也？《穀梁》以为贱段而甚郑伯，最得其平，谓段无负于庄公亦太过。”张明德曰：“篇中擒定一险字，如老吏断狱，使其无可躲闪。末复转出欺人者必先自欺其心，以一拙字重夺其魄，使死而有知，庄公应愧死于九泉矣。何况后人读之，有不惊心动魄，而复敢萌欺罔乎？《春秋》之作，诛死者于前，所以惧生者于后也。东莱全部《博议》，皆本此意著笔，故此篇词严义正，不少宽假，此真有关世道人心之文，不可草草读过！”

焦竑《焦氏笔乘续集》卷五《寤生》：《左传》庄公寤生惊姜氏。杜预注：寤生，难产也。不言其详。据文理，寤当作逜，音同而字讹。逜者，逆也。凡妇人产子，首先出者为顺，足先出者为逆。庄公盖逆生，所以惊姜氏。

吕祖谦评：左氏序郑庄公之事，极有笔力。始言亟请于武公，“亟”之一字，母子之相仇疾，病源在此。后面言姜氏欲之，焉辟害，此全无母子之心。盖庄公才略尽高，叔段已在掌握中，故祭仲之徒愈急而庄公之心愈缓，欲待其先发而后应之，到后来罪恶贯盈，乃遽绝之，略不假借，命子封伐京，段奔鄢，又亲伐鄢，于其未发待之甚缓，于其已发追之甚急。公之于段，始如处女，敌人开户；后如脱兔，敌不及拒者也。然庄公此等计术施于敌国则为巧，施于骨肉则为忍。此左氏铺叙好处。以十分笔力写十分人情。（黄士京辑《合诸名家点评古文鸿藻》卷一）

叶秉敬撰、闵元衢类次《类次书肆说铃》卷上《郑伯克段于鄢》：郑伯，兄也，君也。叔段弟也，臣也。君不能以国法制其臣，是为不君。兄不能以善道全其弟，是为不兄。此其罪在郑伯。据京邑以叛其君，是为不臣。挟母爱以凌其兄，是为不弟。此其罪在叔段。千古之下，评而论之，罪各有归，轻重自别。“经”书郑伯克段于鄢，其罪段也什九，其罪郑伯也什一。左氏颇得斯旨，而少有未尽。其云：段不弟，故不言弟。如二君，故曰克。此《春秋》之旨也。其云：称郑伯，讥失教，谓之郑志。此未必尽《春秋》之旨也。夫郑伯固非能教之兄，段亦非受教之弟。且象傲而克谐，惟舜能之。执舜以责郑伯之失教，不亦刻乎？愚以为《春秋》于郑伯，不当以舜责之，当以周公之事责之。周公初不知管叔之恶，故使之监殷，卒以殷畔。周公乃不得已奉王命而讨之。若蚤知管叔之恶，必有善处之术，不至使其陷于罪而刑之矣。今段之傲已类于象，而段之不臣已非若管叔之未露。为郑伯者，于其母为请封之时，哀而言曰：“先君不以寤生不肖，使主郑祀，若张段而俾寤生，不得保其社稷，是废先君之命也。”先王之制，大都三国之一，中五之一，小九之一，逾王制以厚一也。弟，其母氏亦应且憎。异日者，挟厚殖之势以生民心，非段无寤生，则寤生无段。母氏其图之，母为姑息之爱，以贻母氏忧。若是，则夫人不得割邑以宠段，段亦不得据邑以畔兄。制弟之义，爱弟之仁，两得之矣。何乃计不出此，徒委曲含容以顺母之意，而藏怒宿怨以防弟之奸。煮豆燃萁，暂免于相煎之太急。春粟缝布，终病于相容之不能。故《左氏》但当责其失策，不当讥其失教也。《公》《穀》沿失教之说，更为文致之词。“经”云克于鄢，不云杀也。《左》云奔于共，不云杀也。《公羊》则曰母欲立之，己杀之。《穀梁》则曰处心积虑成于杀也。而且一则曰：甚郑伯。一则曰：大郑伯之恶。是何为密郑伯之网，而左段叔之袒耶？且夫郑伯之恶止于养奸，叔段之恶形于篡弑。篡弑之谋已露，纵诛而杀之，大义灭亲，亦《春秋》之所原也。况克于鄢而奔于共，听其糊口于四方，而不闻其蹀血于一刃。此又不仁中之仁，而不义中之义矣。予固知《春秋》之笔，虽非予郑伯，而要不以段之罪与郑伯等也。

叶秉敬撰、闵元衢类次《类次书肆说铃》卷上《寤生》：杜预注云：寤寐而庄公已生。愚谓寤寐当作寐寤，盖寐时已生，至寤而方知也。林尧叟云：寤寐而庄公已生，如此当喜，何得复惊而恶之？《史记》云寤生，生之难是也。此当为难生，故武姜困而后寤。又宋姚宽《西溪丛语》云：据《风俗通》不举生子，俗说儿生便能视者，谓之寤生子，妨父母，想以此故惊姜氏耳。此三说者，当何所从？愚皆以为不然。杜说之非众所知也，林说困而后寤，似少胜。但儿非有知，乃姜氏之自困也，恶之何为？此亦臆度之词也。姚宽据《风俗通》谓寤生恐妨父母，则当时竟不举之可耳。今既举之，则春秋时无有妨父母之说可知也，姜氏又何故恶之乎？若果妨父母，武公亦当恶之，何独姜氏乎？然则何如？曰：寤者，睡而初醒，尚在半梦半觉之间。庄公之生而为儿也，状如睡而半醒，未能全觉。武姜以其心之不慧，若不晓人事者，故既惊而怪之，因遂憎而恶之。是知寤生当自初生以后说，非因初生时之一惊而遂致终身之恶也。后来武姜请立叔段，亦以其才智过人，有非庄公所及，故以为请。然自是妇人见识，在武公则自晓得叔段之露不如庄公之藏，故不之许。今观《叔于田》二诗，见段之才，知先人若出庄公之上。而庄公既立之后，请京请贰，唯唯听命，假作痴呆，略不介意，则其深藏含蓄，若觉若梦，固不特初生之时为然矣。姜氏之恶，意必在此。而解者皆指寤生为初生时事，故使左氏之说上下矛盾。且夫初生乍惊，不过惧其不育，育而成人，喜可知矣，安得执当时之惊心而遂彻底恶之？此其文理难通，盖非小病。左氏复生，必以予为知己。

金圣叹《天下才子必读书》卷一：通篇要分认其前半是一样音节，后半是一样音节。前半，狱在庄公，姜氏只是率性偏爱妇人，叔段只是娇养失教子弟。后半，功在颍考叔，庄公只是恶人到贯满后，却有自悔改过之时。

张谦宜《茧斋论文》卷六：读书固要独出手眼，亦须博采群言，如《左传》郑伯寤生，解者不一，大都不切。周栎园后起，却说是初产婴儿气短不能啼者谓之寤生，为近于死，所以母惊，最合情理，前人说俱废矣。

魏禧《左传经世钞》卷一：此篇写姜氏好恶之昏僻、叔段之贪痴、祭仲之深稳、公子吕之迫切、庄公之奸狠、颍考叔之敏妙，情状一一如见。

《左传经世钞》卷一《隐公十年·郑取三师》，魏禧评：按各国皆用奇兵，莫多于伐宋之役。又魏礼评：古人所以受降如受敌，军行如遇敌，备至于无可备之处而机出于要，则措于万不败之地矣。余幼好啖果，人多藏果相避。藏虽至奇，而一经搜索无弗获者，人多神之。其实只是寻到最不通处，则果无所逃矣。盖备奇兵亦只如是。

林云铭《古文析义》卷一：考《郑风·叔于田》二诗，称段多材好勇，国人爱之，亦不过纨袴骄痴习气、驰马试剑伎俩耳。无论其他，即封京之后，既值危疑之际，乃公然贰两鄙，收两鄙，且及廪延，而谓公不知乎？抑谓公知而不忌乎？此病狂丧心之举，虽至愚者不为也。其无曲沃兼翼大手段，可知矣。然则庄公何以必杀之而后快？盖庄公，猜刻残忍人也。前此立段之请，出于姜氏，其怨母甚于怨弟久矣。“请制”、“请京”，弓影之疑，都认作有心轧己。因思不陷段于恶，必不能及其母而快其私。故祭仲之说行，犹可以全兄弟之义也，而公弗愿；子封之说行，犹可以全母子之恩也，而公弗欲。直伺其修战守之备，有涉于篡夺形迹，毋论袭郑不袭，有期无期，只消用两个“将”字、一个“闻”字，便把夫人一齐拖入浑水中，无可解救，此公之志也。夫以段之骄蹇无状，全无国体，纱臂之谋，不必深辩。乃夫人处深宫严密之地，且当庄公刻刻堤防之际，安能与外邑订期，向国门作内应耶？段既走死，公随以罪段者罪母，废置边城，而出重誓绝之，所以示其平昔爱段种种，皆适以祸段且自祸也，快心极矣！惟是秦太后以嫪毐被迁，比之姜氏，罪大而情确，时谏死者二十七人，茅焦且继之。姜氏乃莫须有之事耳，而郑臣如祭仲、子封辈未闻一言，直待颍考叔就誓言中寻个迁就之法，幸复母子之旧，而后知公积怨必不可回。黄泉之誓，不但绝母，且借以杜谏臣之口也。通篇只写母子三人，却扯一局外之人赞叹作结，意以公等本不孝，即末后二着，亦是他人爱母施及，与公无与，所以深恶之。此言外微词也。

焦袁熹《此木轩论文杂说》：郑伯克段，左氏形容至此。后面却把几句厚皮语封之。钟伯敬乃谓左氏腐儒，不识庄公心事，若非左氏如此形容，你又那里讨消息来？春风为开了，翻拟笑春风。

李中黄《逸楼论文》：古叙事之文，断自《左传》，始以《尚书》，详于记言，凡叙事不过数语也。《左传》叙事有明易者，有艰奥者，有热闹者，有冷淡者。其辞命有婉切者，有壮丽者。至君子曰自出臆断，则三代间通套之文，却逊《史》《汉》论赞。盖不离三代，即非其至矣。

冯李骅、陆浩《春秋左绣》卷一：选《左》者无不以此为称首，大都注意“克段”一边，否或兼重武姜，竟以“君子曰”与“书曰”作对断章注，皆未尽合。盖作经立传本在郑庄兄弟之际，开手却从姜氏偏爱酿祸叙入，便令精神全聚于母子之间。故论事以“克段于鄢”为主，论文以置母于颍为主。玩其中间结局兄弟，末后单收母子，与起呼应一片。左氏最多宾主互用笔法，细读自晓也。事在此而文在彼，此例所谓错经合异者，若执事论文，必印板而后可耳。

谢有煇《古文赏音》卷一：吕成公曰：“左氏叙郑庄之事，极有笔力。写其怨端之所以萌，良心之所以回，皆可见。”

吴楚材、吴调侯《古文观止》卷一：郑庄志欲杀弟，祭仲、子封诸臣，皆不得而知。“姜氏欲之，焉辟害”“必自毙，子姑待之”“将自及”“厚将崩”等语，分明是逆料其必至于此，故虽婉言直谏，一切不听。迨后乘时迅发，并及于母。是以兵机施于骨肉，真残忍之尤。幸良心忽现，又被考叔一番救正，得母子如初。左氏以纯孝赞考叔作结，寓慨殊深。

王源：文章贵乎变化。如此篇叙庄公，残忍人也，阴贼人也，乃未写其如何残忍，如何阴贼，先写其仁厚。而既写其如何残忍，如何阴贼，又另写一孝子如何仁爱，如何笃孝，因写庄公如何念母，如何见母，如何母子如初，且曰“纯孝”，曰“爱其母”，曰“孝子不匮”，与前文固秦越之不侔也，非变化之妙哉！千秋而下，生气犹拂拂纸上。（唐德宜《古文翼》卷一）

唐德宜《古文翼》卷一：武姜一爱一恶，实酿祸根。文极写郑庄阴险，却步步插入姜氏溺爱，太叔僭侈，至同室操戈，几乎天伦澌灭矣。厥后考叔从一“悔”字拨动，母子如初，势若转圜，可见慈孝之性原未尝无，特为物欲所蔽耳。此极有关系文字。篇中离合变化，藏针伏线之妙，亦难以言尽。

浦起龙《古文眉诠》卷一：经曰“克段”，传推怼母，弟段只中间轻递，故知篇主在母姜也。左氏自述所闻，深著郑罪，以传补经，写一幅枭獍小照。

又，自来看好悔字。夫寤生既悔置母，则决门泣请恐后耳，何阙地之扰扰。入赋之嘻嘻，天性之动，固如是耶？岂知寤生本情，顾母不能顾誓，故滋戚耶？隧道之言一闻，狂喜之情顿发，机诈一齐败露矣。读去语语似真，勘破言言怙恶，叙事至后半，圣不可知。

余诚《重订古文释义新编》卷一：骨肉之际，惟宜以真情相与，不容一毫虚伪于其间也，岂第不可怨母杀弟而已哉？不幸而父母僻溺，昆季乖违，务必委婉绸缪，曲意维持。俾得回心向道，同归善域。如虞舜之克谐烝乂，乃无歉于为子为兄之道。武姜因寤生而恶庄公，而爱叔段。其爱恶原极糊涂轻浅，非有大不可解之故。但其欲立叔段，则不欲立庄公可知。迨至庄公即位，而为叔段请制、请京，甚且将启为内应，武姜之僻溺亦已极矣，然而未至如舜母之嚚也。叔段多才好勇，一纨绔子也。其贰西北鄙、收二邑至廪延，则更愚呆。盖居京之后，正当敛迹之时，胡乃放肆至此也？若完缮而欲袭郑，则几乎杀郑庄矣。然亦未如象之傲日以杀舜为事也。夫以嚚母傲弟，舜且处之，各得其所，则为郑庄者，何难保全母子兄弟之情？况舜之母，后母也；象，异母弟也。姜则生母，段则同胞弟。处此当更有易焉者，而庄公乃令骨肉残伤若是。是盖缘郑庄残忍性成，君臣、母子、昆弟间无一可告无罪者也。父母恶之，劳而不怨。天下无不是的父母，母纵有无端之恶，自可婉转顺受，以俟其自悟。积而至于将启，虽由其溺所致，而郑庄之不孝已明矣。段而素无杀兄之心耶？段而素有杀兄之心，亦当如舜之封象于有庳，便为处之，得其所矣。胡乃使之居京，尊为大叔以侈之，使纵其情而无所忌惮，渐而至于将袭郑乎？且郑庄既立，则其于段也，虽兄弟而有君臣之谊，教之以纳于正，奚不可者？然则段之将袭，姜之将启，不皆郑庄之罪耶？盖自姜恶庄爱段，郑庄早已有无限愤恨，即欲置母与弟于死地而后快。此志一定，孰得而转移之？所以举朝皆热心亟谏，而郑庄偏自闲冷，及至将袭、将启，而后母与弟一齐发落。后来母子如初，全赖考叔一番作用。其悔也，或亦良心不昧，然终恐愤恨未必尽平。况当日但闻掘隧见母，未闻反弟与国安在，其果真悔也？视虞舜之处骨肉，殊不啻天渊之悬绝矣。左氏体认《春秋》书法微旨，断以“失教、郑志”，通篇尽情发明此四字。以简古透快之笔，写惨刻伤残之事，不特使诸色人须眉毕现，直令郑庄狠毒情性流露满纸。千百载后，可以洞见其心。真是鬼斧神工，非寻常笔墨所能到也。其“实字法”“句法”“承接法”“衬托法”“摹写法”“铺叙断制法”“起伏照应法”一一金针度与。固宜吕东莱谓为“十分笔力”，吴荪右称以“文章之祖”也。

臧岳《古文选释》卷一：此罪郑伯也。写郑伯之杀弟曰可矣，写郑伯之杀母曰隧置。冷冷隐刺而郑伯好忍之情已须眉毕现。至于姜氏之愚、叔段之妄、祭仲等之过虑、颍叔考之化导，亦皆从旁衬托，曲为摹出，真是出神入化之笔。

过珙《详订古文评注全集》卷一：叔段到底不过一骄弟耳，稍裁抑之，庸讵知不恭于兄？曰“姑待”、曰“无庸”，是谁氏之酿成之也？及后母子如初，而不闻反弟于国，悔犹得半而失半也。郑伯始终其忍人乎哉！

沈钦韩《春秋左氏传地名补注一》：《方舆纪要》：鄢陵城在

开封府鄢陵县西南四十里。杜注：郑在荥阳宛陵县。宛乃菀之省文，菀陵城在开封府新郑县东北三十八里。郑国都在县西北。《寰宇记》：鄢城在宋州柘城县北二十九里。郑克段之地疑远。

姚培谦《松桂读书堂集》卷二：《左传》庄公寤生，惊姜氏。杜氏谓寐寤而庄公已生，是也。寐寤而子已生，亦有可惊之理，何必依《史记》作生之难解乎？

徐新华《彤芬室文·论郑庄克段》：《春秋》书庄公之伐京曰："郑伯克段于鄢。"盖两讥之也。后之论者，或责庄阴狠，或责段不弟。吾始观其事，亦未尝不谓段以不弟取祸也。然段之所以有恃无恐者，以有京城之大、两鄙之众也。夫京城乃姜氏请之，庄公与之。两鄙则叔段攘之，庄公纵之。至兵甲既具，卒乘既备，然后起而仆之。人徒知叔段罪不可逭，而不知庄公实有以成其恶也。何以故？盖庄公不先教段以仁义之方，而徒责段以仁义之行。诱之于利欲之途，而犹责其无贪。此常人之所难，况不肖之徒乎？故段虽不弟，而袭郑非其罪也，庄公之过也。庄公知姜氏之爱其弟，知叔段之欲谋其位，故设阱以陷之，且欲置之死地而后已。其计狡，其志毒矣。虽然，世风浇漓，伯夷、叔齐之伦，古所仅见。王侯之尊，邦国之富，人所同欲，况阴恶贪得之徒乎？故庄公虽狡，而杀弟非其罪也，是姜氏之过也。姜氏以寤生之微嫌，遂欲夺其位而致之死。教子无方，卒使段不弟而庄不兄，姜氏固不得辞其咎也。吾观夫庄公之隧而见母，知其天良之未尽泯也。夫天下无不可教之人，苟能教之以义方，告之以忠信，庄公虽谲，或不至杀弟，叔段虽暴，或不至乱国。唐韩愈氏曰：上之性就学而愈明，下之性畏威而寡罪。诚哉是言也。然又乌能责之冥顽不灵之姜氏哉！舜，大圣也，不容于弟，不容于父母，濒死者屡矣。及践帝位，乃宠弟以土地而封之有庳。象虽傲，卒获善终。此其所以以孝弟著于天下欤！郑庄固非其俦也。吾是以知春秋之世，人心不古，道德陵夷，而乱臣贼子之所以接迹于天下也。

李艺元《听园读左随笔》卷一：郑武姜以庄公寤生，遂恶之。爱共叔段，欲立之。俞云：爱、恶二字，祸之本也。旨哉其言乎！盖喜、怒、哀、乐、爱、恶、欲七者，皆谓情，而莫甚于爱、恶。喜、怒、哀、乐，倏起倏灭，过而不留者也。欲感而后动，亦变而不居。惟爱、恶二者，固结于不可解，恒极于一偏，不可究诘，而为所爱、恶者，遂亦情状百出，祸不旋踵。自此至二百四十二年，以迄明季郑贵妃、李选侍之事，上下二千年间，宫庭之变，皆必由之。《大学》修身以齐家，在于平好恶，洵千秋金鉴也。

毛庆蕃《古文学余》卷二：左氏叙事，多从细微琐屑处起，是为神品。盖天下大事，无不从细微琐屑处起，君子所以慎厥初也。一结尤有意外巧妙，盖母之偏爱，适以祸子，兄弟争国，遂贻五世之乱。臣下阴谋辣手，非所以处人骨肉之间。郑之足称者，惟颍谷封人耳。"君子曰"数语，可以翼书法而行。左氏为《春秋》素臣，信矣。

唐文治《国文经纬贯通大义》卷四：郑庄公为人，无君无母无弟，而又事事出以作伪。得此生辣之笔，以正其罪，千秋而后，大义懔然矣。《左传》中短兵相接法甚多，如"卫文公大布之衣""齐侯与蔡姬乘舟于囿""臧文仲闻六与蓼灭"等皆是，宜参考之。

【延伸阅读】

春秋穀梁传 · 郑伯克段于鄢

克者何？能也。何能也？能杀也。何以不言杀？见段之有徒众也。段，郑伯弟也。何以知其为弟也？杀世子、母弟目君，以其目君，知其为弟也。段，弟也而弗谓弟，公子也而弗谓公子，贬之也。段失子弟之道矣，贱段而甚郑伯也。何甚乎郑伯？甚郑伯之处心积虑，成于杀也。于鄢，远也，犹曰取之其母之怀中而杀之云尔，甚之也。然则为郑伯者宜奈何？缓追，逸贼，亲亲之道也。

史记·郑世家

武公十年，娶申侯女为夫人，曰武姜。生太子寤生，生之难，及生，夫人弗爱。后生少子叔段，段生易，夫人爱之。二十七年，武公疾。夫人请公，欲立段为太子，公弗听。是岁，武公卒，寤生立，是为庄公。

庄公元年，封弟段于京，号太叔。祭仲曰："京大于国，非所以封庶也。"庄公曰："武姜欲之，我弗敢夺也。"段至京，缮治甲兵，与其母武姜谋袭郑。二十二年，段果袭郑，武姜为内应。庄公发兵伐段，段走。伐京，京人畔段，段出走鄢。鄢溃，段出奔共。于是庄公迁其母武姜于城颍，誓言曰："不至黄泉，毋相见也。"居岁余，已悔思母。颍谷之考叔有献于公，公赐食。考叔曰："臣有母，请君食赐臣母。"庄公曰："我甚思母，恶负盟，奈何？"考叔曰："穿地至黄泉，则相见矣。"于是遂从之，见母。

石碏谏宠州吁

本文选自《左传·隐公三年》。石碏，卫国大夫，其名或许人们不太熟悉，但提及“大义灭亲”，想必无人不知。石碏即是这则故事的主人公，不过这是后来的事。《史记·卫康叔世家》载：“桓公二年，弟州吁骄奢，桓公绌之，州吁出奔。十三年，郑伯弟段攻其兄，不胜，亡，而州吁求与之友。十六年，州吁收聚卫亡人以袭杀桓公，州吁自立为卫君。”卫桓公登位后，第二年便将州吁驱逐出卫国。此时，被郑庄公打败的共叔段亦逃到郑、卫边界，共同的遭际使二人惺惺相惜，结为同盟。卫桓公因曾接受共叔段儿子公孙滑的请求侵伐郑国，终于在十四年遭到郑庄公的讨伐，遭受重创。十六年，州吁率领流亡卫人趁机进攻都城，杀死了卫桓公，开了弑君的先河。自立为卫君的州吁并不得民心，便派石厚向其父石碏请教方略。石碏便借此假陈国之手，将州吁、石厚捉住杀死。

卫庄公娶于齐东宫得臣之妹[1]，曰庄姜。美而无子，卫人所为赋《硕人》也。又娶于陈[2]，曰厉妫[3]。生孝伯，蚤[4]死。其娣戴妫生桓公[5]，庄姜以为己子。

首句直书表明庄姜出生之高贵，与嬖人形成比对。美是一层，无子又是一层，而无子又对应将桓公作为己子之事实。

在先秦时期，诸侯贵族常以秦晋之好结成政治的连襟。在这一浓浓的政治色彩之下，婚姻不仅仅是两个人的事情。《国语·鲁语》就说："夫以四邻之援，结诸侯之信，重之以婚姻，申之以盟誓。"婚姻之作用，非仅在政治连襟以保社稷宗庙，还在于育后。"夫婚姻者，合二姓之好，上以为宗庙，下以为继后者也。"(《册府元龟》卷二百四十五)《诗经·卫风·硕人》之意，《左传》归之为卫人因庄姜美而无子而赋。《硕人》之诗，首叙庄姜家族之高贵，次叙庄姜之貌美，又叙其自齐至卫出嫁之盛容，尤其是"巧笑倩兮，美目盼兮"描述庄姜之美，成为古典文学中无出其右者。就是这样一位高贵又美丽的女子，为何无子？其背后原因，不得不令人深思。

《毛诗序》认为庄公惑于嬖妾，致使庄姜不被见答，也就无从谈生子之事。姚舜牧《诗经疑问》认为："庄姜无子，总由庄公昏惑宠嬖妾而弃正嫡来。故诗人首叙庄姜族类之贵，次叙庄姜容貌之美，又次叙庄姜自齐至卫，入朝之次第说。国人私相告语，共喜其配之得人，乃庄公竟置之他顾。若河水北流者，然至使庶姜之孽孽，庶士之有朅，尚安望其子姓之生育哉？"

婚姻非两人之事，作为婚姻中的女性，其作用之一是生儿育女，以维持血脉的延续。在男权社会下，女性只有生子，才能保证其在家族中的地位及存在感。易劳逸在《家族、土地与祖先》中说："年轻的媳妇只有在有了自己的孩子后才能找到对这个新家的归属感，但这只限于她对由母子构成的家庭的认知，也就是说，她对家庭的概念是'子宫家庭'。这与她丈夫对家庭的认知全然不同，后者是一种'姓氏家族'(surname family)的概念，即这个家庭包括这一姓氏有血缘关系的所有成员。女人的'子宫家庭'将在她儿子把儿媳娶进门并生儿育女之后得到扩展。"

“又娶”二字，一是照应前面的“娶”，一是对比下文的“嬖人”，以突出地位之差别。古代婚姻讲究媒妁之言，明媒正娶，且要举行“六礼”，即纳采、问名、纳吉、纳征、请期、亲迎六个步骤。相传周文王卜得吉兆，纳征订婚，即亲迎太姒于渭水之滨。在古代婚姻风俗中还有一种媵妾风俗，诸侯娶另一诸侯国之女为妻，女方以侄（兄弟之女）、娣（妹妹）随嫁。此外还有两个和女方同姓的诸侯国送女儿陪嫁，也各以侄娣相从，这统称为“媵”。《公羊传》载：“媵者何？诸侯娶一国，则二国往媵之，以侄娣从。侄者何？兄之子也；娣者何？弟也。诸侯一聘九女，诸侯不再娶。”其中嫡夫人是正妻，媵是非正妻。但需要注意的是媵的地位和妾不同，妾被认为是贱妾，是嬖人。知此，也就明白为何庄姜将戴妫之子桓公而非嬖人之子州吁作为己子。

公子州吁，嬖人[6]之子也。有宠而好兵，公弗禁，庄姜恶之。

“嬖人之子”四字道尽州吁之出身，嬖人对应上段两“娶”字。由地位之不正映射品德之不正。“宠而好兵”又埋下祸根，此又缘于卫庄公之纵容。庄公之“弗禁”又与庄姜之“恶”形成一种比对，也进一步透露二人价值理念之差异。“好兵”，对统治者而言，自古就多有忌讳，这又从结构上引起下文。在中国传统文化中，统治者多重文轻武，马上得天下，安能马上治之？非正常场合、时机的舞枪弄棒，总会挑动统治者的敏感神经，引起其种种猜疑。州吁恃宠而好兵，庄公是一味纵容，而庄姜却因此而恶之，这也许缘于庄姜深知弄兵背后的政治隐喻，深知好兵可能会引起的祸乱及由此对桓公的威胁。朱善《诗解颐·柏舟首章》云：“庄姜之忧何忧也？忧己之不得于其夫也。己之不得于夫，似若未害也。而夫妇之道于此乎始亏，嫡妻之分于此乎始乱，废嫡立庶之祸又将于此乎始萌。思昔先王之世，《关雎》之和乐，《樛木》之不妒忌，《小星》之安分而无怨，此何时也？而今也乃使我以其柔顺之质、淑善之心，处人伦之变而不得以道其常。涕泣以言之，擗标以风之，而先王之正风顾自我而始变，则是纲常之既隳，名分之既紊，典法之既废，事始于闺门而毒流于一国，怨生于衽席而祸延于后世。斯忧也，岂惟一人之忧？乃邦国无穷之忧也。而亦何能自已于言乎？夫子录之，且列于变《风》之首，固将以垂戒天下后世也。”夫妇二人的不同态度，其实也是对“美而无子”的呼应，正因为二人在很多事情上持有不同的态度，二人琴瑟不调自不待言。

庄姜与州吁，我们也可视为一种母子关系。由庄姜之“恶”州吁，我们自然想到武姜之“恶”庄公。同样是“恶”，但缘由并不相同，行为也相异。武姜因恶庄公，故想尽一切方法偏袒共叔段，最终致使共叔段谋乱。而庄姜之行为，我们不得而知。古今学者，多认为《诗经·邶风》中的《绿衣》《燕燕》二诗与庄姜有关系。如《毛诗序》就认为《绿衣》，“卫庄姜伤己也。妾上僭，夫人失位而作是诗也。”《燕燕》，多数学者认为是卫姜送归妾，而归妾指的是桓公生母戴妫。郑玄《毛诗传笺》就说：“庄姜无子，陈女戴妫生子名完，庄姜以为己子。庄公薨，完立，而州吁杀之。戴妫于是大归，庄姜远送之于野，作诗见己志。”如果果如《绿衣》《燕燕》所言，庄姜之结局不得不令人叹惋。

石碏[7]谏曰：“臣闻爱子，教之以义方[8]，弗纳于邪。骄、奢、淫、佚[9]，所自邪也。四者之来，宠禄过也。

将立州吁，乃定之矣；若犹未也，阶[10]之为祸。夫宠而不骄，骄而能降，降而不憾，憾而能昣[11]者，鲜[12]矣。且夫贱妨贵，少陵[13]长，远间亲，新间旧，小加大，淫破义，所谓六逆也。君义，臣行，父慈，子孝，兄爱，弟敬，所谓六顺也。去[14]顺效逆，所以速[15]祸也。君人者，将祸是务去[16]，而速之，无乃[17]不可乎？”弗听。

此段为大夫石碏针对州吁之好兵所上谏词。首句综括观点，是谏词之中心论点。前两句一正一反，引出反面之“邪”所具体指涉及背后缘由所在，落脚点在“宠”。此与上段“有宠”呼应，进一步说明石碏进谏有具体的针对性，自然引出下面一句，文章由泛论过渡至具体而论州吁。谈论州吁时，石碏亦采用单刀直入法，干净利落，而非委婉道之。前半句，石碏先拗一笔，戳中庄公心事。用“立”与“不立”二选一的选择题，力图迫使庄公表态。此种进谏方式，与《郑伯克段于鄢》中公子吕谏郑庄公如出一辙，“欲与大叔，臣请事之；若弗与，则请除之”。其目的无非是无生民心，阶之为祸。接下一句是承接“阶之为祸”而来，进一步说明“宠”的弊端。不骄、降、不憾、昣，一正一反，环环相扣。“且夫”以下二句，又荡开一笔，通过六逆与六顺的对比，意在暗指州吁所为已属六逆之列，而其药方则在教以六顺，反之则会加速祸乱的发生。通过以上由泛论到具体，正反的对比以及去顺效逆导致结果的预测，其目的在于建议卫庄公悬崖勒马，不再宠溺州吁。石碏见微知著，对事态的预测不可谓不准，然而忠言逆耳，其难逃失败的结局。左氏详于石碏进谏之言，而略于庄公之回答，仅以“弗听”概括。“弗听”与上段“弗禁”遥相呼应，进一步反映出庄公对州吁之溺爱，也暴露了庄公自身的特点。

值得注意的是，“六逆”之论，历代学者多认同石碏的说法，认为这六个方面有悖伦理，为逆理之事。但亦有学者作翻案文章，指出其中的不合理之处。作翻案文章者以柳宗元《六逆论》为代表，文中，柳宗元赞同少陵长、小加大，淫破义三个方面，但对贱妨贵、远间亲、新间旧提出了自己的看法。他说：《春秋左氏》言卫州吁之事，因载六逆之说曰：“贱妨贵，少陵长，远间亲，新间旧，小加大，淫破义，六者乱之本也。”余谓少陵长，小加大，淫破义，是三者，固诚为乱矣。然其所谓“贱妨贵，远间亲，新间旧”，虽为理之本可也，何必曰乱？夫所谓“贱妨贵”者，盖斥言择嗣之道，子以母贵者也。若贵而愚，贱而圣且贤，以是而妨之，其为理本大矣，而可舍之以从斯言乎？此其不可固也。夫所谓“远间亲，新间旧”者，盖言任用者之道也。使亲而旧者愚，远而新者圣且贤，以是而间之，其为理本亦大矣，又可舍之以从斯言乎？必从斯言而乱天下，谓之师古训可乎？此又不可者也。呜呼！是三者，择君置臣之道，天下理乱之大本也。为书者，执斯言，著一定之论，以遗后代，上智之人固不惑于是矣；自中人而降，守是为大据，而以致败乱者，固不乏焉。晋厉死而悼公入，乃理；宋襄嗣而子鱼退，乃乱，贵不足尚也。秦用张禄而黜穰侯，乃安；魏相成璜而疏吴起，乃危，亲不足与也。苻氏进王猛而杀樊世，乃兴；胡亥任赵高而族李斯，乃亡，旧不足恃也。顾所信何如尔！然则斯言殆可以废矣。噫！古之言理者，罕能尽其说。建一言，立一辞，则鶃𪃍而不安，谓之是可也，谓之非亦可也，混然而已。教于后世，莫知其所以去就。明者慨然将定其是非，则拘儒瞽生相与群而咻之，以为狂为怪，而欲世之多有知者可乎？夫中人可以及化者，天下为不少矣，然而罕有知圣人之道，则固为书者之罪也。

柳宗元此论一出，后世学者多有步武者，如黄震《黄氏日抄》卷六十云："谓少陵长，小加大，淫破义，三者诚为乱矣。贱妨贵，言择嗣也。贵而愚，贱而圣且贤，贵不足尚也。远间亲，新间旧，言任用也。亲而旧者愚，远而新者圣且贤，亲不足与也，旧不足恃也。辨之良是。"再如林纾《韩柳文研究法·柳文研究法》云："《六逆》中，所谓贱妨贵、远间亲、新间旧三事，不佞始读时，亦已疑之，顾未暇论也。柳州不惟不斥为乱源，而且直据为理本，使人不能不加意于此文。贵而愚，贱而圣且贤，此不可言妨。亲而旧者愚，远而新者圣且贤，此尤不可以言妨。以下引据，节节精当，用笔活跳。盖有理之文，始能纵横如意。若文无把柄，一力搬演，虽引用宏富，究无著也。"不惟如此，亦有学者认为柳氏写《六逆论》之初衷，是为王叔文而发。章士钊《六逆论》即云："子厚之《六逆论》，明明为王叔文而发也。"（见《章士钊全集》卷三《论》）

赞同者有之，持相左意见者亦有之，日人加藤虎之亮《读六逆论》（见《日本汉诗文集丛刊》第1辑第3册《天渊文·杂文类》）则对柳宗元所采用事物有所保留。其云："柳宗元论左氏所载六逆之说曰：少陵长，小加大，淫破义，是三者，固诚为乱矣。然其所谓贱妨贵、远间亲、新间旧者，虽为理之本可也，何必曰乱？若贵而愚，贱而圣且贤，以是妨之，其为理本大矣，而可舍之以从斯言乎？是三者，择君置臣之道，天下理乱之大本也。执斯言，著一定之论，中人以下守是以致败乱者，固不乏焉。因举史实，反复证之。余谓是有所为之言，非正论也。古人立言，自有体焉。其比方事物，唯就其事物而言之，不许他物之介入。圣贤之与愚，高下悬绝，固可别途论之。今以至高之物加贱、远与新，所谓使寸木高于岑楼者，非立言之旨。孟轲曰：小固不可以敌大，寡固不可以敌众。是唯比寡小与众大而已。不然，则以寡小胜众大者，其例不可枚举。凡胜败之因，谋之善恶，士之勇怯，兵之精粗，与天时、地利、人和，不一而足。除此诸因论之，则众大之胜寡小固无论，立言之意，不俟智者而知。以宗元之明敏，岂有不知之？故曰有所为之言，非正论也。夫王伾、王叔文得德宗之宠，暴握权要，势威压勋旧，宗元党之，为世之所指目，是似远新间亲旧者。然而宗元所期在功业，有假以所自辩乎？而二王斗筲之才，一败涂地，固其所也。宗元怀伟器，空为穷裔之鬼，余悲其志，而竟不能服其论也。”渡贯香云曰：“柳州六逆论，仆未及细讨。今读高文，辩难精切，不遗余力，而其笔锋犀利，如斩奔马。其中有断制，有顿挫，最见法度森然，似善学柳州者。”山田济斋曰：“行文快截严厉，有秋霜之概。但勇翁前评，颇过揄扬，有微憾焉。”

其子厚与州吁游，禁之，不可。桓公立[18]，乃老[19]。

此段略说结局，不过却非最终之结局。了解了后续的结局，回头再揣摩此二句，更生无限感慨。卫桓公即位的第二年，便罢免了州吁。州吁避难于他国，在避难途中结识了在权力斗争中失败的共叔段。也许是经历的相似，二人惺惺相惜，允诺互助以助彼此登上王位。桓公十六年，州吁联合身处异乡的卫人，举兵谋反，杀死卫桓公。“（隐公）四年春，卫州吁弑桓公而立。”成为国君的州吁倒也奉行承诺，便连同宋、陈、蔡等国，想联手攻打郑国，不过，这四国之师最终以闹剧收场。登上权力顶峰的州吁在统治上并未一帆风顺。弑兄登位的行径毕竟不是一件光彩之事，不通过正当的赢民心方式获得的权力最终不过是搬起石头砸自己的脚。为了巩固地位，州吁便让石厚去请教其父石碏。石碏建议州吁去觐见周天子，如果能赢得周天子的信任，自然名正言顺，也就不用担心人民的背离。石厚又问父亲如何才能见到周天子。石碏便建议他们去找陈桓公，因为桓公与周天子相善，由桓公作引荐，自然会见到周天子。打发走儿子石厚，石碏便派人去陈国拜见陈桓公，历数州吁弑君篡位之罪行，并承诺如果除掉州吁，定酬以重谢。得道者多助，失道者寡助。陈桓公便答应石碏借其来拜访之际一举除之。州吁、石厚听从石碏的建议，便来陈国拜见陈桓公。陈桓公假装跟州吁结好，等二人走到郑国城郊时，便派人将二人捉了囚禁在濮地里。后来，石碏派右宰丑去陈国进贡，并找机会将二人处置了。石碏大义灭亲之举成为历史上的一桩美谈。

如果说文章节选前两段是惋惜庄姜美而无子，不见答于庄公，那么读罢此段，读者所可叹惋者有四。首先，为石碏感到叹惋，庄公在位时，忠不见用，谏而无功。桓公即位，却以“乃老”作结局，岂不令千古读者捶胸顿足。“谏宠州吁”这一事件当时定被朝堂内外之人所熟知，作为储君候选人的桓公、州吁必然对石碏谏庄公的相关细节打听的一清二楚。此时的桓公稍有政治头脑，定当为石碏之举措感激涕零，而自己成功绍继大统，出于情感的考虑乃至统治需要的考虑，定当不会让石碏告老还乡，然而结局总是如此的出人意料。这不可不说是石碏的悲剧。韩席筹《左传分国集注》卷十引吴曾祺评石碏之“老”，非图自逸，将留其身以有待也。“桓公既立”，即宜起石碏于家，委以国政，则大位固矣，乃置之闲散之地，不使有所与闻，使州吁得用其逆谋而坐待篡弑之及，真庸材也。不过，石碏的悲剧，非仅仅不被庄公、桓公重用这一层，其悲剧又在于其所秉持的教子主张最终也是镜花水月。“其子厚与州吁游，禁之，不可”，“臣闻爱子，教之以义方，弗纳于邪”，两句相参读，颇有一丝悲凉，其最终落得个国破家亡。今人在讲授“大义灭亲”这则成语时，多赞美石碏维护正义的品德，但谁又能体会作为父亲的石碏灭亲时内心的挣扎与痛苦？

其次，为桓公感到叹惋。卫国有石碏这样的忠臣，他却不去重用，任其老死林下。就因为缺乏这样的政治头脑，其最终也在与州吁的斗争中成为刀下鬼。《史记·卫康叔世家》载：“桓公二年，弟州吁骄奢，桓公绌之，州吁出奔。十三年，郑伯弟段攻其兄，不胜，亡，而州吁求与之友。十六年，州吁收聚卫亡人以袭杀桓公，州吁自立为卫君。”《古文赏音》按语云：“州吁之行弑，卫桓公已立十六年矣。若桓公德足附人，智能防乱，岂不足消弭此祸，而必以罪已往之庄公哉。”

再次，为庄公感到惋惜。卫庄公因为宠爱州吁，致使自己百年之后引起桓公、州吁兄弟阋墙，最终二人难逃被杀的命运。这一切可以说全因卫庄公的宠爱所引起。余诚《古文释义》就说：“此传因是年桓公为州吁所弑，而追录其事之始终，以罪庄公也。”

最后，为州吁感到惋惜。州吁可以说是父亲溺爱的牺牲品。《礼记·学记》言：“古之王者，教学为先。”古代帝王为保护家族利益，维护统治，自不敢懈怠对子弟之教育，自幼即延请名臣硕儒教育其子弟。作为一方诸侯，如何教育子女，诚如石碏所言，爱子，则教之以义方。有忠厚之士提出可行之法，庄公却置若罔闻。州吁虽未像家庭教育的另一牺牲品共叔段那样被兄长所镇压，但弑上篡位的历史早已给其扣上乱臣贼子的骂名，统治下的卫国亦是夺朱之恶紫。鲁隐公与众仲的对话即真实反映了世人对州吁的态度：公问于众仲曰：“卫州吁其成乎？”对曰：“臣闻以德和民，不闻以乱。以乱，犹治丝而棼之也。夫州吁，阻兵而安忍。阻兵，无众；安忍，无亲。众叛、亲离，难以济矣。夫兵，犹火也，弗戢，将自焚也。夫州吁弑其君而虐用其民，于是乎不务令德，而欲以乱成，必不免矣。”而州吁最终也没能逃脱被杀的结局。

此外，桓公之立又透露了西周时期王位继承制度，即嫡长子继承制。卫庄公弗禁州吁之好兵，又弗听石碏之谏，这都缘于对州吁的宠爱。石碏在谏中亦采用激将法道出“将立州吁，乃定之矣”。既如此，庄公缘何不废长立幼，采用石碏所说的立州吁？这反映出制度所具有的强大力量。在制度面前，卫庄公如此，郑武公如此，后世的万历帝亦如此。总体而言，西周春秋时期的君位继承采用世袭制，主要有传子与传弟两种方式，即父死子继、兄终弟及。就西周而言，主要采用第一种传子方式。传子方式主要采用嫡长子继承制。《公羊传》载：“立嫡以长，不以贵；立子以贵，不以长。”它是宗法制的核心。嫡长子是指周王或诸侯的正妻所生之长子，而其他嫔妃、媵妾所生之子为庶子。由此而看，郑庄公与共叔段虽都为武姜所生，都为嫡子，但庄公年长，因此被立为太子。虽然武姜喜爱共叔段，多次请于武公，而郑武公“弗许”。再说此文中之州吁，其母为嬖人。石碏用激将法说出“将立州吁，乃定之矣”这样的话，也是出于这一制度制高点的考虑。卫庄公虽宠爱州吁，但在制度面前也不得不败下阵。再看桓公。卫庄公实际上没有嫡子，因为庄姜无子，厉妫生子早夭。桓公虽为戴妫之子，但相比州吁，地位自然要高贵许多。嫡长子继承制的规则第二条是“立子以贵，不以长”。桓公又被庄姜收为己子，故最终被立为太子，袭承王位也就顺理成章。

柳宗元在《六逆论》中对贱妨贵、远间亲、新间旧提出质疑，即缘于对这一制度的批判。众所周知，嫡长子继承制无论是在先秦时期还是大一统时期，都引起过为争夺王位而兄弟相残之事。既然嫡长子继承制制造了如此之多的流血事件，引起社会的动荡，统治者为何不予以废除？其缘由，我们可借王国维之言作为回答。王国维《殷周制度论》：“故天子、诸侯之传世也，继统法之立子与立嫡也……立贤之利过于立嫡，人才之用优于资格，而终不以此易彼者，盖惧夫名之可借而争之易生，其敝将不可胜穷，而民将无时或息也。故衡利而取重，絜害而取轻，而定为立子立嫡之法，以利天下后世。……盖天下之大利莫如定，其大害莫如争。任天者定，任人者争。定之以天，争乃不生。故天子、诸侯之传世也，继统法之立子与立嫡也，后世用人之以资格也，皆任天而不参以人，所以求定而息争也。”

【注释】

[1]卫：国名，姬姓，在今河南淇县一带。齐：国名，姜姓，在今山东北部、中部地区。东宫：太子的居所。

[2]陈：国名，妫姓在今河南东部及安徽西部。

[3]厉妫(guī)：“厉”和下文“戴妫”的“戴”均为谥号，“妫”是娘家的姓。

[4]蚤：通“早”。

[5]娣：妹。古时诸侯娶妻，妹可随姊同嫁。桓公：名完，在位十六年，后被州吁所杀。

[6]嬖(bì)人：出身低贱而受宠的人，这里指卫庄公的宠妾。

[7]石碏(què)：卫国大夫。

[8]义方：为人行事的规矩法度。

[9]佚(yì)：这里指逸乐、放荡。

[10]阶：阶梯，这里用作动词，指一步步引向。

[11]眕(zhěn)：自安自重，忍耐而不轻举妄动。

[12]鲜：少。

［13］陵：欺侮。

［14］去：抛弃。

［15］速：招致。

［16］将，应当。祸，祸害。是，助词，帮助宾语提前，无意义。务，副词，一定、尽力。去，去除。

［17］无乃：恐怕。

［18］立：继承。

［19］老：告老致仕。

【赏析】

自古宠臣骄子未有不败者。冯班在《家戒》中曾言："子孙教得好，祖宗之业便不坠于地。不教子弟，是大不孝，与无后等。"所教之内容不仅是书本上讲授的内容，使其多识鸟兽虫鱼，亦在于以知识养其性情，以开阔其视野，培养其气质。父母作为孩子的第一任老师，家庭天然地具有教育功能与约束功能。父母在家中的一举一动自然会对孩童形成一种潜移默化的熏染。本文主体是石碏谏卫庄公宠州吁事，却从庄姜谈起，其用意不可说不深。俗话说，千里之堤，溃于蚁穴。出身如此高贵、长相如此美貌之武姜却不答于庄公，此即寓含着夫妇之道的失序。普通之家，夫妇间的不和谐尚且会引起家道的衰落，何况诸侯、王族之家。由此而言，文章首段非仅在表明庄姜之高贵，实是颇多讽谕，左氏如此结构，可谓用心。

左氏欲突出夫妇之道的失序，特拎出"无子"为例，一方面暗指庄姜之结局，一方面又自然引出州吁。由夫妇之失序自然过渡至庄公对子女教育的不和谐。文中没有点明庄公对桓公之态度，但读者从庄公与州吁的关系不难推想庄公与桓公之关系。文章一环紧扣一环，自然引起石碏这样的股肱之臣的担忧。

石碏之谏庄公，善用对比之法。或论事，或论文，或正面，或反面，意在表明“宠”字之祸害。在叙事时善用因果，层层追究，以点明“义”字之功效。

文章在遣词用句上颇注重详略，详于石碏进谏之内容，而略于卫庄公之回答；详于事情之过程，而略于事情之结果。卫庄公之回答仅用“弗听”二字以概括；石碏之结局仅用“乃老”收束。正是通过这种不平衡状态，留给读者大量的空白空间，寄寓左氏的言外之意。

人类的历史由日常生活的习惯性与历史事件的断裂性构成。历史中哪些事件进入到历史学家的视野、笔端，并由此成为后人还原历史的凭证，常基于多种因素的诱发，但不可否认的是，日常生活与历史事件二者并非平行线永不交汇。日常生活中的点滴，有的正如蚁穴，最终可能引起堤溃，从而成为历史中的拐点。历史无法假如，作为后人，我们只能借助残留的史料作历史的还原，并以此作为后事之师。

【集评】

董仲舒《春秋繁露·王道》：卫人杀州吁，齐人杀无知，明君臣之义，守国之正也。

应劭《风俗通义·十反》：州吁既杀其君，而虐用其民。石碏恶之，而厚与焉。大义灭亲，君子犹曰“纯臣之道备矣”，于恩未也；君亲无将，王诛宜耳。

孙绰《喻道论》（释僧佑《弘明集》卷三）：夫忠孝名不并立。颍叔违君，书称纯孝；石碏戮子，武节乃全。

李延寿《南史》卷一五《傅隆传》：向使石厚之子，日磾之孙，砥锋挺锷，不与二祖同戴天日，则石碏、秺侯何得流名百代。旧令言“杀人父母，徙之二千里外”，不施父子孙祖明矣。

罗隐《两同书·同异》：且管叔，兄耳，姬旦诛之以极刑；石厚，子矣，石碏死之以大义。夫以管叔、石厚比于旦、碏，非不亲矣，犹知可异而异之，况乎君臣朋友之疏而有可异者乎？故能同异者为福，不能同异者为祸。虞舜能同八元，能异四罪，永垂圣哲之名；殷纣不同三仁，不异二臣，故取败亡之辱。是则同异之际，不可失其微妙也。

胡寅《斐然集》卷二十三《左氏传故事》：卫公子州吁有宠而好兵，公弗禁。石碏谏曰：“爱而弗纳于邪。骄奢淫佚，所自邪也。四者之来，宠禄故也。宠而不骄，骄而能降，降而不憾，憾而能昣者鲜矣。”

臣闻骄谓气体傲肆，奢谓奉养侈靡，淫谓情欲纵恣，佚谓心志怠忽。四者有一焉，必入于邪，而况兼有乎？邪者，不由正道之谓也。为子以孝为正，有此则不孝。为臣以恭恪畏慎为正，有此则不恭恪畏慎。原其所由然，则由宠待过厚，爵禄太崇，积日累月，其势必至于此。是故严父于子，戒之于初，辨之于早，不致末流之祸。父子，天性也，其治尚尔。君臣，以人合，尤不可忽也。

州吁阻兵而安忍。阻兵无众，安忍无亲，众叛亲离，难以济矣。

臣谓阻者，恃也。恃兵以为险阻，使人不敢忤犯也。人之良心本于不忍，忍者，非良心也。安于残忍，非能除害，徒生害耳。人道以慈爱相群。所谓用兵者，去其害人者耳。苟为阻兵安忍，视平民如禽兽，推而进之，将何有于君父哉？汉光武责其将曰：“观放麑、啜羹二者孰贤？”盖知此道矣。

石碏恶其子从州吁为逆，使从州吁如陈。乃告于陈曰：“此二人者，实弑寡君，敢即图之。”陈人执之，而请莅于卫。石碏杀之。

臣谓父子主恩，君臣主义，其轻重不二，是谓大伦。当臣之无礼于君，虽慈父不敢私其子。石碏之于石厚，舍慈爱之小，存名分之大，可为万世法矣。虽然，子为叛逆，父则诛之，其割恩为难。何者？以天性故也。臣为叛逆，君则诛之，其正义非难。何者？以人合故也。孔子之《春秋》，为乱臣贼子作，以俟后圣也。后世有事伪君、从逆臣，而诛讨不加焉，难于行义而易于为不义，孔子之志隐矣。

朱熹《朱子语类》卷八十三：问：石碏谏得已自好了，如何更要那“将立州吁”四句？曰：也是要得不杀那桓公。问：如何不禁其子与州吁游？曰：次第是石碏老后，奈儿子不何。

陈懿典《读左漫笔》：石碏诱州吁离窟穴而执之，大是高识。

袁宏道(《评选古文正宗》卷一)：侃侃陈辞。

黄士京辑《合诸名家点评古文鸿藻》卷一：王世贞评：卫庄溺爱而使内宠僭嫡，嬖子害正。石碏之谏足以悟矣。愎而弗图，辨之弗早，贻祸后嗣，呜呼惨哉。

黎遂球《莲须阁文钞》卷二：石碏非徒纯忠，其心计实为精微也。谏而不听则不复谏，禁其子与之游不可则不复禁。至于定君之问，厚与州吁俱不以为疑，谓非有沈几观变之智能乎？故论春秋之善用兵者，以碏为首。

林云铭《古文析义》卷一：按卫州吁始末，如弑立伐郑，《传》则专罪州吁；如杀州吁、石厚，《传》则专美石碏。此传则叙过宠速祸之由，专责庄公也。庄公惑于嬖妾，以美而贤如庄姜者，终不见答。考《终风》《绿衣》诸诗，自见州吁以宠阶祸，实基于此。故开口把庄姜说得十分贵重，而以桓公、州吁二人邪正，亦借庄姜好恶为定衡，最有深意。篇中“有宠”“好兵”四字，为此案始终关键。石碏之谏，总欲裁抑州吁之宠，使其知守本分，不至于骄，自不入于邪，以作祸本，语语先着。至于“将立州吁”二语，或谓不宜以告痴人，不知州吁义不当立，庄公亦知之。以必不可行之事，作反诘语，甚言其必为祸之意，非激语也。末把“六逆”“六顺”庄诵一遍，不但见得州吁不当宠，即嬖妾配嫡之戒，无不跃然，与篇首叙事照应，细读方知。

王源(唐德宜《古文翼》卷一)：前入州吁之宠，笔笔曲；后叙石碏之谏，笔笔切。曲矣，而立案甚严；切矣，而敷辞甚变。用笔之妙也。

吴楚材、吴调侯《古文观止》卷一：“宠”字，乃此篇始终关键。自古宠子未有不骄，骄子未有不败。石碏有见于此，故以教之义方为爱子之法。是拔本塞源，而预绝其祸根也。庄公愎而弗图，辨之不早，贻祸后嗣，呜呼惨哉！

余诚《重订古文释义新编》卷一：此传因是年桓公为州吁所杀，而追录其事之终始，以罪庄公也。其曰“纳邪”，曰“阶祸”，曰“速祸”，语语归罪庄公，见桓公之死，死于庄公之手也。虽石碏谏时尚未见弑之迹，然据其“有宠而好兵”，则其后来之必弑桓公，可预为决矣。故正叙州吁处，只此五字，而州吁之作祸、桓公之受祸、庄公之酿祸，一齐都到。夫往者不谏，来者可追，苟及其时而严以教之，格其非心，即不能为正人君子，或可免为贼子乱臣。石碏所为，不能默然已乎！其谏之义，大抵是要杜渐防微，词旨最要恳切。开口特提出“教之以义方，弗纳于邪”九字，作侃侃正论，随以“骄、奢、淫、佚”指出邪所自来，又以四者之来归在宠禄之过，则宠之生祸已自昭著。于此直以“将立”四语作危言以悚听，能不令人惊心动魄耶？其下复径接“宠”字，递推出所以生祸之故，虽属泛言，而州吁之不宜宠益可见矣。“且夫”以下，顺逆并陈，而以“去顺效逆”为“速祸”，则州吁固不宜宠，而嬖妾僭嫡亦断然不可之意，隐隐言外。其不粘在庄公身上说。义严词婉，立言亦极有体。此谏谋深虑远，关系匪轻。无奈庄公狂荡暴疾，僻溺之意牢不可破，难以挽回，纵州吁为邪行，以致桓公见弑，庄公恶能逃其罪哉？借使庄公肯听此谏，从前即有“弗禁”之失，尚或不难匡救。篇中“弗禁”“弗听”皆特笔也。至入手详叙姜、桓、州吁本末，字字针锋相对，尤当细心寻绎。

过商侯曰：老成谋国，计深虑远，“将立州吁，乃定之矣”，是触发语，是作用语。庄公当大猛省，愎而弗图，辨之弗是，贻祸后嗣。呜呼痛哉！（过珙《古文评注》卷一）

毛庆蕃《古文学余》卷二：天下之治乱，生于好恶。好恶得其平，治之所由兴也；好恶不得其平，乱之所由兴也。显则将相，隐则宫闱，要未有隐而不显者，是故石碏忧之，而为谠论，庄姜悲之，而为变风。

李艺元《听园读左随笔》：四年，石碏以阶祸虑州吁，及厚从游，禁之，不可，何以老耶？桓立而老，似出于沈几观变，而阴成其忍者之所为，致君臣、父子、兄弟、夫妇至于大败，然后徐议其后，以成一己之名，仁乎？迨夫州吁弑立以国，大臣既有志讨贼，上告天子，下告方伯，声明其罪，更置一君，则正大光明，丈夫行事自应尔尔，而必假手陈人，多此一番委曲耶？或曰：戴妫归陈，庄姜送之，《燕燕》之卒章，有托以国事之意，碏必与闻，因有此举。则君国至计，谋及妇人，亦未为计之得者。设其时厚或无定，君一问如之何？厚不堕其术，如之何？国事之变已五阅月矣，碏以年垂八十之身，儌幸于万有一然之事，苟不出于此，则将终其身作袖手之观。谋国之臣，当不如是也。作者尝有意瞒人，亦俟读者之自为体认而已。

冯李骅、陆浩《春秋左绣》卷一：此篇特详石碏谏宠一番议论，为州吁弑君张本。起手从庄姜叙入，为六逆等伏笔也。石碏因其父子之间，趁便并论其夫妇嫡妾之际，本是暗讽。左氏却先替他叙明来历，此最是史家伏案精细处。后之读者，不知为是因文而缀其事，不知为是因事而缀其文，但虽其照应入妙而已矣。虽从庄姜叙起，却不重写他贤而失位，只轻轻将赋《硕人》一点，便足其意，总以无子己子，跌出嬖人之子，所以归并谏宠州吁作一个头绪也。与克段篇作意相似而不同。公子州吁，特作提笔，又非他处换头之比，其从上段对举出落详略轻重，有体有法而变化之妙，只于一顺一逆间辨之。石碏语作两层读，前一层正论，后一层推论。妙于中间，特借反接开宕之笔，既束于上，又动下，文势灵活，若径接贱妨贵，云云，便直而少致。不但上段收煞少力而已。两截中间用转捩，乃通部笔法之大凡。上论州吁，此下带论嬖人。论事则前为后伏，论文则后为前应。章法圆密，如环无端。两层皆以义字为眼目。林西仲曰：卫州吁始末，弑立伐郑，《传》则专罪州吁；杀州吁、石厚，《传》则专美石碏。此传，则叙过宠速祸之由，专责庄公也。孙执升曰：桓公立而石碏老，先正谓其善于藏用。予谓使石碏身相桓公，早为销弭，则君臣父子之间并受其福。今家国所伤，不既多乎古之纯臣，不忧其身之老而忧其国之危，故必国之无患而后可以老。彼石碏者，何以老哉？

【延伸阅读】

诗经·卫风·硕人

硕人其颀，衣锦褧衣。齐侯之子，卫侯之妻。东宫之妹，邢侯之姨，谭公维私。手如柔荑，肤如凝脂。领如蝤蛴，齿如瓠犀，螓首蛾眉。巧笑倩兮，美目盼兮。硕人敖敖，说于农郊。四牡有骄，朱幩镳镳，翟茀以朝。大夫夙退，无使君劳。河水洋洋，北流活活。施罛濊濊，鳣鲔发发。葭菼揭揭，庶姜孽孽，庶士有朅。

诗经·邶风·燕燕

燕燕于飞，差池其羽。之子于归，远送于野。瞻望弗及，泣涕如雨。

燕燕于飞，颉之颃之。之子于归，远于将之。瞻望弗及，伫立以泣。

燕燕于飞，下上其音。之子于归，远送于南。瞻望弗及，实劳我心。

仲氏任只，其心塞渊。终温且惠，淑慎其身。先君之思，以勖寡人。

诗经·邶风·绿衣

绿兮衣兮，绿衣黄里。心之忧矣，曷维其已？

绿兮衣兮，绿衣黄裳。心之忧矣，曷维其亡？

绿兮丝兮，女所治兮。我思古人，俾无訧兮。

絺兮绤兮，凄其以风。我思古人，实获我心。

诗经·邶风·柏舟

泛彼柏舟，亦泛其流。耿耿不寐，如有隐忧。微我无酒，以敖以游。

我心匪鉴，不可以茹。亦有兄弟，不可以据。薄言往诉，逢彼之怒。

我心匪石，不可转也。我心匪席，不可卷也。威仪棣棣，不可选也。

忧心悄悄，愠于群小。觏闵既多，受侮不少。静言思之，寤辟有摽。

日居月诸，胡迭而微？心之忧矣，如匪浣衣。静言思之，不能奋飞。

诗经·邶风·终风

终风且暴，顾我则笑。谑浪笑敖，中心是悼。

终风且霾，惠然肯来。莫往莫来，悠悠我思。

终风且曀，不日有曀。寤言不寐，愿言则嚏。

曀曀其阴，虺虺其雷。寤言不寐，愿言则怀。

诗经·邶风·日月

日居月诸，照临下土。乃如之人兮，逝不古处？胡能有定？宁不我顾。

日居月诸，下土是冒。乃如之人兮，逝不相好。胡能有定？宁不我报。

日居月诸，出自东方。乃如之人兮，德音无良。胡能有定？俾也可忘。

日居月诸，东方自出。父兮母兮，畜我不卒。胡能有定？报我不述。

烛之武退秦师

本文选自《左传·僖公三十年》。僖公四年，晋献公听信宠姬骊姬之言，将太子申生逼迫自杀，公子重耳、夷吾流亡。晋献公去世后，骊姬之子、骊姬之妹之子先后即位，旋又被杀。在秦国的帮助下，夷吾继位，是为晋惠公。晋惠公去世后，晋怀公继位。二十四年，秦穆公送重耳归国，杀死晋怀公。二十八年，重耳为登上霸主地位，与楚国展开大战。在晋楚城濮大战中，郑国出兵帮助楚国。晋楚大战以楚国失败告终，郑国预示到情况不妙，便派使者出使晋国，与晋结好。僖公三十年，晋文公鉴于争霸需要，以郑国在城濮大战的表现以及早年流亡途中在郑国的遭遇为由，联合秦国发动了围攻郑国的计划。

九月甲午，晋侯、秦伯围郑[1]，以其无礼于晋[2]，且贰[3]于楚也。晋军函陵[4]，秦军汜南[5]。

此段叙晋、秦伐郑之由，及晋、秦驻扎之方位。

该文题为《烛之武退秦师》，由题目观之，一人对秦师，力量之悬殊不可谓不大，故“退”不可能是力搏，而是智退。《孙子兵法·谋攻》说：“上兵伐谋，其次伐交，其次伐兵，其下攻城。”用兵之道，最高明者是以谋略取胜；其次以外交取胜；以兵戎相见，攻城拔池，乃等而下之的策略。不用通过战争，就使别国放下武器，这是战争的最高境界。而正确运用外交谋略是达到这一境界的重要手段。烛之武所退乃秦师，这就出现一个问题，即烛之武为何选择秦师，而非晋师？从第一段中，我们不难得出答案。围郑的原因，在于无礼于晋，且贰于楚。不管是前者，还是后者，都与秦无甚关系。也就是说围郑之举是晋侯所为。要想取胜，要从对手最薄弱的地方下手。这是烛之武选择秦军的原因之一。其二，该段第二句点明晋、秦虽联合围郑，但却并非由专门的统帅领节钺，而是两国分别统率，分驻两地，这就为烛之武退秦师留下空间。烛之武退秦师采用的是反间，“凡用间，必得间而入”。首段写围郑，全与秦国无涉；写驻扎，又留一丝空间。凡此种种，也就为烛之武之劝秦军埋下伏笔。

以上是从“退”字上言，但此段所述又是事实，这构成了烛之武出场的政治背景：兵临城下，剑拔弩张。作为本文的主人公，烛之武如何出场，左氏可谓用心。国处危而所以不亡者，股肱之臣效也。

晋文公围郑之由，在于他出亡过郑时未被礼遇。晋文公出亡，奔狄，过卫，及齐、曹、宋、郑、楚、秦。各国态度大体分为礼遇与冷遇之别，礼遇者有齐、宋、楚、秦，“及齐，齐桓公妻之”，“及宋，宋襄公赠之以马二十乘”，“秦伯纳女五人，怀嬴与焉”。而冷遇者则有卫、曹、郑，“过卫，卫文公不礼焉”，“及曹，曹共公闻其骈胁，欲观其裸”。晋文公过郑之场景，《左传·僖公二十三年》有详细记载：“及郑，郑文公亦不礼焉。叔詹谏曰：‘臣闻天之所启，人弗及也。晋公子有三焉，天其或者将建诸，君其礼焉。男女同姓，其生不蕃。晋公子，姬出也，而至于今，一也；离外之患，而天不靖晋国，殆将启之，二也；有三士足以上人而从之，三也。晋郑同侪，其过子弟，固将礼焉，况天之所启乎？'弗听。"卫文公、曹共公、郑文公与晋文公皆姬姓，按理应该予以援手，但就实际而言，助晋文公一臂之力者狄、齐、宋、秦、楚都为异姓。李艺元《听园读左随笔》卷二云："重耳出亡，礼者皆异姓之国。卫、曹、郑反视同陌路，亦大可怪事。"对此疑问，李艺元记载某解之者言说："重耳图复国，注意在秦、宋、晋、楚。谓是蕞尔者，无能为也。"究其其因，一是各国君主的政治判断力，叔瞻从三个方面系统分析了暂时落难的晋文公的优势，但郑文公却不听其劝。再如曹共公，其行为更是匪夷所思。相反，齐、宋、秦、楚这些国家的国君则有敏锐的政治判断力，善于作政治投资。晋、楚交战，晋退避三舍就是为了报答逃难时楚国的帮助之恩。二是各国的实力，大国实力雄厚，善于趋利；而小国势单力薄，偏向避害。卫、曹、郑三国地狭人少，为避免卷入晋国的内争而冷落晋文公也就顺理成章。晋文公一旦回国掌握政权，并一步步登上霸主地位，其对这些小国采取行动，也就在所难免。拿郑国来讲，其失误一在于不礼遇晋文公，二在于在大国争霸中急于表明自己的立场，也就是所谓的"贰于楚"。《左传·僖公二十八年》载："乡役之三月，郑伯如楚致其师。为楚师既败而惧，使子人九行成于晋。晋栾枝入盟郑伯。"有此二端，受命周天子"敬复王命，以绥四国"的晋文公，拿郑国开刀，也就不难理解了。

佚之狐言于郑伯曰[6]："国危矣，若使烛之武见秦君[7]，师[8]必退。"公从之[9]。辞[10]曰："臣之壮[11]也，犹不如人[12]；今老矣，无能为也已[13]。"公曰："吾不能早用子[14]，今急而求子，是寡人之过也[15]。

然[16]郑亡，子亦有不利焉！”许之[17]。

此段叙烛之武之出场与接受退师之任务。

前段叙郑国面临之外患，为烛之武出场营造一政治环境。此段烛之武的出场，左氏并未采用直接出场方式，而是采用未见其人先闻其声的方式。烛之武其人、其能，读者全从佚之狐口中得知。佚之狐介绍烛之武亦仅以一句概括。“国危”，是对上文的总结回应；“师必退”，是对烛之武才能的描述。用一句话概括，即挽狂澜于即倒，扶大厦于将倾。但同时也设下悬念，烛之武果真如佚之狐所言，堪此大任？

再者，佚之狐既然对当前郑国面临之形势洞若观火，为何他不亲自出面去劝退秦师？既然烛之武有如此了得才能，为何又早不被朝廷所发现？佚之狐早先又为何不加以引介？其背后的原因是什么，有何隐情？这些都是“国危”与“师必退”两者间形成的绝大反差留下的诸多疑问。佚之狐对郑国当前面临的局势十分清楚，必然心知肚明退师所面临的困境。《古文赏音》对此分析说：“佚之狐已有成竹，但不及武之辩耳。”此说也算勉强说的过去。否则，此处佚之狐的举荐，不像知人善用，却更像一种政治漩涡中的趋利避害。郑伯听从佚之狐的建议，他是知人善用，诚心礼贤下士，还是迫于形势不得已而为之？倘若是前者，那么怎么会有下面烛之武的抱怨？

郑伯与烛之武的对话表面看似乎是在突出郑伯的勇于自责、烛之武的深明大义。实际上，二人的对话可谓波澜丛生。烛之武之推辞，既是对郑伯的批评，亦是一种讲话的艺术。烛之武千呼万唤始出来，开口便让读者见识到了其辞令之高明，这也暗示了烛之武后来退师的成功。烛之武辞令高妙，郑伯亦是不分伯仲，句句是绵里藏针。首先是勇于承认自己的过失，以回应烛之武言辞之中的不满、抱怨，如此便轻松地让烛之武放下芥蒂，获得一份慰藉。但郑伯之语并非是在前半句，而是后面半句，以“郑亡”作假设，抛出种种后果。俗话说唇亡齿寒，国将不国，家焉能存。在大是大非面前，自己的个人得失、荣辱又何必耿耿于怀。郑伯充分显示了一个统治者的老练，其语既是试探烛之武的是非判断能力，也是间接地恐吓烛之武。值得注意的是，郑伯“然郑亡”的言辞艺术，也正是烛之武退秦师的言辞方式。这是一种巧合，还是一种英雄所见略同？

夜缒[18]而出，见秦伯，曰：“秦、晋围郑，郑既[19]知亡矣。若亡郑而有益于君，敢以烦执事[20]。越国以鄙远[21]，君知其难也，焉用亡郑以陪邻[22]？邻之厚[23]，君之薄[24]也。若舍郑以为东道主[25]，行李[26]之往来，共其乏困[27]，君亦无所害[28]。且君尝为晋君赐矣[29]，许君焦、瑕[30]，朝济而夕设版焉，君之所知也。夫[31]晋，何厌[32]之有？既东封[33]郑，又欲肆其西封[34]，若不阙秦[35]，将焉取之？阙秦以利晋，唯君图之[36]。”

此段言烛之武劝说秦穆公之经过。烛之武之言辞，一层紧接一层，尽显策士谋臣三寸不烂之舌的如簧之巧。

“夜缒而出”一方面照应了秦、晋分别驻扎的事实，一方面也对应了反间的私密性。烛之武劝说按照五个步骤展开，第一步以退为进。烛之武见秦穆公，便开门见山指出“郑既知其亡矣”，以避开秦、晋的锐气。前面分明是晋侯、秦伯，此处烛之武却用秦、晋，这也见出烛之武措辞的用心。秦、晋围郑，在这样的背景之下。烛之武直言不讳，坦然告知郑国之结局，更能起到对秦的一份坦诚，也就更利于劝说的进行。再者，坦诚郑知亡，也是一种示弱心理。示弱不是妥协、懦弱，而是审时度势后的一种迂回、一份理智。适当时机的示弱更能够消除对方心理上的防备，从而达到化解冲突的目的。余诚《古文释义》即云："'秦晋围郑'二语先自卑以平其气。"何况，人们普遍存在一种保护弱者的心理。示弱之后，烛之武不是从郑国角度言说，而是从秦国角度分析郑亡对他的益处。这定让秦穆公为之一震。烛之武的示弱可以说很好地让秦穆公放松了警惕，并陷入对秦、晋围郑最终利害的考虑。过珙说："得势全在'秦、晋围郑''郑既知亡'二语，先令人气平了一半；以后纡徐曲折，言言刺入秦伯心窝里去。辞令之妙，一至于此！其悦而且戍也，固宜。"（《古文评注全集》卷一）周大璋《左传翼》卷十一亦言："最妙是'郑既知亡矣'一语，将郑撇开不顾，许多议论都是为秦，而不为郑。教他退师，只是闲谈逗出，在有意无意之间，真善于立言者也。战国策士，大半祖此。"

第二步承接上句郑亡于秦有益与否之问。这一方面是刺激秦穆公对郑亡利弊的思考，另一方面烛之武不待秦穆公开口而说出自己的分析，且处处为秦穆公考虑，这就进一步抓住了秦国的痛处、软肋。烛之武从秦国利益出发，先言灭郑对秦国无益，再说灭郑对秦国有害。郑国灭亡，如果无益且无害，可能尚可被秦国所接收。如果无益反而有害，那么就触碰秦国的禁忌了。在周天子式微、列国纷争的时局之下，邻国强一分，自己便弱一分，面对的危险也就增加一分。秦应晋国之邀，前来围郑，其目的无非是想从中分一杯羹。劳师动众，最终却只是为晋国作嫁衣裳，自己竹篮打水一场空，这可就突破秦国的底线了。原因在于其所处位置，郑毗邻晋国而远离秦国。在冷兵器时代，郑国的地理位置恰对晋有利。晋国蚕食郑国，会进一步扩大自己的疆域，强化自己的国力。而秦国与郑国间隔有楚、晋、周等，对郑国的控制可说是鞭长莫及。何况，晋文公通过城濮之战，一跃登上霸主地位，秦国不可能没有戒备。吴曾祺就说："城濮之役，晋人得志，秦人未必毫无忌心。其相与伐郑者，乃牵率使来，非其心之所役也，故烛之武得以乘其机。不然岂有与人有成谋，而听一说士之言，遽翻然变计之理？后来张孟谈之说，合韩魏以覆智氏，与此相类。"（韩席筹《左传分国集注》卷五）由此判断，烛之武所分析未尝不是秦穆公此刻所想。

第三步，从亡郑角度做出利害分析后，此处又从不亡郑做出利害比较。按照烛之武的分析，不亡郑的结论是"无所害"。无所害是对比前面亡郑所做出的判断。不亡郑，秦、郑交好，郑可作为秦国的东道主，以提供必要的方便。这是郑国存在的意义，虽然不是割地、赔款那样的真金白银的利益诱惑，但总是对秦国无害处。这相比于前面的亡郑陪邻要划算的多。何况，秦国退兵，郑国不亡，那么郑国肯定会与秦国结盟，对秦国来说，自然会少一个对手，冤家宜解不宜结，只要按照烛之武所言，稍作分析对比，秦穆公自然会越来越倾向于退兵。

第四步，以史为例，挑拨秦晋关系。前三步主要是围绕郑国灭亡与否对秦国之利弊做出的分析。此部分则转入到秦、晋关系，以瓦解秦晋同盟。烛之武不从眼前说起，却从历史上说开，这也反映了烛之武的高明之处。以上几步，烛之武的分析都是基于郑亡与否的假设。历史无法假设，假设与现实毕竟有距离感，烛之武虽言之凿凿，但果真要发生，也未必真如烛之武所说的那样发展。此处烛之武若还是一味采用假设手法，容易让秦穆公心生疑窦，毕竟这种画大饼的空口之言说太多容易被识破，毕竟阳光下的肥皂泡总会爆裂。烛之武援引历史上秦、晋之间的真实故事，以增强说服力，此其一。秦、晋两国作为围郑的同盟军，挑拨二者关系，其危险系数要远远高于前面郑亡与否对秦国的利害关系的分析。因此，要想成功实施反间，只有用过硬的事实才有可能奏效，否则前面的工作可能会前功尽弃，此其二。

第五步，借助历史上晋国的出尔反尔，不讲信用的先例作铺垫，烛之武将话题转回现实，道出晋文公围郑的野心。晋国向东围郑、灭郑，只是他扩张计划的第一步，依照晋国的贪得无厌，向东扩张之后，势必再向西扩张，届时，秦国将成为晋国向西扩张的绊脚石，秦国势必难逃郑国一样的下场。

烛之武通过以上五步，抽丝剥茧，点明事情发展的动态，通过正反的对比得出围郑后晋国将是最大的赢家，秦国不仅不会得到好处，还将会养虎为患。烛之武所分析可以说件件都说到秦穆公的心坎上，亦处处戳到秦穆公的痛处。秦国与晋国的关系真是千丝万缕。我们现在习用的成语“秦晋之好”就发生在秦穆公身上。据《左传》记载，晋献公将女儿伯姬（与晋惠公、晋文公为兄妹关系）嫁给秦穆公，启两国结盟的开端。晋献公去世后，晋国发生内乱，晋惠公与晋文公展开了王位的争夺。为了顺利登上王位，晋惠公承诺将西河之地送给秦国，还让自己的儿子到秦作人质。在秦穆公的协助下，晋惠公顺利登上王位。成功继位的晋惠公事后便反水，因为西河的地理位置优越，晋国可以凭借此地对秦国形成牵制。对此，秦穆公只能是哑巴吃黄连。后来，秦国闹饥荒，晋惠公却送给秦国煮熟的种子，导致秦国饥荒雪上加霜。当时，晋惠公还直接出兵秦国。后来，秦国在饥民的协助下大败晋军并俘获了晋惠公。当时，伯姬领着秦穆公的儿女，举着火把前来求情，威胁秦穆公不放晋惠公便以此寻死。秦穆公只得放了晋惠公，还将自己的女儿嫁给了晋惠公的儿子。晋惠公归国不久便一命呜呼，秦穆公准备送作人质的晋惠公儿子归国继承王位，结果晋惠公的儿子（即后来的晋怀公）早已独自偷偷溜回晋国。秦穆公觉得再次被戏弄，想废除晋怀公，于是转而帮助流亡在外的晋惠公的弟弟重耳。而晋文公又是一个贪功、一心求霸之人。这不得不令秦穆公心怀防备。毕竟，秦穆公参与晋国政治，秦应晋之邀围郑，亦是出于秦国利益的考虑。

秦伯说[37]，与郑人盟，使杞子、逢孙、杨孙戍之[38]，乃还[39]。

此段说烛之武说秦的结果。秦军不仅退师，与郑结盟，还使杞子等人守卫郑国。对此，《古文赏音》就评价说："不唯舍郑，又与结盟而使三大夫戍之，武之言，其中于秦伯者深矣。"《左绣》载金仨山之言说："晋文抱怨而喜功，故邀秦以伐郑。秦穆恃功而嗜利，故私郑以倍晋。"

秦伯之说，亦出于利益的考虑。此段叙说秦军之还，呼应第一段秦军汜南。

子犯请击之[40]。公曰："不可。微夫人之力不及此[41]。因人之力而敝之[42]，不仁；失其所与[43]，不知[44]；以乱易整[45]，不武[46]。吾其还也。"亦去之。

此段说晋军面对秦军退兵所采取的态度及晋文公的决定。

晋文公之所以如此决定，首先，秦穆公曾帮助自己复国，若采取行动，会有损形象，何况他此前才确立霸主地位，一旦被世人贴上忘恩负义的标签，自己将处于舆论的风口。其次，秦国反戈，是晋国自己没有做好前期的准备工作，自己已被秦所愚弄。再次，秦国的背叛，不仅仅是自己力量的衰落，更是郑国力量的强大，况且秦、郑经烛之武一番游说，势必严阵以待。晋国贸然行动，可能得不偿失。除了晋文公所说不仁、不知、不武三个方面外，我们还需要注意的是，晋之围郑，可能还是出于示威的考虑。李艺元《听园读左随笔》卷二云："晋文机警似汉高，喜功似汉武，有长驾远驭、驰骋一世之概。枭雄为五霸第一。"晋文公通过城濮之战，逐渐登上霸主地位。其后，便采取了一系列的动作，如此年春，晋使侵郑，"以观其可攻与否"，且使"医衍鸩卫侯"。卫国在晋文公逃难时亦未予以帮助。晋文公确立霸主地位后，对先前未帮助自己的国家都进行了报复，不过通过宁俞贿赂医衍而得以稀释鸩酒，后来在鲁僖公的求情下，晋文公释放卫侯。我们也可以作这样的解读，即晋文公尚未铁心杀死卫成公。同样的道理，晋文公在联合秦国围郑这件事上，亦未铁心灭郑。其可能也是出于两手准备，若能成功灭郑则灭，若不能成功灭郑则给予威慑，使其俯首帖耳。

【注释】

［1］晋侯：指晋文公，名重耳，春秋五霸之一。晋属侯爵，故称晋侯。秦伯：指秦穆公，也是五霸之一。秦属伯爵，故称秦伯。

［2］以：因为。其：指郑国，代词。无礼于晋：对晋国无礼。指晋文公为公子时，逃亡经郑，郑文公不以礼相待。于：对，介词。

［3］且：并且，连词。贰：从属二主。

［4］军：动词，驻军。函陵：郑地，在今河南新郑市北。

[5]汜：水名，此指东汜水，已干涸，故道在今河南中牟县南。函陵、汜南相距很近，均为郑地，在郑国国都（即今新郑）附近。

[6]佚之狐：郑国大夫。于：对，介词。郑伯：指郑文公。

[7]若：假如，连词。使：派遣。烛之武：郑国大夫。见：会见。秦君：指秦穆公。

[8]师：军队，这里指秦、晋两国的军队。

[9]从：听从，接受。之：代词，指代佚之狐的建议。

[10]辞：推辞。

[11]壮：壮年。

[12]犹：尚且，副词。不如人：谦词，意思是才智不如别人。

[13]无能：不能。为：做。也已：句尾语气词连用，重点在“已”，作用相当于“矣”。

[14]子：古代对男子的尊称。

[15]是：这，指示代词，指代“吾不能早用子，今急而求子”。寡人：古代诸侯自称，谦词，意思是“寡德之人”。过：过错，过失。

[16]然：然而，连词。

[17]许：答应，应许。之：代词，指郑文公的派遣这件事。

[18]缒：缚在绳子上放下去。

[19]既：已经，副词。

[20]敢：表敬副词，含有“冒昧地”的意思。以：拿，介词，后边省略宾语代词“之”，指代“亡郑”这件事。烦：麻烦。执事：古时指君王左右办事的人，这是客气话，实指秦穆公本人。

[21]鄙：边境城邑，这里作动词用，是“作为边邑”的意思。远：远处，形容词作名词用。

[22]焉：怎么，疑问代词，放在动词前，作状语，表示反问。焉用：怎么能用。以：表示结果的连词，可译为“来”或“去”。陪：

通“倍”，增加(土地)。邻：指晋国。

[23]厚：增强实力。

[24]薄：削弱实力。

[25]舍郑：放弃(灭亡)郑国。以为：是“以之为”的省略，意思是“把它作为”。东道主：东方道路上的主人。

[26]行李：指出使的人。

[27]共：同“供”，供应。其：代词，指代使者。乏困：行而无资叫乏，居而无食叫困，这里指使者在外所缺少的资粮。

[28]无所害：没有什么害处。“所”字结构“所害”在这里作宾语。

[29]且：况且，而且，连词。尝：曾经。为：给予，动词。晋君：指晋惠公。赐：恩惠。这句是指秦穆公曾派兵护送晋惠公回国为君事。

[30]焦、瑕：晋国两地名，故址在今河南省三门峡市一带。

[31]夫：那，表示远指的指示代词。

[32]厌：满足。何厌之有：是宾语前置句式，即“有何厌”的意思。

[33]东：方位名词作状语，在东面。封：疆界，这里是名词的使动用法，使……成为边界。

[34]肆：放肆，这里指极力扩张。封：这里是名词。

[35]阙秦：使秦国亏损土地。阙：通“缺”，亏损，损害，这里是使动用法。

[36]唯：希望。图：考虑。

[37]说：同“悦”，悦服。

[38]杞子、逢孙、杨孙：秦国大夫。戍：驻扎，防守。之：代词，代郑国。

［39］还：指回秦国。

［40］子犯：晋国大夫，晋文公的舅父，即狐偃。击：追击。

［41］微：如果没有，带有假设语气的否定副词。夫人：那个人，指秦穆公。夫：指示代词，那。不及此：不能到今天这个地位，指不能成为晋国的国君。

［42］因：凭借，依靠，动词。敝：损害。

［43］其：代词，这里指代自己。所与：所结交的，即同盟者。与：结交。

［44］知：同“智”，聪明。

［45］乱：冲突，混乱，指晋秦相攻击。易：代替。整：整齐，联合。指晋秦同盟状态。

［46］武：英武。

【赏析】

林云铭在《古文析义》中评价说：“计较利害处，实开战国游说门户。”本文的写作特点，一是内容详略得当。文章主要围绕烛之武退秦师展开，故对晋文公、秦穆公率师围郑的前因后果只作了简单的交代，这固然是因为《左传》在其他篇章中已有交待，此处减省，为的是更好地围绕主人公开展。如此编排也就使得文章层次井然，主次分明。其次，伏笔与照应。围郑事件的起因虽寥寥几笔，但又埋下了伏笔，有利地促进了下文的开展。烛之武之所以采取退秦师的策略，原因就在于前因中“以其无礼于晋，且贰于楚也”，即秦军与此次围郑没有太大的直接关系。秦穆公之所以最终能被烛之武说服也是基于此。

【集评】

《后汉书·张衡传》引张衡《应间》：夫战国交争，戎车竞驱，君若缀旒，人无所丽。烛武县缒而秦伯退师，鲁连系箭而聊城弛柝。纵往则合，横来则离，安危无常，要在说夫。

刘勰《文心雕龙·论说》：说者，悦也。兑为口舌，故言资悦怿；过悦必伪，故舜惊谗说。说之善者，伊尹以论味隆殷，太公以辨钓兴周。及烛武行而纾郑，端木出而存鲁，亦其美也。

闵如霖评：条陈利害，昭若指掌，且纡徐曲折，足以动人。（黄士京辑《合诸名家点评古文鸿藻》卷一）

魏禧《左传经世钞》卷四：如此辞令，真无一字不妙，无一着不老靠圆密。春秋时祖此者甚多，此不特千古辞命之祖，亦千古处难济变之师也。拜服，拜服！

魏禧《左传经世钞》卷六：魏禧曰：辞令妙绝，与《阴饴甥对秦伯》足相上下。茅鹿门称欧阳文忠《宦者论》如倾水银于地，百孔千窍，无所不入。余于此二篇亦云然。

彭家屏曰：烛之武辞令之善，人皆知之。然得其要领，切于事势，足以耸动秦伯而要以必从者，则"越国鄙远"之说也。秦既不能越晋而有郑而徒取以益晋，岂秦之利乎？故一闻烛之武之言即心解神悦，既私与之盟，又使二大夫戍之，所以防晋者深矣。搤人者必搤其肮，烛之武其操是道欤！

金圣叹《天下才子必读书》卷一：分明一段写舍郑之无害，一段写陪晋之有害，而其文皆作连锁不断之句，一似读之急不得断者。妙在其辞愈委婉，其说愈晓畅。

林云铭《古文析义》卷一：晋文修怨于郑，与秦何涉？秦会兵围之，自是过举，但既同围郑矣，乃听烛之武之言，中变而与郑盟，且舍戍焉，晋岂有不憾者。后此，晋枢牛吼，西师暴骨于二陵，结衅不休，皆自此始。此尤失策之大者也。但烛之武为国起见，说秦之词，句句悚动，有回天之力。其中无限层折，犹短兵接战，转斗无前，不虑秦伯不落其彀中也。计较利害处，实开战国游说门户。佚之狐当受荐贤上赏矣。[按：周聘侯评选《古文精言合编》卷二亦录此评。]

余诚《重订古文释义新编》卷二：秦晋同围郑，郑独遣武说秦者，以师出自晋，秦特助之耳。去其羽翼，兵势自孤，故秦军退而晋军自退也。此篇起首一段，叙出围郑之故，并两军驻扎之地，便见郑原未尝得罪于秦，而乘间可以进说，意是为下文伏案也。“佚之狐”段，叙遣武事，却用一“辞”作波，是行文纡徐有致处。“武见秦伯”之段，前一段就秦与郑说，后一段就秦与晋说，皆从利害上立言，反反复复，似深为秦筹者，委婉入情，令人自为心折，极是辞令妙品。后段末以“乃还”二字结“秦军氾南”句。“子犯”一段又另将晋做一波，以“亦去之”三字结“晋军函陵”句，章法尤为精密。说秦伯语虽分两段，其实一气相生，先以“有益”反起“君之薄”，次以“无所害”反应“君之薄”，再次以“阙秦”反应“无所害”。

吴楚材、吴调侯《古文观止》卷一：郑近于晋，而远于秦。秦得郑而晋收之，势必至者。越国鄙远，亡郑陪邻，阙秦利晋，俱为至理。古今破同事之国，多用此说。篇中前段写亡郑乃以陪晋，后段写亡郑即以亡秦，中间引晋背秦一证，思之毛骨俱悚。宜乎秦伯之不但去郑，而且戍郑也。

谢有煇《古文赏音》：秦晋方睦，若作卑辞乞怜，秦必不能以郑易晋。即以存亡继绝为言，亦未必能动听也。妙在语语在亡郑后打算，见不唯无益于秦，而反有害于秦。今日之陪邻，已觉无谓，而他日之阙秦，隐然可忧。秦伯安得不翻然悟，惕然惧哉？烛之

武一言，贤于十万师矣。然初使之而未免怨言，则其忘身爱国犹在佚之狐后耳。秦晋结怨，自此始。（立夫）

过珙《古文评注全集》卷一：得势全在“秦、晋围郑”“郑既知亡”二语，先令人气平了一半；以后纡徐曲折，言言刺入秦伯心窝里去。辞令之妙，一至于此！其悦而且戍也，固宜。

冯李骅、陆浩《左绣》卷七：大旨极言亡郑之无益，开口提明一句，以下分作两半读，前半先申言亡郑之无益，又翻转来极言舍郑之无害，再扶进一步，先言晋善背秦，再言并当阙秦，都是一层紧一层。前半亡郑以陪邻，后半阙秦以利晋，两两相对，一反一复，写得不惟无益，而竟大有损。直截痛快，却步步用一顿一跌，以挑拔之笔舌之妙，真为《国策》开山。然《国策》有其圆警，无其简洁隽逸也。

浦起龙《古文眉诠》卷三：终晋文过郑不礼一案。退秦辞令，势透机圆。又按晋、郑不敌，岂假秦助。然秦解而晋难为情，秦解而晋且迁怒矣。盖又以东封郑，种西衅根荄也。

倪承茂选《古文约编》卷一：此为殽师张本，见秦晋结怨之所自始也。烛之武说秦伯之词，亦层层紧逼，无一闲句。

快评云：烛之武之说秦伯，亦了不异人意，独是其言之委曲婉转，次第顿挫，能令人之意消，则有大段着力不得处。有益无害是一篇之眼，见亡郑之有害无益也。妙在反点而不正点，若一片赤心，全为秦而不为郑者。战国人大半以此为蓝本。

李骏岩《左传快读》卷六：此是第一篇反间文字。凡用间，必得间而后入。起首一行，写得围郑与秦全无干涉，便伏一篇立说之根。又，用间不外利害两端，而极言如此之利不如极言如彼此害。篇中说利只一层，说害却用三层是也。用间，不可说成为己之学，须借着而陈居然忠爱。篇中凡九提“君”字，写得句句是为秦谋，不为己谋。吾舌尚存，虽隋、陆复生，何以易此？

不亡郑陪邻，犹未必能阙秦。既兼并郑国，气焰愈大，不至阙秦不止，却不说到自己身上，截然便住，妙甚。

在翼云：无益无害，无信无厌，分看虽是四层，究之止目前无益，将来有损两层而已。曲折如千岩万壑，目不给赏，转折动荡，更有兔起鹘落、少纵则逝之势。

按，秦穆闻烛之武几番无益有损的话，剔醒，便使人戍守而归，非卫郑也。还是悔不应与晋共围，即灭郑而掊分其地，真正无益。不如暂做人情，且退一着，待晋侯旋归而我有人在此探定消息，从复再来一股鲸吞，岂不甚妙。观后来杞子以掌北门之管告秦伯，秦即潜师袭郑，可知此番使戍而归，的是悔与晋共围也。

韩慕庐《批点春秋左传纲目句解》卷二引林非斋评：晋乃秦之敌也。郑近于晋而远于秦，则郑乃秦之唇，唇亡而齿有不寒者乎？故秦伯不但不围而且戍郑也。

周大璋《左传翼》卷十一：最妙是“郑既知亡矣”一语，将郑撇开不顾，许多议论都是为秦，而不为郑。教他退师，只是闲谈逗出，在有意无意之间，真善于立言者也。战国策士，大半祖此。然词气凌厉，多露圭角，不如此浑脱和婉耳。

林纾《左孟庄骚精华录》卷上：天下求文字之紧凑，用“利”“害”两字。辘轳为用，移步换形，言简词悚，能使人不得不听者，此篇是也。烛之武虽老，技痒人也。故一叩即鸣，想其辞谢郑伯时，亦未必即有把握。一经郑伯提起“郑亡，子亦不利”一语，立时参透晋强，秦亦不利。机关一动，即用郑伯速已之言，为摇动秦伯之术。观其一肆口即曰：“亡郑而有益于君，敢以烦执事。”此即郑伯言中之意也。“越国以鄙远，君知其难也”句是言秦为其难，以利归晋。亡郑陪邻，为计更左。似患晋之无利，用力以附益之。邻厚君薄，已撩动秦伯妒心，使之趋利而避害。继以甘为东道，愿供行李困乏，谓秦虽无大利，亦据有小利。不说以郑属秦，但小饵之以此。两两与亡郑陪邻比较，为利已多。顾不言利，而曰亦无所害者，以所挟持饵秦者。为礼薄也，不好出口，且不将晋人攀倒。以往事动秦伯之怒，亦不见功。焦、瑕负约，是惠公时事，然惠负而文不酬。秦伯本有怏怏之心，一经触发，立解形体。东封、西封之害，秦人本不惧此。特行文应有之言。全篇重在"阙秦利晋"四字，使秦伯不能不听。匪特烛之武敏给，非左氏文字曲曲传写，敏给亦无从见。文无他妙巧，但极紧极灵，代他体贴，代他估量，代他不平，代他计较，代他抱屈，一一若贡忠诚，实一一皆关利害。"利""害"两字，或平列，或侧重，或挪移抽换，但觉一步紧似一步。行文能解此法，殊游刃有余。

韩席筹《左传分国集注》卷五引吴曾祺评：城濮之役，晋人得志，秦人未必毫无忌心。其相与伐郑者，乃牵率使来，非其心之所欲也，故烛之武得以乘其机。不然岂有与人有成谋，而听一说士之言，遽翻然变计之理？后来张孟谈之说，合韩魏以覆智氏，与此相类。

章炳麟《国学述闻》：若烛之武之退秦师，是纯为纵横家。

【延伸阅读】

史记·郑世家

（郑文公）四十一年，助楚击晋。自晋文公之过无礼，故背晋助楚。四十三年，晋文公与秦穆公共围郑。讨其助楚攻晋者，及文公过时之无礼也。初，郑文公有三夫人，宠子五人，皆以罪蚤死。公怒，溉逐群公子。子兰奔晋，从晋文公围郑。时兰事晋文公甚谨，爰幸之，乃私于晋，以求入郑为太子。晋于是欲得叔詹为僇。郑文公恐，不敢谓叔詹言。詹闻，言于郑君曰："臣谓君，君不听臣，晋卒为患。然晋所以围郑，以詹，詹死而赦郑国，詹之愿也。"乃自杀，郑人以詹尸与晋。晋文公曰："必欲一见郑君，辱之而去。"郑人患之，乃使人私于秦曰："破郑益晋，非秦之利也。"秦兵罢。晋文公欲入兰为太子，以告郑。郑大夫石癸曰："吾闻姞姓乃后稷之元妃，其后当有兴者。子兰母，其后也。且夫人子尽已死，余庶子无如兰贤。今围急，晋以为请，利孰大焉！"遂许晋，与盟，而卒立子兰为太子，晋兵乃罢去。四十五年，文公卒，子兰立，是为缪公。

春秋左传·晋公子重耳之亡

晋公子重耳之及于难也，晋人伐诸蒲城。蒲城人欲战，重耳不可，曰："保君父之命而享其生禄，于是乎得人。有人而校，罪莫大焉。吾其奔也。"遂奔狄。从者狐偃、赵衰、颠颉、魏武子、司空季子。狄人伐廧咎如，获其二女叔隗、季隗，纳诸公子。公子取季隗，生伯儵、叔刘；以叔隗妻赵衰，生盾。将适齐，谓季隗曰："待我二十五年，不来而后嫁。"对曰："我二十五年矣，又如是而嫁，则就木焉，请待子。"处狄十二年而行。

过卫，卫文公不礼焉。出于五鹿，乞食于野人，野人与之块。公子怒，欲鞭之。子犯曰："天赐也。"稽首受而载之。

及齐，齐桓公妻之，有马二十乘，公子安之。从者以为不可。将行，谋于桑下。蚕妾在其上，以告姜氏。姜氏杀之，而谓公子曰："子有四方之志，其闻之者，吾杀之矣。"公子曰："无之。"姜曰："行也！怀与安，实败名。"公子不可。姜与子犯谋，醉而遣之。醒，以戈逐子犯。

及曹，曹共公闻其骈胁，欲观其裸。浴，薄而观之。僖负羁之妻曰："吾观晋公子之从者，皆足以相国。若以相，夫子必反其国。反其国，必得志于诸侯。得志于诸侯，而诛无礼，曹其首也。子盍蚤自贰焉。"乃馈盘飧，置璧焉。公子受飧反璧。

及宋，宋襄公赠之以马二十乘。

及郑，郑文公亦不礼焉。叔詹谏曰："臣闻天之所启，人弗及也。晋公子有三焉，天其或者将建诸，君其礼焉。男女同姓，其生不蕃。晋公子，姬出也，而至于今，一也；离外之患，而天不靖晋国，殆将启之，二也；有三士足以上人而从之，三也。晋郑同侪，其过子弟，固将礼焉，况天之所启乎？"弗听。

及楚，楚子飨之，曰："公子若反晋国，则何以报不穀？"对曰："子女玉帛，则君有之，羽毛齿革，则君地生焉。其波及晋国者，君之余也，其何以报君？"曰："虽然，何以报我？"对曰："若以君之灵，得反晋国，晋楚治兵，遇于中原，其辟君三舍。若不获命，其左执鞭弭，右属櫜鞬，以与君周旋。"子玉请杀之。楚子曰："晋公子广而俭，文而有礼。其从者肃而宽，忠而能力。晋侯无亲，外内恶之。吾闻姬姓唐叔之后，其后衰者也，其将由晋公子乎！天将兴之，谁能废之？违天，必有大咎。"乃送诸秦。

秦伯纳女五人，怀嬴与焉。奉沃盥，既而挥之。怒，曰："秦晋匹也，何以卑我？"公子惧，降服而囚。

他日，公享之，子犯曰："吾不如衰之文也，请使衰从。"公子赋《河水》，公赋《六月》。赵衰曰："重耳拜赐！"公子降，拜，稽首，公降一级而辞焉。衰曰："君称所以佐天子者命重耳，重耳敢不拜？"

二十四年春王正月，秦伯纳之，不书，不告入也。及河，子犯以璧授公子，曰："臣负羁绁从君巡于天下，臣之罪甚多矣。臣犹知之，而况君乎？请由此亡。”公子曰：“所不与舅氏同心者，有如白水。”投其璧于河。济河，围令狐，入桑泉，取臼衰。二月甲午，晋师军于庐柳。秦伯使公子絷如晋师。师退，军于郇。辛丑，狐偃及秦、晋之大夫盟于郇。壬寅，公子入于晋师。丙午，入于曲沃。丁未，朝于武宫。戊申，使杀怀公于高梁。不书，亦不告也。

吕、郤畏逼，将焚公宫而弑晋侯。寺人披请见，公使让之，且辞焉，曰：“蒲城之役，君命一宿，女即至。其后余从狄君以田渭滨，女为惠公来求杀余，命女三宿，女中宿至。虽有君命，何其速也？夫祛犹在，女其行乎！”对曰：“臣谓君之入也，其知之矣。若犹未也，又将及难。君命无二，古之制也。除君之恶，唯力是视。蒲人、狄人，余何有焉。今君即位，其无蒲、狄乎？齐桓公置射钩而使管仲相，君若易之，何辱命焉？行者甚众，岂唯刑臣。”公见之，以难告。三月，晋侯潜会秦伯于王城。己丑晦，公宫火，瑕甥、郤芮不获公，乃如河上，秦伯诱而杀之。晋侯逆夫人嬴氏以归。秦伯送卫于晋三千人，实纪纲之仆。

冯谖客孟尝君

《战国策》是一部国别体史著，依次为东周、西周、秦、齐、楚、赵、魏、韩、燕、宋卫、中山诸策，凡三十三卷。主要记述当时谋臣策士游说诸侯或进行谋议论辩时的政治主张或斗争策略，记事各自成篇。其中文章不作于一时，作者亦不为一人。西汉刘向据其文多“战国时游士辅所用之国，为之策谋”，因而名之曰《战国策》。东汉时，高诱为之作注；北宋时，曾巩又加以校订，作了订补；南宋时，姚宏在曾巩校补基础上作了续注，加以刊印。

战国时代，列国纷争，六国以合纵对抗强秦，秦国则用连横破六国。时代的风云诡谲为当时的谋臣、辩士提供了活动的舞台和表现机会。刘勰在《文心雕龙·论说》中说：“暨战国争雄，辨士云踊；纵横参谋，长短角势；转丸骋其巧辞，飞钳伏其精术；一人之辨，重于九鼎之宝；三寸之舌，强于百万之师；六印磊落以佩，五都隐赈而封。”

齐[1]人有冯谖者，贫乏不能自存[2]，使人属[3]孟尝君，愿寄食门下[4]。孟尝君曰：“客何好[5]？”曰：“客无好也。”曰：“客何能？”曰：“客无能也。”孟尝君笑而受之[6]，曰：“诺[7]。”

此段叙冯谖寄食孟尝君之缘由及与孟尝君对话之内容。冯谖之无好、无能是全篇的点睛之处。无好对应下文冯谖弹剑、弹铗、弹剑铗之需求；无能对应后文狡兔三窟之营造。《战国策评苑》卷四载张洲之言曰："此先言无好无能，后一篇皆言其所好所能。"

情节是人物性格展现的最佳方式，而翻转可以说是本篇情节最为跌宕、也最吸引人之处。情节的翻转，首先是无能、能的翻转。本篇主要围绕"能"字，通过几个场景展开，意在突出冯谖之有能。其次，贫乏是冯谖寄食孟尝君的缘由，表面看来，寄食是冯谖自存之计。但从后文来看，看似冯谖的自存，实际上是孟尝君之生存。

人固不易得，得人亦不易。古往今来，君臣之间，封疆大吏与门客之间，主客之际遇，无不如此。黄震即感慨："孟尝君好客，仅得一冯驩；平原君好士，仅得一毛遂。"初识之际，人多倾向于给对方留下美好印象，有时不惜通过一些夸张的言行来获得他人的肯定、认可。面对孟尝君之问，冯谖直言无好无能，倒是反其道而用之。薛应旂说："古人陈词隐约，令人可思。冯谖直云无好无能，便非当时游士所及。孟尝君固已心识之矣，贱之以试之也。"薛氏此言，上半段可说道出了冯谖的魄力，但后半段说孟尝君特试之尚有商榷之处。毋宁说孟尝君特试冯谖，不如说是冯谖特试孟尝君。齐国孟尝君、赵国平原君、楚国春申君和魏国信陵君，因礼贤下士，广交天下宾客，被称为战国四公子。《史记》评价孟尝君："客无所择，皆善遇之。"良禽择木而栖，良辰择主而事。冯谖通过这种自贬的营销方式，其实是在试探孟尝君的反应。对冯谖的回答，孟尝君"笑而受之"，一"笑"大有文章。文中之笑，既有孟尝君之笑，也有其他门客之笑。孟尝君之笑，有初见冯谖的笑，又有见识冯谖之能后的笑。可以说孟尝君前后之笑有别，孟尝君与门客之笑有异。此处孟尝君之笑，既有面对冯谖直言不讳自己无好无能的回答，下意识地笑，亦有讥笑之意。冯谖之直言，在孟尝君看来，可以是坦诚，也可以是自谦。人际交往中，一方对另一方的第一印象形成的首因效应至关重要。冯谖既然是“使人属孟尝君”，自然不同于“自荐”方式所留下的印象。主客首次见面，冯谖这一奇特的回答方式，未免使孟尝君形成一种不好的印象。再者，孟尝君在齐国素有好客之名，如若拒绝冯谖，此事将有悖于以往形象。其笑不乏一种无奈的苦笑，与后面的“诺”字相呼应。

左右以君贱之也[8]，食以草具[9]。居有顷[10]，倚柱弹其剑[11]，歌曰：“长铗归来乎[12]！食无鱼。”左右以告[13]。孟尝君曰：“食之，比门下之鱼客。”居有顷，复弹其铗，歌曰：“长铗归来乎！出无车。”左右皆笑之，以告。孟尝君曰：“为之驾[14]，比门下之车客[15]。”于是乘其车，揭[16]其剑，过[17]其友曰：“孟尝君客我[18]。”后有顷，复弹其剑铗，歌曰：“长铗归来乎！无以为家[19]。”左右皆恶之，以为贪而不知足。孟尝君问：“冯公有亲乎[20]？”对曰：“有老母。”孟尝君使人给其食用[21]，无使乏[22]。于是冯谖不复歌。

此段叙冯谖之“好”，以“食无鱼”“出无车”“无以为家”三试孟尝君。此部分以三“好”对应前文所说之“客无好”。

“左右以君贱之”紧跟上一段的“笑”字而来。上有所好，下必甚焉。反之亦然，上有所恶，下亦从之。吴师道注引《列士传》：“孟尝君厨有三列：上客食肉，中客食鱼，下客食菜。”由左右对冯谖之态度，孟尝君之态度不言而喻。这也为下文冯谖一而再，再而三提出要求奠定基础。根据美国心理学家马斯洛《人类激励理论》所提出的需要层次理论，人的需求分为生理需求、安全需求、归属需求、尊重需求及自我实现五个层次。生理需求是人最基本的需求，也是人最先需要解决的需求。冯谖以贫乏不能自存而选择寄食孟尝君，生理需求中的食物需求是其最先考虑的因素。按照孟尝君门客的配餐等级，当前冯谖的伙食可说最差。从其要求而言，冯谖采用的是一种渐进式的方式，而非从最低等一下子跨越至最高等。《史记·孟尝君传》载："孟尝君置传舍十日。"司马贞索隐："按：传舍、幸舍及代舍，并当上、中、下三等之客所舍之名耳。"传舍之客，食无鱼；幸舍之客，食有鱼而出入无车；代舍之客，出入乘舆车。冯谖在食有鱼基础上提出"出无车"，其要求上升至代舍的要求，也即门客的最高等级。在满足出入有车的基础上，冯谖再次提出"无以为家"的要求。相比而言，这就比最高门客待遇还要优渥了。就其解决方式而言，冯谖亦采用弹剑、弹铗、弹剑铗而歌，再通过左右以告孟尝君这一委婉方式，而非直接去找孟尝君。

在三试孟尝君的过程中，冯谖并非没有回应，第一次回应是孟尝君为之配车之后，他乘车配剑，过其友且宣扬：孟尝君客我。第二次是孟尝君使人供给冯谖母亲后，他不复歌。冯谖的两次回应，并非泛泛之笔。前者意在表明冯谖是知恩图报之人，其过友人，并非自我之炫耀，而是以自己切身的经历作为例子为孟尝君善待门客作一宣传，事实胜于雄辩，冯谖的招摇就是一次成功的广而告之。其用自己看似无礼的要求降低自己的身份，目的是为了更好地衬托孟尝君的形象。此部分，冯谖要求多一份，读者就对冯谖的厌恶便深一分，对孟尝君大度的敬佩则增一分，可以说冯谖以牺牲自己的方式成功为孟尝君作了一次营销。冯谖第二次回应则意在表明自己并非贪得无厌之人。胡时化说:“谖不复歌,志愿足矣。”这是冯谖掌握的度,所谓过犹不及,这充分展示了冯谖对做事火候的掌控力。

在冯谖三试孟尝君这一过程中,伴随的是孟尝君左右门客态度的变化。“左右以告”“左右皆笑之,以告”“左右皆恶之,以为贪而不知足”,冯谖三次不同的要求,左右三次相异的反应,可谓曲写人情。

值得注意的是,冯谖三试孟尝君之记载,与《史记·孟尝君列传》所记稍有不同。叶适《习学纪言序目》就说:“冯驩事与《战国策》冯谖稍殊,《史记》盖别有所本,其义为胜也。”不过就此部分的情节及人物塑造而言,《战国策》要好于《史记》。《史记·孟尝君列传》载:初,冯驩闻孟尝君好客,蹑蹻而见之。孟尝君曰:“先生远辱,何以教文也?”冯驩曰:“闻君好士,以贫身归于君。”孟尝君置传舍十日,孟尝君问传舍长曰:“客何所为?”答曰:“冯先生甚贫,犹有一剑耳,又蒯缑。弹其剑而歌曰:‘长铗归来乎,食无鱼。’”孟尝君迁之幸舍,食有鱼矣。五日,又问传舍长。答曰:“客复弹剑而歌曰:‘长铗归来乎,出无舆。’”孟尝君迁之代舍,出入乘舆车矣。五日,孟尝君复问传舍长。舍长答曰:“先生又尝弹剑而歌曰:‘长铗归来乎,无以为家。’”孟尝君不悦。

后孟尝君出记[23],问门下诸客[24]:“谁习计会[25],能为文收责于薛者乎[26]?”冯谖署曰:“能。”孟尝君怪之[27],曰:“此谁也?”左右曰:“乃歌夫[28]‘长铗归来’者也。”孟尝君笑曰:“客果[29]有能也,吾负[30]之，未尝见也。”请而见之，谢[31]曰：“文倦于事[32]，愦于忧[33]，而性懧愚[34]，沉于国家之事，开罪[35]于先生。先生不羞[36]，乃有意欲为收责于薛乎[37]？”冯谖曰：“愿之。”于是约车治装[38]，载券契[39]而行，辞曰：“责毕收[40]，以何市而反[41]？”孟尝君曰：“视吾家所寡有者[42]。”

此段叙冯谖自荐去薛地收债。上段叙冯谖之所好，此段叙其所能。

本段以孟尝君出记作一转折，开启另一场景。冯谖始作门客即说自己无好、无能，三次弹剑铗而歌已说明无好为虚，那么无能亦是假。在去薛地收债事上，孟尝君却问“诸客”，说明其对冯谖未尝上心，答应其请求亦是随口应之，并未真正施以礼遇，也就是马斯诺所说的满足冯谖的精神需求。孟尝君的“怪之”，左右的回答，亦是情理之中。孟尝君笑说“客果有能”的评价，进一步印证孟尝君不是忘记冯谖，而是先前毫无名气、一直默默无闻的冯谖竟然自荐去薛地收债，这多少出乎他的意外。此前未礼遇他的事实，促使他下意识地承认自己先前的失误。孟尝君的解释也可说是善于辞令，权以国家之事作挡箭牌。因为冯谖此次自荐出乎意外，所以他才会再次询问，以确认冯谖会替自己去薛地收债。

一“能”字系回应前文无能而来。这是冯谖与孟尝君的第二次面对面对话。前面一次对话冯谖是展示自己的“无能”，此次交流冯谖旨在展现自己的“能”。不过，冯谖所说的“能”并非仅仅停留于回应孟尝君“能为文收责于薛者”中的“能”，而是更深意义上的“能”。从下文看，冯谖早已设计好薛地收债、焚券这一系列举措。在主客收债一问一答上，冯谖是有备而来的，而孟尝君则是临时漫应，所谓问者有意，答者无心。这样才会出现了冯谖“责收毕，以何市而反”之问。孟尝君的回答，不是开列具体的名单，而是给冯谖很大的自助空间，这恰恰落入冯谖设计的“圈套”。《古文赏音》说：“一‘毕’字，意中已有成见。孟尝之答，又恰与谖暗合市贾也。”无怪乎田艺衡评价说：“问得最巧，应得最妙。”（黄士京辑《合诸名家点评古文鸿藻》）

驱[43]而之薛，使吏召诸民当偿者[44]，悉来合券[45]。券遍合，起，矫命以责赐诸民[46]。因烧其券，民称[47]万岁。

此段叙冯谖矫命焚券事。

合券、焚券呼应上段“载券契而行”。作者将合券、焚券分别叙之，亦多有用心处。合券是冯谖习计会之能力，焚券是冯谖市义之能力。首先，冯谖既然是奉孟尝君之命去薛地收债，故按照收债流程，势必要与当偿债务之民合券以核对债务关系。合券是印证其能收债能力的应有之举。其次，冯谖在合券之后当众烧券，是他充分利用孟尝君“视吾家所寡有者”而做出的决断。按照常理，孟尝君虽给予冯谖一定的自主权，但焚券应该是超出了其权力范围。当众焚券，充分说明冯谖熟知广而告之的宣传效力，市义是其深谋远虑的超人之识。

值得注意的是，“万岁”并非是君主独享的特权。高承《事物纪原》卷一载：“考古，逮周未有此礼。战国时，秦王见蔺相如奉璧，田单伪约降燕，冯谖焚孟尝君债券，左右及民皆呼万岁。盖七国时众所喜庆于君者，皆呼万岁。秦汉以来，臣下对见于君，拜恩庆贺，率以为常。”

长驱到齐，晨而求见。孟尝君怪其疾也，衣冠[48]而见之，曰："责毕收乎？来何[49]疾也！"曰："收毕矣。""以何市而反？"冯谖曰："君云'视吾家所寡有者'。臣窃计[50]，君宫[51]中积珍宝，狗马实外厩[52]，美人充下陈[53]。君家所寡有者，以义耳！窃以为君市义。"孟尝君曰："市义奈何？"曰："今君有区区[54]之薛，不拊爱子其民[55]，因而贾利之[56]。臣窃矫君命，以责赐诸民，因烧其券，民称万岁。乃臣所以为君市义也。"孟尝君不说[57]，曰："诺，先生休矣[58]！"

此段叙冯谖对孟尝君解释市义缘由。

此段内容承续上段主客对答而来。首句"驱"字，对应前一段之"驱"字，又呼应孟尝君所说之"疾"字；"收毕矣"呼应上文"责毕收"；孟尝君"以何市而反"呼应前段冯谖问孟尝君"以何市而反"。冯谖之回答则呼应上文之"矫命"。

主客之回答反映了二人对利、义认知的偏差。孟尝君派门客到薛地收债，表明其重在利，故冯谖言其"宫中积珍宝，狗马实外厩，美人充下陈"。面对冯谖"市义"的解释，孟尝君追问"市义奈何"，听了冯谖的解释后"不说"，进一步表明其重利而轻义。唐顺之曰："孟尝，贪人也。"义、利二者并非完全的对立关系，何况随着私有财产的兴起，求利已成为人的一种本能，只不过在孔子为代表的儒家看来，求利必须合乎道义，否则，则如孔子所说的"不义而富且贵，于我如浮云"。战国时期，随着列国纷争，纵横辨士为生存计，多对传统观念有所背离，甚至有离经叛道之举。在义利关系上，如苏秦说："安有说人主不能出其金玉锦绣，取卿相之尊者乎？”谭拾子更是坦言：“富贵则就之，贫贱则去之。”由此来看，孟尝君对利的追求，本无可厚非。但在冯谖看来，作为统治阶层一员的孟尝君若要在政治上有所建树，单靠求利远远不够，即便这些利是在取之有道的范畴内。冯谖所希望的是统治阶层通过注重义，构建一种和谐的与民关系。薛地作为孟尝君的封地，孟尝君是该地的主人，冯谖矫命焚券，目的是树立孟尝君爱民如子的形象，这正是冯谖主张的驭民之术。

后期年[59]，齐王[60]谓孟尝君曰：“寡人不敢以先王之臣为臣[61]。”孟尝君就国[62]于薛，未至百里，民扶老携幼，迎孟尝君道中。孟尝君顾[63]谓冯谖曰：“先生所为文市义者，乃今日见之。”

此段叙冯谖市义之效。唐顺之曰：“孟尝君贪人也，冯谖干之，便有怀其所短而补之以义意，故嘿嘿而待收责之命。”

齐王让孟尝君就国，可谓一茎生两花，为下文展开埋下伏笔。花开两朵，各表一枝。因为孟尝君就薛，故而演生出先前冯谖“市义”之效。这就回应了前面冯谖收债于薛一事。因为孟尝君就薛，道出冯谖所谓的“狡兔三窟”之“二窟”的营造。同时，薛地百姓迎君道中，正是印证冯谖所说“民称万岁”的真实性。孟尝君顾谓冯谖之语，与上文的“不说”形成比对，突出冯谖的前瞻性，也反映出利、义之辨的最终结果。

孟尝君就国于薛，此涉及战国时期的封君制度。总体而言，封君制是春秋时期分封卿大夫的延续。战国时期，封君的条件或依据分封者之功，即依据受封者对国家的贡献。或亲亲受封，即“贵戚父兄，皆可以受封侯”。封君是否就封，大体分为两种情况：

其一,受封但不就国。其原因多在于在朝廷中有任职。如秦白起,昭王三十年被封为武安君,昭王五十年卒。其间,白起多率兵征战,显然不可能就封,很有可能在都城任职。其二,受封且就封。如郑伯克段于鄢中的共叔段,其就封于京。本文中齐王所言,亦即暗示孟尝君要到薛地就封。这种情况意味着就封之人将不再参与国家政事。

冯谖曰:"狡兔有三窟,仅得[64]免其死耳。今君有一窟,未得高枕而卧也[65]。请为君复凿二窟。"孟尝君予车五十乘、金五百斤[66],西游于梁[67],谓惠王曰:"齐放[68]其大臣孟尝君于诸侯,诸侯先迎之者,富[69]而兵强。"于是梁王虚上位[70],以故相[71]为上将军,遣使者,黄金千斤、车百乘,往聘[72]孟尝君。冯谖先驱[73],诫[74]孟尝君曰:"千金,重币[75]也;百乘,显使[76]也。齐其闻之矣。"梁使三反[77],孟尝君固辞[78]不往也。

此段叙冯谖为孟尝君游说,以营造第二窟。

孟尝君就国于薛之缘由及冯谖营窟之始末,《史记·孟尝君列传》有不同的记载。孟尝君就薛,原因在于:"齐王惑于秦、楚之毁,以为孟尝君名高其主而擅齐国之权。"《史记》所载,确实涉及中国皇权时代的一个基本问题,即皇权与相权二者间的消长、博弈。在大一统时代,皇权逐渐加强,而相权则逐渐减小甚至被废除。这也正验证了宋太祖赵匡胤所说的那句话,卧榻之侧岂容他人鼾睡。按照《史记》的记载,孟尝君失势后,其宾客如鸟兽散,最后只留下冯谖。最终,冯谖约车去秦游说而使孟尝君得以复位。

俗话说,伴君如伴虎。暂且不管孟尝君到薛地就国的原因如何,这无疑是发出了一个政治信号,要想在权力政治中存活,需要采取一定的保身手段。相比孟尝君,冯谖显然具有更多的前瞻性。人无远虑必有近忧,市义所赚取的是民众的信任,但仅有民众的支持还是不够的,只有获得帝王的信任才能够进一步巩固自身的地位。冯谖为孟尝君所营造的第二窟,意图即在此。

冯谖所采用的计谋,与苏代济甘茂如出一辙,都是通过借"扬名于外"的策略引起帝王的重视,以重新获得信赖。凌知遇说:"冯谖一说梁齐而孟尝之黄金封邑逾于平时,正与苏代妆甘茂之事同。"(黄士京辑《合诸名家点评古文鸿藻》卷三)苏代济甘茂的故事,《史记·甘茂列传》载:"甘茂之亡秦奔齐,逢苏代。代为齐使于秦。甘茂曰:'臣得罪于秦,惧而遁逃,无所容迹。臣闻贫人女与富人女会绩,贫人女曰:我无以买烛,而子之烛光幸有余,子可分我余光,无损子明而得一斯便焉。今臣困而君方使秦而当路矣。茂之妻子在焉,愿君以余光振之。'苏代许诺,遂致使于秦。已,因说秦王曰:'甘茂,非常士也。其居于秦,累世重矣。自殽塞及至鬼谷,其地形险易皆明知之。彼以齐约韩、魏反以图秦,非秦之利也。'秦王曰:'然则奈何?'苏代曰:'王不若重其贽、厚其禄以迎之,使彼来则置之鬼谷,终身勿出。'秦王曰:'善。'即赐之上卿,以相印迎之于齐。甘茂不往。苏代谓齐愍王曰:'夫甘茂,贤人也。今秦赐之上卿,以相印迎之。甘茂德王之赐,好为王臣,故辞而不往。今王何以礼之?'齐王曰:'善。'即位之上卿而处之。秦因复甘茂之家以市于齐。"战国时期,诸侯国彼此争霸,一方面是武力的较量,一方面是人才的竞争,而归根结底是人才的竞争。冯谖通过在梁惠王面前夸耀孟尝君之才能,使得梁惠王虚上位,重礼以聘以待孟尝君。此事势必会传到齐王耳中。孟尝君扬名于外，而自己却弃之不用，这无疑不利于齐王的声誉。人下意识会有一种从众心理，众曰然而己何必说不然？再者，孟尝君到别国，势必会造成“邻之厚，君之薄”的局面，这对齐国显然亦不利。只不过，所有这一切只是冯谖的计谋，所以他才会“先驱”，且诫孟尝君。目的只是为孟尝君造势，而非真的让孟尝君去齐入梁。正因为如此，孟尝君才会“固辞不往”。

齐王闻之，君臣恐惧，遣太傅赍黄金千斤[79]、文车二驷[80]、服剑[81]一，封书谢孟尝君曰：“寡人不祥[82]，被[83]于宗庙之祟，沉于谄谀之臣[84]，开罪于君。寡人不足为[85]也，愿君顾[86]先王之宗庙，姑反国统万人乎[87]！”冯谖诫孟尝君曰：“愿请先王之祭器[88]，立宗庙于薛。”庙成，还报孟尝君曰：“三窟已就，君姑高枕为乐矣。”

此段叙冯谖为孟尝君谋第三窟。

“齐王闻之”，印证上文冯谖“齐其闻之矣”。由此观之，非但孟尝君一言一行全按冯谖之计谋，齐王的一举一动亦全在冯谖的掌控之中。前后两“诫”，可以说是交相呼应。梁国聘孟尝君之物与齐王之聘礼亦有可观处。通过在梁国的舆论造势，孟尝君轻松恢复相位。罗洪先曰：“田文以冯谖一人复其位，贤士诚不易得。”相位既然能够恢复，也就意味着可以再次失去。故而冯谖才趁热打铁，让孟尝君请先王祭器，在薛地立宗庙。

在宗法制下，有大宗、小宗之分。嫡长子孙这一支是大宗，其余为小宗。周天子由嫡长子继承，这是天下的大宗，其他儿子分封为诸侯，相比周天子为小宗；同理，诸侯王亦由嫡长子世袭，为大宗，其余儿子分封为卿大夫，相比诸侯王为小宗。嫡长子被认为是宗子，有主祭始祖的特权，而祭器是一种礼法上权力的象征。孟尝君相比于齐王是小宗，其本身没有祭祀始祖的特权，故而才提出请先王祭器的要求。此举的作用，后来之事也正如冯谖所预想。《吕氏春秋·报更》载：孟尝君前在于薛，荆人攻之。淳于髡为齐使于荆，还反，过于薛。孟尝君令人礼貌而亲郊送之，谓淳于髡曰："荆人攻薛，夫子弗为忧，文无以复侍矣。"淳于髡曰："敬闻命矣。"至于齐，毕报。王曰："何见于荆？"对曰："荆甚固，而薛亦不量其力。"王曰："何谓也？"对曰："薛不量其力，而为先王立清庙，荆固而攻薛，薛清庙必危，故曰薛不量其力，而荆亦甚固。"齐王知颜色，曰："嘻！先君之庙在焉。"疾举兵救之，由是薛遂全。

孟尝君为相数十年，无纤介之祸者，冯谖之计也。[89]

综述冯谖之能。罗洪先曰：归结出冯谖之计，得直体。（《古文鸿藻》卷三）

此篇可以说是一波三折，由先前之无好、无能，作一全面翻转，焚券市义、借梁复位、请器立庙，无一不显示冯谖之能。不过，从主客二人表现来看，孟尝君之智未可匹配冯谖，冯谖计谋之巧、思虑之深，孟尝君尚未体会深知。无怪乎黄震云："孟尝君好客，仅得一冯谖；平原君好士，仅得一毛遂。而二君者，其始皆不能知之，尚何以好士为哉？愚谓二君者不足以知二子，而二子归之者，以贫无聊，如禄士于乱世免死而已。其后因事而显，殆非二子初心所期。二君其亦幸而得此二子与！”

【注释】

[1]齐：古国名，在今山东省北部，战国七雄之一，国都临淄（今山东省淄博市）。

[2]贫乏：贫穷。自存：自己养活自己。

[3]属：同“嘱”，嘱托，请托。

[4]寄食门下：到孟尝君家做食客，以解决生计问题。

[5]何好：爱好什么。疑问句中疑问代词作宾语，前置。

[6]而：连词。它的前一部分表示动作行为的方式或状态，对后一部分起着修饰作用。受之：接受冯谖作食客。之：他，代冯谖。

[7]诺：表示同意，可译为“好”“好吧”。

[8]以：因为。贱：贱视，看不起。形容词作动词用。之：他，指代冯谖。也：用在表原因的介宾短语之后，表句读上的停顿。

[9]食（sì）：给……吃。“食”后省宾语“之”（他）。草具：粗劣的食物。草：粗劣。具：食物，饮食。

[10]居：停留，这里有“经过”的意思。有顷：不久。

[11]弹：用指头敲击。其：他的，代冯谖。

[12]铗：剑把，这里代指剑。归来乎：回去吧。这里的“来”是语气词，不表示“来到”的意思。

[13]以告：把冯谖弹剑唱歌的事报告孟尝君。介词“以”的宾语“之”和谓语“告”的宾语“孟尝君”都省略了。

[14]为之驾：给他准备车马。车马齐备叫作驾。

[15]车客：有车坐的食客。

[16]揭：高举。

[17]过：访问，拜访。

[18]客我：把我当作上客看待。客：作动词，以……为客。

[19]无以为家：没有什么用来养家。无以：不能。

[20]公：敬称，可译为“先生”。亲：父母。

[21]给：供给。食用：动词用作名词，指吃的用的东西。

[22]无使乏：不要让她缺少(食用)。无：不要。“使”后省兼语“之”(她)。

[23]出：拿出。记：通告，文告，一说指账簿。

[24]诸客：众门客，可译为“门客们”。诸，作定语，表示某一范围的全体。

[25]习：熟悉。计会：会计工作。

[26]为文：给我。文，孟尝君自称其名。责：同“债”，指放出的债款。薛：齐国地名，在今山东省滕县东南，是孟尝君父亲的封地，为孟尝君所继承。

[27]怪之：以之为怪。怪，感到奇怪，形容词的意动用法。

[28]乃：就是。夫：指示代词，那。

[29]果：副词，果真，果然。

[30]负：对不起。

[31]谢：道歉。

[32]倦于事：被琐事搞得疲劳。

[33]愦于忧：被忧患弄得发昏。愦：昏乱。

[34]性忄宁愚：天性懦弱愚呆。

[35]开罪：得罪。

[36]羞：意动用法，以……为羞。

[37]乃：而。表示顺承关系。于：到。

[38]约车：准备车马。约：拴系，把马系于车前。治装：整

理行装。治：备办；整理。

[39]券契：借契。券：借贷双方各拿一半可以合验的契据。

[40]毕收：完全收回来。

[41]市：动词，买。反：同“返”，回来。

[42]寡有：少有，缺少。所……者：所……的（东西）。

[43]驱：赶车。

[44]当偿者：应当还债的人。“者”字短语作“诸民”的后置定语。

[45]悉：都。合券：将借贷双方收藏的借契合在一起进行核对。

[46]矫命：假托（孟尝君的）命令。以责赐诸民：把债款赐给（借债的）老百姓，即不要偿还。以：用，把。

[47]称：说，这里有“欢呼”的意思。

[48]衣冠：名词用作动词，穿好衣服，戴好帽子，意谓穿戴得整整齐齐。

[49]何：用在形容词、谓语前，表示程度之深，可译为“怎么这样”。

[50]窃计：私下合计。窃：私下，谦词。计：合计，考虑。

[51]宫：古代贵族居住的房屋。

[52]实：充满。厩：马棚，泛指牲口圈。

[53]充：充实，充满。下陈：古代统治者堂下陈列礼品、站列婢妾的地方。指堂下。

[54]区区：小小的。

[55]拊爱：爱抚，爱护。拊，同“抚”。子其民：以民为子。子：当作（自己的）子女看待。名词的意动用法。

[56]因而：是介词“因”与连词“而”的连用形式，相当于“借

此”“趁机”。贾：古代指设店铺售货的商人，这里用作状语，意即“用商人的手段”。利之：从人民身上谋取利益。

[57]说：通“悦”，高兴。

[58]休矣：算了，罢了。

[59]期年：一周年。

[60]齐王：指齐愍王。

[61]寡人：古代诸侯的谦称，可译为“我”。先王：齐愍王称他已死的父亲齐宣王。

[62]就国：到自己的封地去住。就：归，趋。国：卿大夫的封地。

[63]顾：回头看。

[64]仅得：仅仅能。

[65]未得：不能。高枕而卧：垫高枕头安卧，形容没有忧虑。高，使动用法。

[66]予：给。乘：用四匹马拉的一辆车叫一乘。金：指铜质货币。斤，同“釿”，先秦的一种货币单位，重一两多。

[67]西：往西，方位词作状语，表示动作行为的趋向。游：游说，指游行各国，对诸侯有所劝说。梁：魏国，这里指魏国国都大梁（今河南省开封市）。魏原都安邑，魏惠王时迁都大梁，国号也叫梁。

[68]放：放逐，指免去孟尝君的相位。

[69]富：指国家富足。

[70]于是：这里含有“由于这个原因”的意思，翻译时不必改词。虚上位：让出最高的职位（国相）。虚：空着，形容词用作动词，使动用法。上位：高位。

[71]故相：原来的相。相，官名，百官之长。

［72］聘：聘请，请人担任职务。

［73］先驱：走在梁王使者前回到齐国。

［74］诫：告诫，预先提醒。

［75］重币：厚礼，指千金。币，古代聘请人时送的礼物。

［76］显使：显贵的使臣。使：名词，使者，使臣。

［77］三反：往返多次。反，同“返”。

［78］固辞：坚决推辞。辞，谢绝，推辞。

［79］太傅：官名。赍：拿东西送人。

［80］文车：雕刻或绘画着花纹的车。文，同“纹”。驷：四匹马拉的车，与“乘”同义。

［81］服剑：佩剑。

［82］不祥：不喜。一说，不吉利。

［83］被：遭受。

［84］沉：深深地迷惑。谄谀：奉承讨好。

［85］不足：不值得。为：帮助，卫护。

［86］顾：顾念。

［87］姑：姑且，暂且。反国：返回齐国国都临淄。反，同“返”。统：统率，治理。万人：指全国人民。

［88］愿：希望。请：指向齐王请求。祭器：宗庙祭祀所用的器皿。

［89］纤介：极其微小。纤：细；介：通“芥”，小草。计：计谋。者……也：判断句式，其中的“者”表句中停顿兼起提示作用；“也”表判断语气。可译为“……是……”。

【赏析】

战国时代，政治的风云变幻为谋臣策士提供了一个展示自我的舞台。《战国策》重在记人，以人物的活动为主线，记事各自成篇，在一定程度上可算是策士谋臣的传记。

《战国策》侧重摘录人物在一件或一系列事件中的表现，借以突出人物的卓见、异举，以表现人物的光彩形象。书中所塑造的人物，既有像苏秦、触龙、冯谖那样能言善辩之士，又有诸如荆轲、颜斶、聂政那样不畏强权、浩气凛然的壮士。

《冯谖客孟尝君》全篇主要由冯谖客孟尝君及为孟尝君营造三窟等几个故事组成。几个故事虽可独立成篇，但彼此之间又有一定的逻辑联系，客孟尝君的三歌弹铗，侧重于牺牲自我形象成全孟尝君好客爱士形象；薛地焚券市义，重在为孟尝君赢得人民的爱戴，为其打下群众基础；借梁王以复孟尝君相位，目的在于扩大孟尝君的知名度；立庙于薛的请庙行为，旨在复相基础上进一步赢得齐王的信任。通过这一系列活动，冯谖顺利地使孟尝君赢得了高知名度和高美誉度。孟尝君形象的树立，是冯谖积极营销的结果。作为这一营销活动的总策划者，冯谖的形象也随之跃然纸上。除冯谖外，孟尝君的形象在文中也得到了集中的刻画。比如孟尝君接纳“无能”“无乐”的冯谖，并毫无保留地满足了冯谖所提出的要求，体现了他的贤德与胸怀。面对冯谖的薛地“市义”之举，孟尝君听后的表现是不悦，而非《史记》中的“怒而使使召驩”，这就更加符合文中孟尝君的形象。

冯谖自我形象的最终完成，在故事的推进过程中主要通过对比方式展开。其中既有冯谖前后言语的对比、冯谖与其他门客的对比、冯谖与孟尝君的对比以及孟尝君自己前后的对比。这些对比手法的运用又融入整篇的叙事之中，增加了文章叙事的曲折性。全文通过制造前后的落差，使得故事内容颇具波澜，也使得人物形象更加生动鲜明。

【集评】

黄士京辑《合诸名家点评古文鸿藻》卷三：黄士京评：冯煖诚高士哉！始而好能之对，继而市义之举，似乎好拂人意，及之薛众迎之日，孟尝未免有小安之心，则又为之致梁聘，请祭器，必万全而后已。前何其迂而实当，后何其策而无遗也。冯煖诚高士哉！

又，薛应旂曰：古人陈词隐约，令人可思。冯煖直云无好无能，便非当时游士所及。孟尝固已心识之矣，贱之以试之也。

吴楚材、吴调侯《古文观止》卷四：三番弹铗，想见豪士一时沦落，胸中块垒勃不自禁。通篇写来，波澜层出，姿态横生，能使冯公须眉浮动纸上。沦落之士，遂尔顿增气色。

林云铭《古文析义》卷五：此与《史记》所载不同。若论收债于薛一事，《史记》颇为近情，但此篇首尾叙事笔力，实一部《史记》蓝本，不必较论其事之有无也。初把冯煖身分伎俩说得一文不值。既得寄食他人门下，又歌"长铗"数番，必欲尽人之欢，竭人之忠，使人不可忍耐而后已，是岂人情也哉！然孟尝君无不曲从者，所以收天下士心，于煖本无所觊也。收债自署，已怪其出人意外，即市义而归，亦不解其用心深远，所以不说。及罢相归薛，亲见老幼，方服其能。而狡兔一窟先成，二窟再凿，愈出愈奇，一以见孟尝君之好士，施之于不报，一以见冯煖之负才，为之于不测也。与平原君之毛遂，恍惚相当。虽彼为存国，此为固宠，公私之间，不无轩轾，若较之鸡鸣狗盗行径，不犹愈乎？朱晦庵云："《战国策》为乱世之文。"既曰"乱世之文"，则有济于利害者，虽节取焉可矣。

浦起龙《古文眉诠》卷十三：此冯煖传也。屈伸具态，其计谋不出为巨室老，无绝殊者。喜其叙置不平铺，且为史传开体，存之。

余诚《重订古文释义新编》：此文之妙，全在立意之奇。令人读一段想一段，真有武夷九曲步步引人入胜之致。前路写谖以不能自存之人寄食孟尝，三歌长铗必欲厚其身，以及其亲而后已，此时微特左右轻贱，即孟尝君亦何曾知其有能。至以收责慨任，已自微露其能，使孟尝改容而礼。然烧券市义，虽极力发明其所以然，而孟尝君终不说，其不以为能可知。迨就国而迎者终日，孟尝始服其市义为能，而孰知其能正不止此耶？且能为之谋复相位，且能为之请立宗庙，以保其终身无纤介之祸，此岂仅习会计者所能？而从前轻贱之者，度皆无或敢望其肩背矣。反复相生，谋篇之妙，殊属奇绝。若其句调之变幻，摹写之精工，顿挫跌宕，关锁照应，亦无不色色入神。变体快笔，皆以为较《史记》更胜。学者取而参观，当信其非诬也。

过珙《详订古文评注全集》卷三：三千客不知果属何能，煖曰无能，则皆无能之矣。始犹告，中则笑，何至遂以终恶之也。孟尝君即百请百顺，终皮相耳。市义而返，不但有识，兼服其有胆。三窟成，得高枕而卧，而不闻三千中有佩服之者。若辈何能，想亦毛遂所谓"公等碌碌者也"。可发一笑。

谢有煇《古文赏音》：焚券，义也。而以迎君道中终日为市义则浅矣。昔者子路为箪食壶浆以食治城者，孔子使覆之，而季孙已来责曰：子何夺我之民也。夫齐之耽耽于孟尝，无日忘之。况见其得民之甚乎？为孟尝者，莫若使齐王安已无忌，而立功社稷，庶足为子孙计久长耳。（立夫）

周聘侯《古文精言合编》卷五：此篇分三大段。弹铗是一段，市义是一段，凿窟是一段，逐段蝉联，最有关锁。其写弹铗，左右龌龊，孟尝豪举，冯公磊落，笔笔活现。写剑铗，写左右，俱做三样写法，又于歌无车之下，陡然将乘车揭剑作一顿挫，后以不复歌作一结束。其写市义、凿窟二段，起伏照应，姿致环生，较《史记》似更胜。

倪承茂选《古文约编》卷四：叙事变化生动，上接左氏，下开史迁。

吴大廷《小西腴山馆文钞》卷二："王荆公谓孟尝君鸡鸣狗盗之雄，信不足以云得士。然太史公于食客三千皆佚其名，独载冯驩事甚备，岂以其失相之时，诸客亡且尽，驩独左右营画，卒复其位，且益封焉。视世之趋炎附势者何如哉！假令孟尝君不养士，第以美田宅园池自娱乐，生既无闻于时，而如冯驩者贫且困，亦无所借稍稍表见于后世，况其上焉者乎！嗟夫！孟尝君竭一邑之入，食客三千，而仅得一冯驩，则夫势位富厚之芥，视寒畯避而恐浼者，独何为哉！"

陆陇其《战国策去毒》卷下：冯煖之市义，即豆区釜钟之术也。《秦策》内有一条云：天下之士合从相聚于赵而欲攻秦。秦相应侯曰：王勿忧也。臣见王之狗，卧者起，行者行，止者止，毋相与斗者。投之一骨，轻起相牙者，何则？有争意也。于是使唐睢载音乐，予之五千金，居武安，散不能三千金，天下之士大相与斗矣。尉獠说秦王亦曰：愿大王毋爱财物，赂其豪臣，以乱其谋，不过亡三十万金，则诸侯可尽，此是以豆区之士。大抵当时人君，不能以礼义廉耻维持其风俗，深仁厚泽固结其人心，故士与民无不可以利动。若在上者，能如孟子之发政施仕，则此等术行不去。

【延伸阅读】

史记·孟尝君列传

初，冯驩闻孟尝君好客，蹑蹻而见之。孟尝君曰："先生远辱，何以教文也?”冯驩曰:“闻君好士,以贫身归于君。”孟尝君置传舍十日,孟尝君问传舍长曰:“客何所为?”答曰:“冯先生甚贫,犹有一剑耳,又蒯缑。弹其剑而歌曰:‘长铗归来乎,食无鱼。’”孟尝君迁之幸舍,食有鱼矣。五日,又问传舍长。答曰:“客复弹剑而歌曰:‘长铗归来乎,出无舆。’”孟尝君迁之代舍,出入乘舆车矣。五日,孟尝君复问传舍长。舍长答曰:“先生又尝弹剑而歌曰:‘长铗归来乎,无以为家。’”孟尝君不悦。

居期年,冯驩无所言。孟尝君时相齐,封万户于薛。其食客三千人,邑入不足以奉客,使人出钱于薛。岁余不入,贷钱者多不能与其息,客奉将不给。孟尝君忧之,问左右:“何人可使收债于薛者?”传舍长曰:“代舍客冯公形容状貌甚辩,长者,无他伎能,宜可令收债。”孟尝君乃进冯驩而请之曰:“宾客不知文不肖,幸临文者三千余人,邑入不足以奉宾客,故出息钱于薛。薛岁不入,民颇不与其息。今客食恐不给,愿先生责之。”冯驩曰:“诺。”辞行,至薛,召取孟尝君钱者皆会,得息钱十万。乃多酿酒,买肥牛,召诸取钱者,能与息者皆来,不能与息者亦来,皆持取钱之券书合之。齐为会,日杀牛置酒。酒酣,乃持券如前合之,能与息者,与为期;贫不能与息者,取其券而烧之。曰:“孟尝君所以贷钱者,为民之无者以为本业也;所以求息者,为无以奉客也。今富给者以要期,贫穷者燔券书以捐之。诸君强饮食。有君如此,岂可负哉!”坐者皆起,再拜。

孟尝君闻冯驩烧券书,怒而使使召驩。驩至,孟尝君曰:“文食客三千人,故贷钱于薛。文奉邑少,而民尚多不以时与其息,客食恐不足,故请先生收责之。闻先生得钱,即以多具牛酒而烧券书,何?”冯驩曰:“然。不多具牛酒即不能毕会,无以知其有余不足。有余者,为要期。不足者,虽守而责之十年,息愈多,急,即以逃亡自捐之。若急，终无以偿，上则为君好利不爱士民，下则有离上抵负之名，非所以历士民彰君声也。焚无用虚债之券，捐不可得之虚计，令薛民亲君而彰君之善声也，君有何疑焉！”孟尝君乃拊手而谢之。

齐王惑于秦、楚之毁，以为孟尝君名高其主而擅齐国之权，遂废孟尝君。诸客见孟尝君废，皆去。冯驩曰：“借臣车一乘，可以入秦者，必令君重于国而奉邑益广，可乎？”孟尝君乃约车币而遣之。冯驩乃西说秦王曰：“天下之游士冯轼结靷西入秦者，无不欲强秦而弱齐；冯轼结靷东入齐者，无不欲强齐而弱秦。此雄雌之国也，势不两立为雄，雄者得天下矣。”秦王跽而问之曰：“何以使秦无为雌而可？”冯驩曰：“王亦知齐之废孟尝君乎？”秦王曰：“闻之。”冯驩曰：“使齐重于天下者，孟尝君也。今齐王以毁废之，其心怨，必背齐；背齐入秦，则齐国之情，人事之诚，尽委之秦，齐地可得也，岂直为雄也！君急使使载币阴迎孟尝君，不可失时也。如有齐觉悟，复用孟尝君，则雌雄之所在未可知也。”秦王大悦，乃遣车十乘、黄金百镒以迎孟尝君。冯驩辞以先行，至齐，说齐王曰：“天下之游士冯轼结靷东入齐者，无不欲强齐而弱秦者；冯轼结靷西入秦者，无不欲强秦而弱齐者。夫秦齐雄雌之国，秦强则齐弱矣，此势不两雄。今臣窃闻秦遣使车十乘载黄金百镒以迎孟尝君。孟尝君不西则已，西入相秦则天下归之，秦为雄而齐为雌，雌则临淄、即墨危矣。王何不先秦使之未到，复孟尝君，而益与之邑以谢之？孟尝君必喜而受之。秦虽强国，岂可以请人相而迎之哉！折秦之谋，而绝其霸强之略。”齐王曰：“善。”乃使人至境候秦使。秦使车适入齐境，使还驰告之，王召孟尝君而复其相位，而与其故邑之地，又益以千户。秦之使者闻孟尝君复相齐，还车而去矣。

自齐王毁废孟尝君，诸客皆去。后召而复之，冯驩迎之。未到，孟尝君太息叹曰："文常好客，遇客无所敢失，食客三千有余人，先生所知也。客见文一日废，皆背文而去，莫顾文者。今赖先生得复其位，客亦有何面目复见文乎？如复见文者，必唾其面而大辱之。"冯驩结辔下拜。孟尝君下车接之，曰："先生为客谢乎？"冯驩曰："非为客谢也，为君之言失。夫物有必至，事有固然，君知之乎？"孟尝君曰："愚不知所谓也。"曰："生者必有死，物之必至也；富贵多士，贫贱寡友，事之固然也。君独不见夫趣市朝者乎？明旦，侧肩争门而入；日暮之后，过市朝者掉臂而不顾。非好朝而恶暮，所期物忘其中。今君失位，宾客皆去，不足以怨士而徒绝宾客之路。愿君遇客如故。"孟尝君再拜曰："敬从命矣。闻先生之言，敢不奉教焉。"

太史公曰：吾尝过薛，其俗闾里率多暴桀子弟，与邹、鲁殊。问其故，曰："孟尝君招致天下任侠、奸人入薛中盖六万余家矣。"世之传孟尝君好客自喜，名不虚矣！

读孟尝君传

王安石

世皆称孟尝君能得士，士以故归之，而卒赖其力以脱于虎豹之秦。嗟乎！孟尝君特鸡鸣狗盗之雄耳，岂足以言得士？不然，擅齐之强，得一士焉，宜可以南面而制秦，尚何取鸡鸣狗盗之力哉？夫鸡鸣狗盗之出其门，此士之所以不至也。

触龙说赵太后

谏，旧时指规劝君主或尊长，使改正错误。谏的本义是直言规劝，《广雅疏义·释诂》云："谏，正也。"王逸《楚辞章句》说："谏者，正也，谓陈法度以谏正君也。古者，人臣三谏不从，退而待放。"《礼记·内则》云："父母有过，下气怡色，柔声以谏，谏若不入，起敬起孝，说则复谏。"由此而言，谏主要指自下而上，即对君主、父母的规劝、劝阻。在古代典籍中有尧悬谏鼓、舜立谤木、禹立谏鼓的记载，不过伴君如伴虎，典籍中亦不乏因谏而获罪的例子，如比干因谏而死。而人臣面对君王之过，更是涌现出了子鱼似的人物，《韩诗外传》载："卫大夫史鱼病且死，谓其子曰：'我数言蘧伯玉之贤而不能进，弥子瑕不肖而不能退，为人臣身不能进贤而退不肖，死不当治丧正堂，殡我于室足矣。'卫君问其故，子以父言闻。君造然召蘧伯玉而贵之，而退弥子瑕，徙殡于正堂，成礼而后去。生以身谏，死以尸谏，可谓直矣。"宋代苏洵有《谏论》篇，针对时人贵讽贱直的观点提出了自己的看法，并重点讲述了进谏的方法，认为"谏"可取法"说"的方法有五："说之术可为谏法者五，理谕之，势禁之，利诱之，激怒之，隐讽之之谓也。"这五种方法虽"相倾险诐之论"，但如若忠臣之士用之，足可以保证进谏的成功。

赵太后新用事[1]，秦急攻之。赵氏求救于齐，齐曰："必以长安君为质[2]，兵乃[3]出。"太后不肯，大臣强谏[4]。太后明谓左右曰[5]："有复言令长安君为质者[6]，老妇[7]必唾其面。"

此段叙赵太后不肯长安君为质于齐。

文章题目重在一"说"字，但起首却不从"说"字展开，却荡开一笔，从故事发生的背景叙起。这就为"说"之背景作了一层铺垫，从而更客观地展示触龙的辩说能力。第一段前三句，一句一事，作者用"新"、"急""求"等词语，将赵国面临之局势和盘托出。"新"重在叙说内忧，赵太后面临之国内政局，稍不注意，则可能致使朝廷震荡。"急攻"旨在描述外患。《战国策全编》卷六说："赵所患者，西则秦也，北则胡也。"秦赵二国因国土接壤缘故，战争摩擦时常有之。"赵为从约长，故天下得赵则强，秦之重赵也，欲以收赵，而败其从也。"据《史记·赵世家》所载，从赵成侯到代王嘉，秦赵之间发生的战争达三十次之多，不过多以赵国败北收场。秦国通过商鞅变法，国力大增，渐"有吞天下之心"。公元前318年，赵国联合韩、魏、齐、楚四国攻秦而失利。为了扭转战争中的不利局面及周边他国的威胁，赵武灵王进行了一系列改革。赵惠文王时借助赵武灵王改革的余威，曾联合齐、魏、燕、韩对秦宣战，最终不了了之。其后，赵国在阏与大战中，凭借廉颇之力，两次挫败秦国。终赵惠文王之时，秦攻打赵有所缓和，但随着赵惠文王的去世，秦赵之间又时起摩擦。面对秦国的攻打，其解决方式是寻求齐国作为外援，而齐国出兵的要求则是以长安君作为人质。于是矛盾便一步步聚集于此。面对齐国的要求，赵国显然形成了两大阵营，以赵太后为一派，不肯让长安君到齐国作人质，而朝中大臣则要求同意齐国的要求。于是赵国内部围绕这一问题出现矛盾，且随着赵太后放狠话而出现僵局。

人质是战国时期一种特殊的外交活动，是当时列国政治、军事的产物。一般而言，人质是两国订立盟约，请求出兵或停战的一个外交保证。中国为宗法制社会，故作为人质的人员多为王世子、诸侯国太子或王子。据《邦交信用视野下的春秋战国时期人质现象研究》统计，战国时期共有31例交质事件，其中国君1人，太子15人，公子11人，大夫4人，左徒1人，将军1人。人质外交并非弱国行为，强国有时为了有效开展外交活动也会派送人质。张守节《史记正义·秦始皇本纪》就说："质，音致。国强欲待弱之来相事，故遣子及贵臣为质，如上音。国弱惧其侵伐，令子及贵臣往为质，音直实反。又二国敌亦为交质，音致。《左传》云周郑交质，王子狐为质于郑，郑公子忽为质于周是也。"

唾面作为一种泄愤手段，始于赵太后之"老妇必唾其面"。其后《隋书·伊娄谦传》亦沿用此说。北周伊娄谦出使北齐，因周高遵泄密而被拘留，后周武帝举兵伐北齐并捉住高，便命伊娄谦唾高之面。传载：帝克并州，召谦劳之曰："朕之举兵，本俟卿还；不图高遵中为叛逆，乖朕宿心，遵之罪也。"乃执遵付谦，任令报复。谦顿首请赦之，帝曰："卿可聚众唾面，令知愧也。"谦跪曰："以遵之罪，又非唾面之责。"帝善其言而止。其后，唾面之举多被用在反面人物身上。如秦桧夫妇，《燕京岁时记》载：东岳庙在朝阳门外二里许。除朔望外，每至三月，自十五日起，开庙半月。士女云集，至二十八日为尤盛，俗谓之掸尘会，其实乃东岳大帝诞辰也。庙有七十二司，司各有神主之。相传速报司之神为岳武穆，最着灵异。凡负屈含冤、心迹不明者，率于此处设誓盟心，其报最速。阶前有秦桧跪像，见者莫不唾之，已不辨面目矣。

左师触龙[8]言：愿见太后。太后盛气而胥之[9]。入而徐趋[10]，至而自谢[11]，曰："老臣病足，曾不能疾走，不得见久矣。窃自恕[12]，而恐太后玉体之有所郄也[13]，故愿望见太后。"太后曰："老妇恃辇[14]而行。"曰："日食饮得无衰乎[15]？"曰："恃鬻耳。"曰："老臣今者殊不欲食[16]，乃自强步[17]，日三四里，少益耆食[18]，和[19]于身也。"太后曰："老妇不能。"太后之色少解[20]。

此段叙触龙见太后，并成功破冰。

人与人的话语交际要想顺利开展，必须遵守一定的原则，这些原则包括合作原则、礼貌原则与接话原则。合作原则即交际的双方必须相互合作，才能保证交际的顺利开展。不合作原则则仅仅是单方面的传输，其表现主要有以下方式。一、对方直接表明不合作，诸如"无可奉告"之类的词汇。二、顾左右而言他，即用其他话题岔开。《孟子·梁惠王》中，面对孟子"士师不能治士""四境之内不治"的接连追问，齐宣王"顾左右而言他"，以岔开话题的方式拒绝与孟子交流。三、有意打断对方说话或用一系列动作表明自己对当前话题的不感兴趣。礼貌原则即话语的双方须相互尊重。接话原则是指双方要对谈论的话题积极回应，使谈话能够顺利进行。在违背三种原则的情况之下，谈话的一方采取的措施也主要有以下几种。一、无视另一方的态度，采用旁敲侧击法，以便打破僵局，从而实现交际的顺利进行。二、采用放弃的方式，知难而退。三、迎难而上，采用强谏的方式。通观中国历史，这几种方式都不乏生动的案例。就战国时期的策士谋臣而言，他们大都采用第一种方式，用旁敲侧击之法，迂回实现劝谏的目的。值得注意的是，历史中亦大量存在一些可歌可泣的诤臣，有的竟不惜采用“死谏”的方式。

在剑拔弩张的情势下，触龙主动请缨前去拜见太后。此时可以说是劝说的最不恰当时期，大臣的强谏，致使太后撂下狠话。当听说触龙要来拜见后，势必会认为触龙定会为此事而来，其“盛气而揖之”分明是持一副不合作的态度，摆一种不礼貌的面孔。如何破局？采用力谏、死谏还是巧谏，自然是摆在触龙面前的选择。显然，触龙所选择的是后一种，巧谏是一种以柔克刚、避其锋芒、潜移默化、水到渠成的方法。

男性与女性禀性自不相同，这也决定了与女性交谈理应采用不同于男性的方式。宋存标《战国策全编》曾总结说之术：“说战国之君，在以气折之，使之畏而从我；而说妇人女子者，在以情诱之，使之悦而从我。此说之术也。”触龙的主动请缨，势必会给读者留下一连串的疑问，亦必然留下许多期待，看他如何一步步拆招。

触龙的出场方式真是别具一格，“入而徐趋”，自与赵太后“盛气”之“急”形成一种对比，这是他以柔克刚的高明之处。陈仁锡在《古文奇赏》中不由感慨：“妙在左师蹒跚之状，已自夺人气。”“徐趋”又自然带出其与太后对话的内容。一般情况下，赵太后严阵以待，面对触龙的慢慢吞吞，可能会越发怒气郁积，且等触龙开口劝谏以泄心中怒火。见面伊始，触龙不谈长安君为质一事，却聊起家常。先解释自己“徐趋”之由，道出自己身体之病足，继而问太后之起居、饮食状况。众所周知，随着年龄的增长，老年人身体机能逐渐衰退，养生便成为他们生活中的一部分。触龙可说是巧妙利用了老年人体衰与养生这一共同话题，以实现与太后的对话。赵太后之答语多采用短句，这符合她当时“盛气”的状态，但这寥寥数语多是应对触龙之问而答，并非答非所问，亦非拒绝合作。触龙与赵太后的问答式交流，绝口不提长安君为质这一敏感话题，这就给赵太后形成一种错觉，这也是她“色少解”的缘由。无怪乎归有光如此评价触龙：“先以食息起居相劳，所以和其心气，此最善说者。”避其锋芒，可说是触龙“说法”的第一步。

左师公曰：“老臣贱息[21]舒祺，最少，不肖[22]；而臣衰，窃爱怜之[23]。愿令得补黑衣[24]之数，以卫王宫，没死以闻[25]。”太后曰：“敬诺。年几何矣？”对曰：“十五岁矣。虽少，愿及未填沟壑而托之[26]。”太后曰：“丈夫[27]亦爱怜其少子乎？”对曰：“甚于妇人。”太后笑曰：“妇人异甚。”对曰：“老臣窃以为媪之爱燕后贤于长安君[28]。”曰：“君过矣！不若长安君之甚。”左师公曰：“父母之爱子，则为之计深远[29]。媪之送燕后也，持其踵，为之泣，念悲其远也[30]，亦哀之矣。已行，非弗思也，祭祀必祝[31]之，曰：‘必勿使反[32]。’岂非计久长，有子孙相继为王也哉？”太后曰：“然。”

此段叙触龙请求让少子卫皇宫，并以此为突破口，趁机借燕后事进说。

触龙可说是最知老人心，拜见赵太后，首先谈年龄、养生，次谈子女，尤其是幼子。健康与后代这两个方面是人尤其是老年人最关注的两个主题。触龙在谈饮食健康使太后“色少解”后继续推进对话，谈及自己的幼子，且是为幼子谋一职位。触龙可说是善布阵者，此处虚晃一枪，竟谈及自己的一份“私心”。这就使赵太后误以为触龙不是为长安君为质事来，而是为他自己的一件私事而来。如此一来，赵太后的防备之心便稍稍放松。何以见得？这可从二人对话看出，此前对话，大都是触龙问，太后答。此时，面对触龙的请求，赵太后逐渐由被动应答变为主动询问。这就完全符合接话原则，从而也就避免了冷场的尴尬。如果说“年几何矣”尚属一般礼貌性的询问，那么“丈夫亦爱怜其少子乎”则是赵太后主动将自己投入触龙所设置的网中了。而触龙更是善于把握节奏，有意挑起“事端”，以刺激赵太后。接话场景中，一人或采用附和方式，或采用辩驳方式，而后者更容易使对方自觉投入到观点的论辩之中。一“甚”肇其始字，其后两人对话，一句紧跟一句，气氛逐渐紧张，与前面的问起居之缓多有不同。余诚《古文释义》云：“甚于妇人故意跌倒跌，妙。”金圣叹在此部分亦情不自禁，先后用了三次“妙，妙”赞叹触龙、赵太后之间的对话。二人紧锣密鼓般的对话，留给对方理性思考的时间就被快速压缩。触龙本是有备而来，这就容易引诱赵太后进入到自己拜访的话题之中。首先，触龙为自己“少子”求情，虽未一字提及长安君，但字字有意。其次，由丈夫之爱子与妇人之爱子挑起事端，自然引申到子女问题，处处有心。最后，由赵太后对长安君与燕后爱之别，得出不合赵太后本心的结论，水到渠成，成功带出长安君。此结论得出是缘于“父母之爱子，则为之计深远”。在触龙事实分析面前，赵太后不得不承认。

利用老年人溺爱幼子的心理，成功将话题引到父母与孩子的关系上，这是触龙劝说活动的第二步。其实触龙以自己幼子作为引子，其内核亦是暗示赵太后。触龙爱怜幼子，但不得不为之谋职，原因在于为其谋一谋生立世的本领，以便在自己去世后依然有所托。同理言之，赵太后若爱长安君，亦应如自己一般，在自己尚健在时为之谋一立身的本事。这也是第三步的题中之义。触龙用诱导之法，让赵太后在一番对比后不得不同意触龙的说法。

持其踵与祭祀必祝之，涉及古代婚姻仪式与女性在婚姻中的地位。陈鹏《中国婚姻史稿》云："惟汉人记春秋亲迎之礼，诸侯以屦加琮，庶人以屦加束脩，未尝用雁，且由女母引女手以授婿，然后拜辞其父，以次及诸母而出，与《仪礼》之文迥异，此当是当时俗礼。《说苑·修文篇》：'夏，公如齐逆女。''何以书，亲迎，礼也。'其礼奈何？曰：诸侯以屦二两加琮，大夫、庶人以屦二两加束脩二。曰：'某国寡小君，使寡人奉不珍之琮，不珍之屦，礼夫人贞女。'夫人曰：'有幽室数辱之产，未谕于傅母之教，得执衣裳之事，敢不敬拜祝。'祝答拜，夫人受琮，取一两屦以履女，正笄，衣裳，而命之曰：'往矣，善事尔舅姑，以顺为宫室，无二尔心，无敢回也。'女拜，乃亲引其手，授夫于户。夫引手出户。夫行，女从。拜辞父于堂，拜诸母于大门。夫先升舆，执辔，女乃升舆。毂三转，然后夫下，先行。"

赵太后祭祀时之祝词，充分表现了当时妇女在婚姻中的地位。《册府元龟》卷二百四十五云："夫婚姻者，合二姓之好，上以为宗庙，下以为继后世者也。则有受分器之重，居秉圭之位，修先君之好，结大国之援。"在中国传统社会中，女性的角色，按照潘祥辉《华夏传播新探》的分析，既是一种关系媒介、代际媒介，也是一种流动媒介、复合媒介。西周实行宗法制，注重血缘关系，故而女性在政坛中的地位颇多依赖于女性生子。女子出嫁被称为"归"，而被弃回娘家称"反""出"。《左传·庄公二十七年》言："凡诸侯之女，归宁曰来，出曰来归。"孔疏："见绝而出，则以来归为辞。”出其中有所谓的“七出”,《礼记·丧服》贾公彦疏曰:“无子,一也;淫佚,二也;不顺父母,三也;口舌,四也;盗窃,五也;妒忌,六也;恶疾,七也。”

据陈鹏《中国婚姻史稿》,战国时民间几以离婚为常事,而好合为偶然。那么照此来看,触龙之分析却是事实,符合他所说的为之计深远。《古文赏音》就评价说:“以祝勿反为爱,是真能计深远者。太后固已知之矣。”

左师公曰:“今三世[33]以前,至于赵之为赵[34],赵王之子孙侯者,其继有在者乎?”曰:“无有。”曰:“微独[35]赵,诸侯有在者乎?”曰:“老妇不闻也。”“此其近者祸及身,远者及其子孙。岂人主之子孙侯者则必不善哉?位尊而无功,奉厚而无劳[36],而挟重器[37]多也。今媪尊长安君之位,而封之以膏腴之地,多予之重器,而不及今令有功于国,一旦山陵崩[38],长安君何以自托于赵[39]?老臣以媪为长安君计短也,故以为其爱不若燕后。”太后曰:“诺,恣君之所使之[40]。”于是为长安君约车百乘[41],质于齐,齐兵乃出。

此段叙触龙借赵及诸侯子孙位尊无功事例,再次证明父母之爱子,且为之计长远之说。

触龙的高明之处在于,既然借燕后成功引出长安君,但却不是将话题直接转到,而是荡开一笔,趁热打铁,借助一系列历史事实,为“父母之爱子则为之计深远”添最后一把火。这就如钓鱼,鱼儿上钩若挣扎得厉害,切忌直接收线,与之拉扯角力,而应善于适当放线，在水中与之周旋，逮其气力耗尽，再收竿拉线。金圣叹批注道：“舍燕后，又只说赵；舍赵，又别说诸侯，终不犯长安君。然而苦切之言，已毕得入。”触龙通过三世以前赵王子孙及诸侯国子孙今昔之变，让赵太后自己意识到背后的原因所在。继而总结出其原因就在于这些子孙位虽尊但没有功劳；俸禄厚却无贡献。《礼记·大学》说：富润屋，德润身。对统治阶级及其子孙而言，最重要的是服众，赢得人们的拥护。这些的取得，仅靠财富是无法实现的。君子之泽，三世而斩。触龙此处又巧妙地运用了反问手法，连发两问，由赵国自身延及其他诸侯国，让赵太后自己回答。继而通过类比，三世之前赵王及其子孙，诸侯及其子孙如此，而今长安君当下的情况又何尝不是如此？这是触龙劝说活动的第四步。此处长安君的自托，对应前面触龙为幼子请职之自托，再次呼应“父母之爱子，则为之计深远”。不过触龙的结论落脚点却在燕后，而非长安君。在此，触龙又将决定抛给赵太后，让其自道长安君为质事。对此，金圣叹亦是再次感叹：“苦切之言，已毕得入，却反找到燕后，始终未尝提及长安君者。”这是触龙劝说活动的第五步。一“诺”，一“恣”，写尽赵太后听取触龙之言后的回应。长安君为质于齐，也就顺理成章。

子义闻之曰：“人主之子也，骨肉之亲也，犹不能恃无功之尊、无劳之奉，而守金玉之重也，而况人臣乎？”

此段以子义之赞语作结。同时又推开一笔，由人主帝王之家扩展至人臣，从而使得父母之爱子，则为之计深远更具有一种广泛的警示与借鉴意义。在大一统时代，每一家庭无不以培养佳子弟作为光耀门楣之计。正是基于长远的考虑，历代才留存了不知凡几的家训、家戒、治家格言、遗规、劝言、药言、庸训等之类的书籍。冯班在《家戒》中论及子弟教育："子弟小时，志大言大，是好处。庸师不知，一味抑他，只要他做个庸人，把子弟弄坏了。又有一种人，一味奖誉，都不课实，后来弄得虚骄，都不成器。"

触龙"说"的成功，一方面固然是其循循善诱，对赵太后动之以情，晓之以理，这是言说技法的成熟。一方面则是真正抓住了赵太后宠爱长安君的实质。强谏大臣的出发点未尝不是基于社稷的考虑，但他们在言说方式上明显出现了失误，即长安君为质于齐与赵太后宠爱长安君并非水火不容，二者本质上是相通的，触龙即是从二者趋同性上考虑，才最终赢得了赵太后的首肯。诚如杨慎所说："人常以所爱夺于所尤爱。长安君，太后之所爱也，使长安君世世称寡，后之所尤爱也，况以存亡之故惕之乎？是太后之从左师触龙言者，得其机故也。不则，初之爱者，何心而后乃恣君之所使之哉？"《古文赏音》文后评亦云："大臣之强谏，大意皆为社稷起见，未免有忽视长安君之意。左师则似专为长安君计者，故其言易入。至其乘机感动，委婉措辞，亦大费苦心矣。"

除此之外，不可忽略者，则与赵太后其人有莫大关系。设想赵太后为一冥顽不化之人，即便是左师触龙口吐莲花，最终可能也是对牛弹琴。正如前文所言，在中国历史上，忠臣进谏而被祸者不知凡几，死谏亦未能让人君幡然醒悟者亦不乏其例。姚鼐《古文辞类纂》卷二十七《触詟(龙)说赵太后》加按语云："赵太后即齐女威后，欲杀於陵仲子者。左师言固善矣，亦会值赵太后明智，易以理喻耳。"赵太后其人，我们还可通过《赵威后问齐使》一文一窥：齐王使使者问赵威后。书未发，威后问使者曰："岁亦无恙邪？民亦无恙邪？王亦无恙邪？"使者不说，曰："臣奉使使威后，今不问王而先问岁与民，岂先贱而后尊贵者乎？"威后曰：

“不然，苟无岁，何以有民？苟无民，何以有君？故有舍本而问末者耶？”乃进而问之曰：“齐有处士曰钟离子，无恙耶？是其为人也，有粮者亦食，无粮者亦食；有衣者亦衣，无衣者亦衣。是助王养其民者也，何以至今不业也？叶阳子无恙乎？是其为人，哀鳏寡，恤孤独，振困穷，补不足。是助王息其民者也，何以至今不业也？北宫之女婴儿子无恙耶？彻其环瑱，至老不嫁，以养父母。是皆率民而出于孝情者也，胡为至今不朝也？此二士弗业，一女不朝，何以王齐国、子万民乎？於陵仲子尚存乎？是其为人也，上不臣于王，下不治其家，中不索交诸侯。此率民而出于无用者，何为至今不杀乎？”

齐国使者来赵国向赵威后问安。赵威后向使者先询问齐国的年岁收成状况，其次名士状况，最后才提及齐王，充分表现了她的民本思想：“苟无岁，何以有民？苟无民，何以有君？”可谓发人深省，自古巾帼不让须眉。她对钟离子、叶阳子以及北宫之女婴儿子等贤人的询问，又体现了尚贤任能、崇尚孝道的思想。其思想开明如此，触龙以善诱之辞将其说服，自然是毫无疑问。

【注释】

［1］赵太后：赵惠文王的妻子赵威后。新用事：刚执政。

［2］以长安君为质：把长安君作为人质。长安君：威后最小儿子的封号。质：抵押。

［3］乃：才。

［4］强谏：竭力劝说。

［5］明谓左右曰：明确地对大臣说。左右，指代身边的大臣。

［6］有复言……者：有再说……的人。

［7］老妇：赵太后的自称。

［8］左师：官名。触龙：人名，《战国策》的各种传本均作“触詟”，王念孙《读书杂志·战国策杂志二》曾据《史记·赵世家》等史料订正为“触龙”，长沙马王堆三号汉墓出土的《战国策》残本记此事均作“触龙”。另外，有人认为“触龙”后还有“言”字。

［9］盛气而胥之：气冲冲地等着他。“胥”，原稿作“揖”，王念孙《读书杂志·战国策杂志二》认为“揖”是“胥”字之误。“胥”为“等待”义。这一点，也已为长沙马王堆三号汉墓出土的《战国策》所证实。

［10］入而徐趋：徐，慢慢地。趋：快步走。按照礼节，臣见君时要快步往前走。触龙因脚有毛病，不能快走，但又要做出快步走的姿势，所以说是“徐趋”。

［11］谢：道歉，谢罪。

［12］窃自恕：私下原谅自己。窃：谦辞，私意。

［13］玉体：贵体。郄：同“隙”，病痛，疲劳。

［14］恃辇：依靠车子。

［15］日食饮得无衰乎：每天的饮食该不会减少吧。得无：该不会。

［16］今者：近来。殊：很。

［17］乃自强步：自己只勉强走走。强：勉强。

［18］少益耆食：稍微渐渐喜欢吃东西。耆：通“嗜”，喜爱。

［19］和：安适，舒服的意思。

［20］色少解：怒色稍微消解了一些。

［21］贱息：对别人谦称自己的儿子。息：儿子。

［22］不肖：子不似父，指不贤，不成材。

［23］窃爱怜之：私意宠爱他。

［24］黑衣：战国赵王宫宿卫常穿黑衣，故用以指宫廷侍卫。

[25]没死以闻：冒着死罪把这话告诉您。

[26]愿及未填沟壑而托之：希望趁我还没死的时候把他托付了。填沟壑：谦称自己的死。

[27]丈夫：男子。

[28]媪：老太太。对年老妇人的尊称。贤：胜过，超过。

[29]计深远：做长远打算。

[30]念悲其远也：为她远嫁而伤心。

[31]祝：祈祷。

[32]必勿使返：一定不要让她回来。

[33]三世：三代，指赵武灵王、赵惠文王、赵孝成王。父子相继为一世。

[34]赵之为赵：上推至赵国开始建立为赵国的时候。

[35]微独：非独，不仅，不单。微，非，不。

[36]奉：俸禄。劳：功劳。

[37]挟重器：拥有珍贵的器物。

[38]山陵崩：古代用来比喻国王或王后的死。

[39]自托于赵：使自己在赵国立身。

[40]恣君之所使之：任凭您派遣他。恣：听任。使：派遣。

[41]约车百乘：置办一百辆车子。

【赏析】

本文是《战国策》中描写策士谋臣劝谏最为成功，也最为精彩的例子之一。作为文章，其特点一在于结构上的精心设计，一在于心理描写的准确把握。

《战国策》一书在叙事安排上具有追求故事的完整性与连贯性的特点，通常先交待游说的原因、背景，接着叙述游说的过程，最后说明游说的结果及事情的进展。本文的核心是劝太后同意长安君为质事，结构安排上略背景、原因及结果的叙述而重劝谏过程的细处呈现。背景、原因虽寥寥几句带过，字里行间却有意在营造一种剑拔弩张的紧张气氛，以便烘托出触龙的出场以及触龙"说"的技巧之高明。其结果，文章更是简单明了："于是为长安君约车百乘，质于齐，齐兵乃出。"这一方面是呼应前文，另一方面又与叙述原因、背景时的那种千钧一发形成鲜明对比。齐兵出，赵国所处"秦急攻之"的囹圄之局也就顺势而解，文章虽没有具体交代，但读者对这一结果心知肚明。文章详于所当详，略于当略之处。

触龙说赵太后是文章的主体。这一部分的描述一反开头、结尾的简洁、明了，而采用一种舒缓、曲折的笔法。触龙先后通过缓冲法、诱导法、直入法使得赵太后最终意识到"父母之爱子则为之计深远"的道理。文章通过触龙、赵太后的对话呈现了赵太后微妙心理的变化过程，展现了事情的进展状况。"盛气而胥之"，"色少解""笑曰""诺"等一系列词汇是赵太后情绪的变化过程，也是长安君为质事一步步得以实施的过程。

荀子在《非相》中言："凡说之难，以至高遇至卑，以至治接至乱。未可直至也，远举则病缪，近世则不佣。善者于是间也，亦必远举而不缪，近世而不佣，与时迁徙，与世偃仰，缓急嬴绌，府然若渠匽檃栝之于己也。曲得所谓焉，然而不折伤。"文中，触龙之所以能够成功，在于他对人心理细致入微的洞察，在于他委婉巧妙的言说方式，更是他懂得"与时迁徙，与世偃仰"的言说技巧的结果。

【集评】

洪迈《容斋随笔》卷十三《谏说之难》：韩非作《说难》，而死于说难，盖谏说之难，自古以然。至于知其所欲说，迎而拒之，然卒至于言听而计行者，又为难而可喜者也。秦穆公执晋侯，晋阴饴甥往会盟，其为晋游说无可疑者。秦伯曰："晋国和乎？"对曰："不和。小人曰必报仇，君子曰必报德。"秦伯曰："国谓君何？"曰："小人谓之不免，君子以为必归。以德为怨，秦不其然。"秦遂归晋侯。秦伐赵，赵求救于齐，齐欲长安君为质。太后不肯，曰："复言者，老妇必唾其面。"左师触龙愿见，后盛气而胥之入，知其必用此事来也。左师徐坐，问后体所苦，继乞以少子补黑衣之缺。后曰："丈夫亦爱怜少子乎？"曰："甚于妇人。"然后及其女燕后，乃极论赵王三世之子孙无功而为侯者，祸及其身。后既寤，则言："长安君何以自托于赵？"于是后曰："恣君之所使。"长安君遂出质。范雎见疏于秦，蔡泽入秦，使人宣言感怒雎，曰："燕客蔡泽，天下辩士也。彼一见秦王，必夺君位。"雎曰："百家之说，吾既知之，众口之辩，吾皆摧之，是恶能夺我位乎？"使人召泽，谓之曰："子宣言欲代我相，有之乎？"对曰："然。"即引商君、吴起、大夫种之事。雎知泽欲困己以说，谬曰："杀身成名，何为不可？"泽以身名俱全之说诱之，极之以闳夭、周公之忠圣。今秦王不倍功臣，不若秦孝公、楚、越王，雎之功不若三子，劝其归相印以让贤。雎竦然失其宿怒，忘其故辩，敬受命，延入为上客。卒之代为秦相者泽也。秦始皇迁其母，下令曰："敢以太后事谏者杀之。"死者二十七人矣。茅焦请谏，王召镬将烹之。焦数以桀、纣狂悖之行，言未绝口，王母子如初。吕甥之言出于义，左师之计伸于爱，蔡泽之说激于理，若茅焦者，真所谓劘虎牙者矣。范雎亲困穰侯而夺其位，何遽不如泽哉！彼此一时也。

洪迈《容斋四笔》卷三《陈翠说燕后》：赵左师触龙说太后，使长安君出质，用爱怜少子之说以感动之。予尝论之于《随笔》中。其事载于《战国策》《史记》《资治通鉴》，而《燕语》中又有陈翠一段，甚相似。云："陈翠合齐、燕，将令燕王之弟为质于齐，太后大怒曰：'陈公不能为人之国，则亦已矣，焉有离人子母者！'翠遂入见后曰：'人主之爱子也，不如布衣之甚也，非徒不爱子也，又不爱丈夫子独甚。'太后曰：'何也？'对曰：'太后嫁女诸侯，奉以千金。今王愿封公子，群臣曰，公子无功不当封。今以公子为质，且以为功而封之也。太后弗听。是以知人主之不爱丈夫子独甚也。且太后与王幸而在，故公子贵。太后千秋之后，王弃国家，而太子即位，公子贱于布衣。故非及太后与王封公子，则终身不封矣。'太后曰：'老妇不知长者之计。'乃命为行具。"此语与触龙无异，而《史记》不书，《通鉴》不取，学者亦未尝言。

张养浩《左师触龙》(《归田类稿》卷二十《咏史》)：水惟曲折海能通，指事直言未必功。尝爱左师开赵后，雍容宫殿满春风。

张鼐《战国策隽》：左师以从容陈说而取成功，与夫强谏于廷、怒骂于坐、发上冲冠、自待必死者，力少而功倍矣。策文摹写亦甚工致。

袁了凡曰：人臣说国君易，说妇人难。左师公从容数语，而太后不和之色即解，可谓人臣进谏之法。(黄士京辑《合诸名家点评古文鸿藻》卷三)

又，顾起元曰：先以食息起居相劳，所以和其心，而又怜爱少子以发其端，最有曲折。可谓善说者。

又，陆深曰：既载左师之言，又载自我之论，亦□例也。

又，鲍彪评：左师以从容纳说而取成功，与夫强谏于廷、怒骂于坐、自待必死者，力少而功倍矣。程子释《易》"纳约自牖"曰：

左师因其明而导之，故其□□□□□。

金圣叹《天下才子必读书》卷三：此篇琐笔碎墨，于文中最为小样；然某特神会其自首至尾，寸寸节节，俱是妙避“长安君”三字。如“太后盛气而揖（胥）之”“太后之色稍解”“太后曰：诺。恣君之所使之”，其间苦甘浅深，一一俱有至理，其文乃都在笔墨之外，政未易于琐碎处尽之也。

谢有煇《古文赏音》卷四：大臣之强谏，大意皆为社稷起见，未免有忽视长安君之意。左师则似专为长安君计者，故其言易入。至其乘机感动，委婉措辞，亦大费苦心矣。

林云铭《古文析义》卷五：今人动言触龙作用，在始见之际，绝不提长安君，止与太后喃喃叙寒暄，解其盛气，一也。太后有爱怜少子之问，即对云甚于妇人，机锋绝唱，遂令太后罄倒，二也。既提出长安君矣，却又撇开，反将燕后痛说一番，步步引入彀中，三也。余皆以为不然。试问叙寒暄之后，太后不和之色未解，可奈何？舒祺卫宫之请，太后既诺，无丈夫怜少子一问，可奈何？燕后远嫁，祭祀必祝之语，太后谬应，以为不然，可奈何？盖妇人不可以理夺，而可以情动。与妇人言者，欲诱其所趋，务破其所忌。当日太后老矣，其爱长安君之心，尤甚于爱赵之心。奈诸臣言出质者，皆止为赵计，全不为长安君计。在太后以齐兵即不出，未必遽有害于赵，乃令目前爱子忽弃左右，入不测之强邻。万一卒然不可为讳，新君或有违言于齐，则长安君归赵之日，殆未可知。此唾面之说所由来也。不知长安君无功于国，虽在赵亦不免于祸，反不如其在齐，犹可为将来自托之地。太后纵能庇之当身，决不能保之死后，甚非所以爱之也。兹左师公之始见也，若止为己子舒祺而来，绝不为长安君而来者然。及言长安君也，又若止为长安君计，绝不为赵计者然。是先动之以情，继破其所忌，言之易入，诚何足怪！余细绎前后问答，譬善奕者，初观其闲闲置子，似觉无用，待成局之后较之，方知自首至尾，悉无虚着。其曰“老臣病足，不能疾走”，又曰“老臣今者殊不欲食”，皆述己之老态，以起下文“填沟壑”之语；其曰“太后玉体有郄”，又曰“日食饮得无衰”，皆指太后之老态，以起下文“山陵崩”之语，本未暇一言叙及寒暄也。其称舒祺之不肖也，见其纨绔娇痴，少不更事也，故下文有“位尊无功”“奉厚无劳”之说焉；其请补黑衣以卫王宫也，见其目前割爱，使离左右，欲令其有以自托，为之计长久也，故下文方有“长安君自托于赵”之说焉；其曰“愿及未填沟壑”也，见己之既衰，不能别有所待，今日黑衣之请，实千载一时至计也，故下文方有“及今令有功”之说焉。此时左师公口角，如布八面埋伏兵机，面面皆可应敌。因太后有“爱怜少子”一问，遂从此斩关而入，别有所问，自当别有所答，岂专靠此搬弄机锋耶？至“燕后”一段，不过借客形主，将计长计短互较，使知不以目前之离为忧，以坚其出质之念，其实未尝说燕后也。千古奇文，往往为俗眼埋没如此，令人恨杀。

《古文析义新编》：字字机警，笔笔针锋，目送手挥，旁敲远击，绝不使直笔，绝不犯正面，而未言之隐自能令人首肯，真是异样出色。近日举业家有文似不着题而题义已透彻无遗蕴者。此其似之。

左师公意中是欲使长安君质齐，口中未尝道及只字，而太后欣然许之者，由其作用之妙，而不恃强谏也。须知前路宽宽引入，纯是左师有意，太后无心，故闲散之笔，皆关紧要。读此文者，一字一句尤当细心领取，不可忽略过也。

吴楚材、吴调侯《古文观止》卷四：左师悟太后，句句闲语，步步闲情，又妙在从妇人情性体贴出来。便借燕后反衬长安君，危词警动，便尔易入。老臣一片苦心，诚则生巧，至今读之犹觉天花满目，又何怪当日太后之欣然听受也。

陆陇其《战国策去毒》卷下：此篇要看其节奏。一步进一步，可为讽谏之法。但惜当时大道不明，士不过用此以挽回一事，救解一人，而于端本澄源之道，所谓格君心之非者，则未之闻也。

前辈评此文谓与谅毅皆以从容成功。按，谅毅使于秦，秦王欲赵杀赵豹平原君。谅毅曰：赵豹平原君，亲寡君之母弟也，犹大王之有叶阳君、泾阳君也。臣闻之，有覆巢毁卵而凤凰不翔，刳胎焚夭而麒麟不至。今使臣受大王之令以还报，敝邑之君畏惧，不敢不行，毋乃伤叶阳君、泾阳君之心乎？一则于太后之所不欲言者而宽宽说人，一则于秦王之所言者而徐徐宽解，皆神于讽谏者。

浦起龙《古文眉诠》卷一五：摹神微密之文，必细分节次，愈见关目步骤之工。意越冷，越投机；语越宽，越醒听。由其冷意无非苦心，宽语悉是苦心也。

过珙《详订古文评注全集》卷三：左师之谏，得力在先叙两人老景，所谓同病相怜。太后不和之色，安得不解？其初来时，若不为长安君而来，及言长安君，又若止为长安君计深远，闲闲说入，令威后自然感悟。

倪承茂选《古文约编》卷四：前半纯是闲话，无一语闲话，譬如国手下棋，闲闲布置，入后皆成要着。到收局处，只争一劫，已踞胜势。如此行文，真乃出神入化。

臧岳《古文选释》：通篇全反强谏二字。凡十一波折，用句用字俱宜详玩。

唐德宜《古文翼》卷三：从一“爱”字迎机而入，语语说向太后心坎里来，故并不露出必要长安君出质，而太后早已死心塌地。进言之妙，无过于此。

钟惺：左师悟主后，不当在语言上看，全在举止进退有关目、有节奏。字字闲话，步步闲情，又妙在妇人情性中体贴出来老臣一片苦心。诚则生巧，当与公仲参看，丈夫宜用正，妇人宜用谲。（《古文翼》卷三）

毛庆蕃《古文学余》卷一五：此忠臣纳谏之方也。直也而以曲行之，疾也而以徐出之，理也而以情动之。谏后之与告君，其有同而不同者乎！篇末唱叹入神，后人变为论赞，然不能如此义法天成矣。

【延伸阅读】

战国策·陈翠合齐燕章

陈翠合齐、燕，将令燕王之弟为质于齐，燕王许诺。太后闻之，大怒曰："陈公不能为人之国，亦则已矣，焉有离人子母者？老妇欲得志焉。"陈翠欲见太后，王曰："太后方怒子，子其待之。"陈翠曰："无害也。"遂入见太后曰："何臞也？"太后曰："赖得先王雁、鹜之余食，不宜臞。臞者，忧公子之且为质于齐也。"陈翠曰："人主之爱子也，不如布衣之甚也。非徒不爱子也，又不爱丈夫子独甚。"太后曰："何也？"对曰："太后嫁女诸侯，奉以千金，赍地百里，以为人之终也。今王愿封公子，百官持职，群臣效忠，曰：'公子无功，不当封。'今王之以公子为质也，且以为公子功而封之也。太后弗听，臣是以知人主之爱丈夫子独甚也。且太后与王幸而在，故公子贵；太后千秋之后，王弃国家，而太子即位，公子贱于布衣。故非及太后与王封公子，则公子终身不封矣！"太后曰："老妇不知长者之计。"乃命公子束车制衣为行具。

按：马骕《绎史》卷一百二十四评价道：与左师公说赵太后

同而彼尤婉切。

谏论上

苏洵

古今论谏，常与讽而少直，其说盖出于仲尼。吾以为讽、直一也，顾用之之术何如耳。伍举进隐语，楚王淫益甚；茅焦解衣危论，秦帝立悟。讽固不可尽与，直亦未易少之。吾故曰：顾用之之术何如耳。

然则仲尼之说非乎？曰：仲尼之说，纯乎经者也；吾之说，参乎权而归乎经者也。如得其术，则人君有少不为桀、纣者，吾百谏而百听矣，况虚己者乎？不得其术，则人君有少不若尧、舜者，吾百谏而百不听矣，况逆忠者乎？

然则奚术而可？曰：机智勇辩，如古游说之士而已。夫游说之士，以机智勇辩济其诈，吾欲谏者以机智勇辩济其忠。请备论其效。周衰，游说炽于列国，自是世有其人。吾独怪夫谏而从者百一，说而从者十九；谏而死者皆是，说而死者未尝闻。然而抵触忌讳，说或甚于谏。由是知不必乎讽，而必乎术也。

说之术可为谏法者五，理谕之，势禁之，利诱之，激怒之，隐讽之之谓也。

触龙以赵后爱女贤于爱子，未旋踵而长安君出质；甘罗以杜邮之死诘张唐，而相燕之行有日；赵卒以两贤王之意语燕，而立归武臣。此理而谕之也。

子贡以内忧教田常，而齐不得伐鲁；武公以麋虎胁顷襄，而楚不敢图周；鲁连以烹醢惧垣衍，而魏不果帝秦。此势而禁之也。

田生以万户侯启张卿，而刘泽封；朱建以富贵饵闳孺，而辟阳赦；邹阳以爱幸悦长君，而梁王释。此利而诱之也。

苏秦以牛后羞韩，而惠王按剑太息；范睢以无王耻秦，而昭王长跪请教；郦生以助秦凌汉，而沛公辍洗听计。此激而怒之也。

苏代以土偶笑田文，楚人以弓缴感襄王，蒯通以娶妇悟齐相。此隐而讽之也。

五者，相倾险诐之论。虽然，施之忠臣，足以成功。何则？理而谕之，主虽昏必悟；势而禁之，主虽骄必惧；利而诱之，主虽怠必奋；激而怒之，主虽懦必立；隐而讽之，主虽暴必容。悟则明，惧则恭，奋则勤，立则勇，容则宽，致君之道尽于此矣。吾观昔之臣言必从，理必济，莫如唐魏郑公。其初实学纵横之说，此所谓得其术者欤？噫！龙逢、比干不获称良臣，无苏秦、张仪之术也；苏秦、张仪不免为游说，无龙逢、比干之心也。是以龙逢、比干吾取其心，不取其术；苏秦、张仪吾取其术，不取其心，以为谏法。

报任少卿书

司马迁

司马迁，字子长，左冯翊夏阳(今陕西韩城)人，著名的史学家、文学家，生于汉景帝中元五年(前 145)，卒年不可考。司马迁出身世代史官之家，父司马谈为太史令，著有《论六家要旨》，文中所表现的思想倾向及批判精神对司马迁产生了深远影响。司马迁少时"耕牧河山之阳"，曾向孔安国、董仲舒问学；青年时曾三次壮游，足迹遍中国；漫游之后，司马迁出仕，任郎中，元封三年继父职为太史令，太初元年开始撰写《史记》的准备工作。天汉二年，李陵与匈奴交战，兵败投降，司马迁因为李陵辩护而下狱，后被以"诬上"之罪判死刑。依据汉律，纳钱或主动受宫刑可免除死刑，司马迁因家贫无力纳钱，只得选择后者。太始元年，司马迁任中书令，在《报任安书》中表达了自己隐忍苟活的目的在于以圣贤为榜样以著述传于世，即以立言方式以期不朽。《史记》约完成于征和三年，后由司马迁外孙杨恽传于世。

司马迁的作品除《史记》外，尚有《报任安书》。是书是后人了解司马迁生平思想的重要资料，最早见于班固《汉书·司马迁传》。此书又见载于萧统《昭明文选》卷四十一，题为《报任少卿书》。

太史公牛马走司马迁再拜言，少卿足下：曩[1]者辱赐书，教以顺于接物，推贤进士为务，意气勤勤恳恳，若望[2]仆不相师，而用流俗人[3]之言。仆非敢如此也。仆虽罢驽[4]，亦尝侧闻[5]长者之遗风矣。顾自以为身残处秽[6]，动而见尤，欲益反损，是以独抑郁而与谁语。谚曰："谁为为之？孰令听之？"盖钟子期死，伯牙终身不复鼓琴[7]。何则？士为知己者用，女为悦己者容。若仆大质已亏缺矣，虽才怀随、和[8]，行若由、夷[9]，终不可以为荣，适足以见笑而自点[10]耳。书辞宜答，会东从上来[11]，又迫贱事，相见日浅，卒卒[12]无须臾之间，得竭至意。今少卿抱不测之罪，涉旬月，迫季冬[13]。仆又薄从上雍[14]，恐卒然不可讳[15]。是仆终已不得舒愤懑以晓左右，则长逝者魂魄私恨无穷。请略陈固陋。阙然久不报，幸勿为过。

此段叙任安书之内容及司马迁自己前不回信而现在回信的原因。

此段可分三部分读。"适足以见笑而自点耳"前是一部分；"今少卿抱不测之罪"之前是一部分。"曩者"，荡开一笔，由今溯远，叙述二人书信之来往，继而叙述任安书中之大旨，"推贤进士"为本书关键，全文即围绕此展开。此处，司马迁点明自己态度。此种态度缘由"身残处秽"，足见大质亏缺对司马迁从肉体到精神的影响。"书辞宜答"至"卒卒无须臾之间，得竭至意"为第二部分。此部分解释先前不回信之由。"宜答"既是对先前不回信的歉意，也暗指今日回信。“会东”“又迫”点出先前不回信之缘由，最终致使“无须臾之间得竭至意”。“会东”指太始四年（前93）司马迁从汉武帝上泰山事。《汉书》卷六《武帝纪》载：“（太始）四年春三月，行幸泰山。壬午，祀高祖于明堂，以配上帝，因受计。”“今少卿抱不测之罪”以下为第三部分，叙说现在回信之缘由。“今”将先前拉回当下。任安之不测之罪，此次未招致杀人之祸。据王国维《太史公行年考》，任安被武帝诛杀为坐征和二年（前91）戾太子案。《史记·田叔列传》载：“褚先生曰：臣为郎时，闻之曰田仁故与任安相善。任安，荥阳人也。少孤，贫困，为人将车之长安，留，求事为小吏，未有因缘也，因占著名数。武功，扶风西界小邑也，谷口蜀刬道近山。安以为武功小邑，无豪，易高也，安留，代人为求盗亭父。后为亭长。邑中人民俱出猎，任安常为人分麋鹿雉兔，部署老小当壮剧易处，众人皆喜，曰：‘无伤也，任少卿分别平，有智略。’明日复合会，会者数百人。任少卿曰：‘某子甲何为不来乎？’诸人皆怪其见之疾也。其后除为三老，举为亲民，出为三百石长，治民。坐上行出游共帐不办，斥免。……是时任安为北军使者护军，太子立车北军南门外，召任安，与节令发兵。安拜受节，入，闭门不出。武帝闻之，以为任安为详邪，不傅事，何也？任安笞辱北军钱官小吏，小吏上书言之，以为受太子节，言‘幸与我其鲜好者’。书上闻，武帝曰：‘是老吏也，见兵事起，欲坐观成败，见胜者欲合从之，有两心。安有当死之罪甚众，吾常活之，今怀诈，有不忠之心。’下安吏，诛死。”

书信是人与人之间沟通的载体，从事后看，任安此次逃过一劫，但从当时而言，正因“抱不测之罪”，司马迁才决心回信，一则抒发自我的一腔无可言说的愤懑，一则借以慰藉好友任安。按理说，在此种条件下，司马迁当避而远之，以免再惹武帝之猜疑。

但正是出于对朋友的重视，司马迁才再次冒逆鳞之险。这也是他自身经历所形成的一种心理。当初，司马迁以李陵之事下狱，当时是，诚如司马迁所言“交游莫救；左右亲近，不为一言”。此次回信可说是用具体行动对交游、亲近的一次痛斥，这也再次证明司马迁骨子里一直存留着上书救李陵时的那种豪侠之气。司马迁的回信，既是对朋友经历的安慰，亦是对自身情感的倾泻。

“太史公牛马走司马迁再拜言”十二字，在《汉书》中阙，在《文选》中则有。关于此十二字的指向及意义，历来颇多论争。现举数例，以观古籍衍文引发百家争鸣之一斑。

吴仁杰《两汉刊误补遗》卷七《太史公三》：《文选》载《报任少卿书》云：“太史公牛马走。”五臣注：太史公，迁之父。使谈见为太史，而迁与人书如此，可也。按迁被刑之后，乃有此书，是时谈死久矣，安得以父故官为称耶？则知所谓太史公者，子长自谓也。本传载报书时为中书令，顾称太史者，疑正为太史令，而中书特其兼官，故但称本所居官耳。《史记·自序》：太史公曰，先人有言。《索隐》曰：先人谓先代贤人。意以太史公为谈自称。按迁此书言“仆之先人”，又可为先代贤人耶？又《太史公四》：本传载子长书自“少卿足下”始，《文选》又冠以“太史公牛马走司马迁再拜言”凡十二字。此犹刘向上书而《汉纪》言其自称“草莽臣”，盖得其本文如此。五臣注：走犹仆也。言己为太史公掌牛马之仆。按：“牛”当作“先”，字之误也。《淮南书》曰：越王句践亲执戈为吴王先马走。《国语》亦云句践亲为夫差前马。《周官·太仆》：王出入则前驱。注：如今导引也。子长自谓先马走者，言以史官中书令在导引之列耳。故又云“幸得奏薄技，出入周卫之中”。《百官表》有太子先马，盖亦前驱之称。或作洗马，循误至此。

乔松年《萝藦亭札记》卷六:《史记》于司马谈、司马迁皆称太史公。谈称太史,则迁之语也。迁称太史,则后人称之。惟《文选》载《报任少卿书》称“太史公牛马走”,为不可晓。迁无自署太史公之理,故五臣注以太史公指谈,谓迁自言是其父之牛马仆。夫致书于人,而自谦谓是父之下仆,其事迂而不情。余疑“太史公”三字,乃后人题于篇首者。“牛马走”乃迁之自称,传写者误连为一,致不可通,理或近之。

不同于吴仁杰、乔松年从“太史公”指称、“牛马走”之意义、异文的考证,张谦宜则从情感上予以解析。其在《茧斋论文》卷六中说:“太史公《报任少卿书》曰‘太史公牛马走司马迁再拜言’,只此起手,已是怨愤填胸。时迁为中书令,盖宦官之长也。耻居此官,故援父衔以明世职,遭刑辱先,故不言子而言仆,只明此,便晓得通篇意思。”

仆闻之:修身者,智之府也。爱施者,仁之端也。取与者,义之表也。耻辱者,勇之决也。立名者,行之极也。士有此五者,然后可以托于世,而列于君子之林矣。故祸莫憯于欲利,悲莫痛于伤心,行莫丑于辱先,诟莫大于宫刑[16]。刑余之人,无所比数,非一世也,所从来远矣。昔卫灵公与雍渠同载,孔子适陈[17];商鞅因景监见,赵良寒心[18];同子参乘,袁丝变色[19],自古而耻之。夫以中才之人,事关于宦竖[20],莫不伤气,而况于慷慨之士乎!如今朝廷虽乏人,奈何令刀锯之余荐天下豪隽哉!仆赖先人绪业,得待罪辇毂下[21]，二十余年矣。所以自惟[22]：上之，不能纳忠效信，有奇策才力之誉，自结明主；次之，又不能拾遗补阙，招贤进能，显岩穴之士；外之，又不能备行伍，攻城野战，有斩将搴[23]旗之功；下之，不能积日累劳，取尊官厚禄，以为宗族交游光宠。四者无一遂，苟合取容，无所短长之效，可见如此矣。向者，仆常厕下大夫[24]之列，陪外廷末议[25]。不以此时引维纲[26]，尽思虑。今已亏形为扫除之隶，在阘茸[27]之中，乃欲仰首伸眉，论列是非，不亦轻朝廷，羞当世之士邪！嗟乎！嗟乎！如仆尚何言哉！尚何言哉！

此段叙士借以托于世，列于君子之林应具有之品行，挑起“刑余之人”不可入于士林，士亦以被刑余之人所荐为耻，从而得出“推贤进士”非己责，以呼应上文观点。何焯《义门读书记》云：“‘仆闻之：修身者，智之符也。’以下言推贤进士非己责。”

修身、爱施、取与、耻辱、立名五端，既是士人托于世之品格，也是司马迁先前恪守之信仰。耻辱、立名更是司马迁受腐刑之后所赖以活下去的精神支柱，修身、爱施、取与是下文李陵的为人与待将士之道。此段本为承续上文推贤进士非其责而来，司马迁不从辩护说起，却从士恪守的信仰谈起，在正面的烘托之下，转至其反面，最终落脚于“宫刑”之诟。一正一反的比对，更加渲染出宫刑对司马迁从肉体至精神的戕害。《金史·宦者传序》说：“古之宦者皆出于刑人，刑余不可列于士庶。”“所从来远矣”将一番对比放置于历史长河中，进一步加重了司马迁受宫刑所带来的巨大精神压力。司马迁在正反对比、阐述历史故事的基础上将笔拉回现实，回到书信的正题，即任安信中所言“推贤进士”之语。“虽乏人”之语，一方面骂杀当今朝中之人，一方面则重申刑余之人无推贤进士之责。无怪乎林云铭《古文析义》、李扶九《古文笔法百篇》一致认为司马迁借任安“推贤进士”之语做个题目，一发胸中积愤。司马迁在此书中秉持了其一贯的善于揭露统治者暴行、无能的直笔特色。从现实的境况来看，任安此时尚为阶下之囚，司马迁在此时回信已颇多忌讳，而在信中直言朝廷乏人，更当被统治者所嫉恨。

围绕推贤进士非己责这一论点，司马迁从自己未受腐刑之前尚不自立，遑论受腐刑之后，再做进一步的申说。此处先拗一笔写法，颇似烛之武之自陈：“臣之壮也，犹不如人；今老矣，无能为也已。”“所以自惟”，又起一笔，对过往生平作一总结。上之、次之、外之、下之四者层层递进，从四个层面全方位展示自己的无能。不过，此四者，司马迁绝非是真的自责，而是一种推脱。且看司马迁接下来之语，先前之身份、处境，如若推贤进士，尚有一丝可能，有能力与机会时尚且不做，如今身残处秽，已被排除于士之列，此时再推贤进士便是天方夜谭，亦是对士人的羞辱。面对任安心中之请求，司马迁是一口回绝的，态度是异常决绝的。他从先前之不足以荐士，当前之不能荐士，回绝任安“推贤进士”之请求。一从自己之能力地位着笔，一从自己受腐刑下笔。

此段中“同子”指武帝朝宦官赵谈，与司马迁父同名，故讳称同子。《山堂肆考》卷一三九《讳父》：“司马迁《报任少卿书》‘同子参乘’，指赵谈与其父同讳，故曰同子。又孔氏《丛说》，太史公名谭，故《史记》无谭字。《季布传》改赵谭作赵同。按赵同乃汉文帝专宠宦者。”此关涉古代的避讳制度。《公羊传·闵公元年》的记载：“春秋为尊者讳，为亲者讳，为贤者讳。”避讳主要分为国讳、长官讳、家讳与圣贤讳四种。如人们常说的熟语“只许州官放火，不许百姓点灯”即为长官讳。陆游《老学庵笔记》卷五记载：“田登作郡，自讳其名，触者必怒，吏卒多被榜笞。于是举州皆谓灯为‘火’。上元放灯，许人入州治游观。吏人遂书榜揭于市曰：‘本州依例放火三日’。”避讳之法主要有五种。一、改字。涉及需要避讳之字时采用换同音或同义的字来代替，从历代避讳来看，主要采用后者，如李贺父亲名晋肃，与进士之进同音，因而不能参加进士考试。《唐律疏议·职制三十一》“府号者，假若父名‘卫’，不得于诸卫任官；或祖名‘安’，不得任长安县职之类。官称者，或父名‘军’，不得作将军；或祖名‘卿’，不得居卿任之类。皆须自言，不得辄受。”因而韩愈作《讳辩》对此进行驳斥。二、空格。行文中遇到要避讳的字空着不写或用“某”字代替。三、缺笔，将需要避讳的字减去几笔以达到避讳的目的。四、代词，遇到人名时用某个代词来表示，以“讳”“某”“同”三字最为常用。五、拆字，这和缺笔之法差不多。在遇到需要避讳的字时，分析其部首偏旁，记作从某从某。如唐宪宗原名淳，后改名为纯，在历史上记载就为：贞元二十二年，册广陵王为皇太子，改名某。初名从水从享，至是该今名。这里用了两种避讳方法，第一是用“某”字代替，二是用了拆字的方法。

且事本末未易明也。仆少负不羁之才，长无乡曲[28]之誉，主上幸以先人之故，使得奏薄伎，出入周卫[29]之中。仆以为戴盆何以望天[30]？故绝宾客之知，亡室家之业，日夜思竭其不肖之才力，务一心营职，以求亲媚于主上。而事乃有大谬不然者。夫仆与李陵俱居门下[31]，素非能相善也，趣舍[32]异路，未尝衔杯酒[33]，接殷勤之余欢。然仆观其为人，自守奇士，事亲孝，与士信，临财廉，取与义，分别有让，恭俭下人，常思奋不顾身，以徇国家之急。其素所畜积也，仆以为有国士之风。夫人臣出万死，不顾一生之计，赴公家之难，斯以奇矣。今举事一不当，而全躯保妻子之臣，随而媒孽[34]其短，仆诚私心痛之。且李陵提步卒不满五千，深践戎马之地，足历王庭[35]，垂饵虎口，横挑强胡[36]，仰[37]亿万之师，与单于连战十有余日，所杀过半当。虏救死扶伤不给，旃[38]裘之君长咸震怖，乃悉征其左右贤王[39]，举引弓之人，一国共攻而围之，转斗千里。矢尽道穷，救兵不至，士卒死伤如积。然陵一呼劳军，士无不起，躬自流涕，沬[40]血饮泣，更张空弮[41]，冒白刃，北向争死敌者。陵未没时，使有来报，汉公卿王侯皆奉觞上寿[42]。后数日，陵败书闻，主上为之食不甘味，听朝不怡。大臣忧惧，不知所出。仆窃不自料其卑贱，见主上惨怆怛[43]悼，诚欲效其款款[44]之愚。以为李陵素与士大夫绝甘分少[45]，能得人死力，虽古之名将，不能过也。身虽陷败，彼观其意，且欲得其当而报于汉。事已无可奈何，其所摧败，功亦足以暴于天下矣。仆怀欲陈之，而未有路。适会召问，即以此指推言陵之功，欲以广主上之意，塞睚眦[46]之辞。未能尽明，明主不晓，以为仆沮贰师[47]，而为李陵游说，遂下于理[48]。拳拳之忠，终不能自列。因为诬上，卒从吏议。家贫，货赂不足以自赎，交游莫救视；左右亲近，不为一言。身非木石，独与法吏为伍，深幽囹圄[49]之中，谁可告诉者？此真少卿所亲见，仆行事岂不然乎？李陵既生降，隤[50]其家声，而仆又佴之蚕室[51]，重为天下观笑。悲夫！悲夫！事未易一二为俗人言也。

此段叙自己被祸之缘由。

书信围绕“推贤进士”而发，司马迁在拒绝的同时又阐明“且事本末未易明也”，这就增加了一分悲剧色彩。一则自己构祸事之本末不是不明，而是惧怕将来付诸笔端之不明，史官虽秉承秉笔直书的原则，但成王败寇，迫于统治阶级的压力，将来谁能保证事情的实录？一则自己作为史官，从父亲以来呕心沥血之史书未能表于后世。这也是司马迁为何在段末感慨：“事未易一二为俗人言也。”

从“主上幸以先人之故”至“以求亲媚于主上”为司马迁自道初心。此部分既与前文士之托于世、列于君子之林相表里，也为下文司马迁身处囹圄而无人援手作出了解释、分析。不忘初心、牢记使命如司马迁者，现实却着实给他上了一课。“我本将心向明月，明月奈何照沟渠”，想必是司马迁抢地呼天写出“而事乃有大谬不然者”时的心情吧！此一悲愤之语最终引起了司马迁对事之本末的倾泻而出。

“素非能相善”等语表明司马迁之立场：对事不对人。继而从大节到细行描绘李陵之品行。在司马迁看来，李陵乃奇士，有国士之风。这一方面与下文“全躯保妻子之臣”形成鲜明对比，一方面也为下文“陵一呼劳军，士无不起，躬自流涕，沫血饮泣”埋下伏笔。“仆诚私心痛之”再次表明自己的态度，既是为李陵的鸣不平，亦表明自己不同于流俗之人。司马迁在此作一收束之后，对李陵战功作了浓墨重彩的书写，既写其胜，又写其败。在胜败的描述中，司马迁善用对比之法，着重描绘了两个场合，一是敌我对垒厮杀的战场，一是尔虞我诈的庙堂。在杀气腾腾的战场，司马迁一方面通过敌我双方势力的悬殊写出李陵及其所领之师的英勇，及其在“矢尽道穷”的景况下视死如归、马革裹尸的气概。此处我们可以通过《汉书·李陵传》的记载作一比较。其载：“陵于是将其步卒五千出居延，北行三十日，至浚稽山……与单于相直，骑可三万围陵军。……陵搏战攻之，千弩俱发，应弦而倒。虏还走上山，汉军追击，杀数千人。单于大惊，召八万余骑攻陵……明日复战，斩首三千余级。……单于在南坡上，使其子将骑击陵。陵军步斗树木间，复杀数千人，因发连弩射单于，单于下走……战一日数十合，复伤杀虏二千余人。虏不利，欲去，会陵军候管敢为校尉所辱，亡降匈奴，具言陵军无后救，射矢且尽……汉军南行……士尚三千余人，徒斩车辐而持之，军吏持尺刀，抵山入陿谷。单于遮其后，乘隅下垒石，士卒多死，不得行……陵曰：‘公止。吾不死，非壮士也。’于是尽斩旌旗，及珍宝埋地下，陵叹曰：‘复得数十矢，足以脱矣。今无兵复战，天明坐受缚矣！各鸟兽散，犹有得脱归报天子者。’……夜半时，击鼓起士，鼓不鸣。陵与韩延年俱上马，壮士从者十余人。虏骑数千追之，韩延年战死。陵曰：‘无面目报陛下！’遂降。军人分散，脱至塞者四百余人。”

“仆窃不自料其卑贱”等语言司马迁救李陵之意。司马迁之所为既是自己初意“日夜思竭其不肖之才力，务一心营职，以求亲媚于主上”的自觉践行，也是出于自己对李陵之为人的认可、坚信。李陵之人格，司马迁从陵之本领“虽古之名将，不能过也”；陵之志愿，“欲得其当而报于汉”；陵之功大于过，“其所摧败，功亦足以暴于天下矣”。基于此三者，司马迁道出了自己救李陵之缘由。此三者也是对全躯保妻子之臣媒孽陵之短的反驳、讽刺。“未能尽明”下言自己救陵的结果，“下于理”。再次呼应段首所言“事本末未易明”，照应段末“事未易一二为俗人言也”。“家贫”以下数句再进一步推进一层，言自己之处境。“家贫”一句又与段首司马迁之初意相呼应，正因自己一心为国，“绝宾客之知，忘室家之业，日夜思竭其不肖之才力，务一心营职，以求亲媚于主上”，司马迁才不同于全躯保妻子之臣，不作结党营私、中饱私囊、营营苟苟之事，家贫不能自赎、交游不伸援手、亲近不为一言也就不言而喻。毕竟流俗之人，天下熙熙皆为利来，天下攘攘皆为利往。正是通过对自己所遭本末的梳理，司马迁旨在说明自己初心如此，却不能被明主深晓，最终落得“李陵投降匈奴、自己佴之蚕室”的结果。事情最终走向如此结局，期间当有“未易明者”。

此段叙自己受宫刑之始末，其中又交织着李陵投降之本末，双线并进。在事情的推进过程中，始终存在着诸如全躯保妻子之臣这样的流俗之人与司马迁、李陵等倜傥非常之人的对抗。这些非常之人的非常之举、非常之事多不被容于流俗，致使他们常抱有独醒之累、独行之苦。

仆之先非有剖符丹书[52]之功，文史星历[53]，近乎卜祝之间，固主上所戏弄，倡优畜之，流俗之所轻也。假令仆伏法受诛，若九牛亡一毛，与蝼蚁何以异？而世又不与能死节者，特以为智穷罪极，不能自免，卒就死耳。何也？素所自树立使然也。人固有一死，或重于太山，或轻于鸿毛，用之所趋异也。太上不辱先，其次不辱身，其次不辱理色，其次不辱辞令，其次诎体受辱，其次易服[54]受辱，其次关木索[55]、被棰楚受辱，其次剔毛发、婴金铁[56]受辱，其次毁肌肤、断肢体受辱，最下腐刑，极矣！《传》曰："刑不上大夫。"此言士节不可不勉励也。猛虎在深山，百兽震恐，及在槛[57]阱之中，摇尾而求食，积威约之渐也。故有画地为牢，势可不入；削木为吏，议不可对，定计于鲜[58]也。今交手足，受木索，暴肌肤，受榜箠[59]，幽于圜墙之中。当此之时，见狱吏则头抢地，视徒隶则正惕息[60]。何者？积威约之势也。及以至是，言不辱者，所谓强颜耳，曷足贵乎！且西伯[61]，伯也[62]，拘于羑里[63]；李斯[64]，相也，具于五刑[65]；淮阴[66]，王也，受械于陈[67]；彭越[68]、张敖[69]，南面称孤，系狱抵罪；绛侯[70]诛诸吕，权倾五伯[71]，囚于请室[72]；魏其[73]，大将也，衣赭衣，关三木[74]；季布[75]为朱家钳奴；灌夫受辱于居室[76]。此人皆身至王侯将相，声闻邻国，及罪至罔加，不能引决自裁。在尘埃之中，古今一体，安在其不辱也？由此言之，勇怯，势也；强弱，形也。审矣，何足怪乎？夫人不能早自裁绳墨之外，以稍陵迟至于鞭箠之间，乃欲引节，斯不亦远乎！古人所以重施刑于大夫者，殆为此也。夫人情莫不贪生恶死，念父母，顾妻子，至激于义理者不然，乃有所不得已也。今仆不幸，早失父母，无兄弟之亲，独身孤立，少卿视仆于妻子何如哉？且勇者不必死节，怯夫慕义，何处不勉焉！仆虽怯懦，欲苟活，亦颇识去就之分矣，何至自沉溺缧绁[77]之辱哉！且夫臧获[78]婢妾，由能引决，况仆之不得已乎？所以隐忍苟活，幽于粪土之中而不辞者，恨私心有所不尽，鄙陋没世而文彩不表于后也。

此段叙自己受辱被刑而不死之缘由，皆在于恨“鄙陋没世而文彩不表于后世”，为下文引出《史记》之书埋下伏笔。

林希元说：“子长之救李陵，本不是，又不能自引决而甘戮辱，明是怕死，书中却说他是托古人自解，皆强分疏。”由林氏评语，我们可以依此推知当时俗人所想所感。在此段中，司马迁从各个方面申说了自己不引决之由。首先，自己出身卑贱，父亲及自己所担任的太史之职，不过是“主上所戏弄，倡优畜之”。这样的身份，与蝼蚁无异，死则死耳。这说出了芸芸众生的悲歌，劳劳大众之生死，每天都会发生。卑贱之人的死，也许只能引起亲人的痛苦，而在旁人看来，只不过是平常事而已。正如陶渊明在《拟挽歌辞》中所说：“亲戚或余悲，他人亦已歌。”就因身份的低微，假如伏法受诛，死就死耳，不仅不会引起人的同情，相反还可能引起他人的误解。世人总不会将自己列于死节之列，认为自己是为捍卫士的尊严与士的价值而选择就刑，而是会认定自己是畏罪。这其实反映了人们的一种谤誉心理。人的地位、利害是产生谤誉心理的原因，司马迁虽说是平素建树本来就被人轻视所造成的，但实际上是流俗观念以地位与利害关系所形成。柳宗元在《谤誉》文中说“君子在下位则多谤”。

司马迁通过对自己身份地位的清晰判断以及假设自己伏法后的谤誉分析，指出自己死之轻。在此基础上，司马迁通过不辱与辱的等次再次道出腐刑为受辱之甚，进一步表明此刑对司马迁影响之深。此处的不辱与辱，又多与前文照应，“太上不辱先”对应“行莫丑于辱先”；“最下腐刑，极矣”对应“垢莫大于宫刑”。“刑不上大夫”既是勉励士节，亦是士之底线。司马迁以猛虎在槛阱的无奈，指出士一旦受辱，则会先引决以明士节。俗话说，士可杀不可辱。这是人人都明白的道理，司马迁以虎落平川作例，一方面在明示自己懂得士以死明志的道理，但另一方面也在说明生死的轻重皆在于“用之所趋”。生死是每一个人都无法逃避的事实，也是每一个有志之士面对生死后进一步行动的激发因素。每一个人无法自己决定生命的长度，但却可以自己决定生命的宽度、厚度。这也是司马迁在这种“积威约之势”下选择生而非死的缘由。更进一步说，刑不上大夫，在司马迁看来，更是一种反讽，言不辱者，只是强颜而已，哪有什么尊贵？刑不上大夫也只是一根控制利用士人的缰绳。司马迁援引历代显贵之人作例为证，表面上是在用古人所以重施刑于大夫来回应前面所述刑不上大夫。其实是援古证今，用于说明自己不自引决之由。这是司马迁的一种自宽，也是一种自励。司马迁从自己身份之卑微、受辱之大、历代古人受辱不引决来说明自己不死之缘由后，又从人情之关予以解说，这一方面是对世俗保全妻子之臣的回应，一方面又是对自己不幸处境的陈述。自己的这种不幸恰恰又是当初自己不足以自赎而受腐刑的原因所在。从上述几个方面反复说明，且通过婢女尚知节义之重作为衬托，旨在引出“所以隐忍苟活之由”，即“鄙陋没世而文彩不表于后也”。余有丁评价说：“至此始说出本意，言不辞粪土之中者，恨于私心有所不尽鄙陋，谓修史也。”

积威约之渐，积威约之势以及援引古人被辱之经历，司马迁也意在指摘汉代刑狱制度的残暴、黑暗。汉代刑法之酷，我们比较熟悉的是“缇萦救父”的故事，因此事，汉文帝废除了肉刑之法。汉武帝时期，还有所谓的腹诽之罪。司马迁之外孙即因书遭腹诽之祸而被腰斩。朱熹《朱子语类》卷七九曰：“且如杨恽一书，看得来有甚大段违法处？谓之不怨不可，但也无谤朝政之辞，却便谓之‘腹诽’而腰斩。”

古者富贵而名摩灭，不可胜记，唯倜傥[79]非常之人称焉。盖文王拘而演《周易》[80]；仲尼厄而作《春秋》[81]；屈原[82]放逐，乃赋《离骚》；左丘[83]失明，厥有《国语》[84]；孙子膑脚[85]，《兵法》修列；不韦[86]迁蜀，世传《吕览》；韩非囚秦[87]，《说难》《孤愤》；《诗》三百篇[88]，大底圣贤发愤之所为作也。此人皆意有郁结，不得通其道，故述往事、思来者。乃如左丘无目，孙子断足，终不可用，退而论书策，以舒其愤，思垂空文以自见。仆窃不逊，近自托于无能之辞，网罗天下放失旧闻，略考其行事，综其终始，稽其成败兴坏之纪，上计轩辕，下至于兹，为十表、本纪十二、书八章、世家三十、列传七十，凡百三十篇，亦欲以究天人之际，通古今之变，成一家之言。草创未就，会遭此祸，惜其不成，已就极刑而无愠[89]色。仆诚已著此书，藏诸名山，传之其人，通邑大都，则仆偿前辱之责，虽万被戮，岂有悔哉？然此可为智者道，难为俗人言也！

此段历数古人忍辱著书故事以自比。所列举之古人，先"拘""厄""放逐"再"失明""膑脚"，后"迁""囚"，所举注重层次，且单独拎出左丘明、孙武，因二人皆残疾，与自己受腐刑属同一性质。司马迁也借此二人以自励，从而阐发自己著书立说之意。《史记》之作也是司马迁"舒其愤，思垂空文以自见"。《史记》之介绍，先叙其来历；次说其体量；再揭其意蕴。"草创未就"道出作者受腐刑之辱却毅然选择苟活之原因。清代学者包世臣指出，司马迁"实缘自被刑后所为不死者，以《史记》未成之故。是史公之身乃《史记》之身，非史公所得自私。史公可为少卿死，而《史记》必不能为少卿废也。"惟有苟活，完成《史记》，藏之名山，传之后世，才能一雪自己之耻，也才能名不磨灭。这是对前文"所以隐忍苟活"的呼应，亦是自己内心真实声音的再次呐喊。毫无疑问，这也是对世俗之人俗世眼光与毁谤的讽刺。伟大的人总是孤独的，因为他们的声音总比世俗之人传的更长久；他们的眼光也总比世俗之人看的更高远。

死亡是肌体的结束，但并不意味着精神的幻灭。诚如臧克家在《有的人》诗中所说："有的人活着，他已经死了；有的人死了，他还活着。"有关生死价值的探寻，或者人之价值的追寻，自人意识到生死不可摆脱的那刻起，便成为人类必须正面的问题。人之生时，就不止一次追问"死而不朽"的奥秘所在，叔孙豹就"三不朽"提出了自己的观点。《左传》载：二十四年春，穆叔如晋。范宣子逆之，问焉，曰："古人有言曰'死而不朽'，何谓也？"穆叔未对。宣子曰："昔匄之祖，自虞以上为陶唐氏，在夏为御龙氏，在商为豕韦氏，在周为唐、杜氏，晋主夏盟为范氏，其是之谓乎？"穆叔曰："以豹所闻，此之谓世禄，非不朽也。鲁有先大夫曰臧文仲，既没，其言立。其是之谓乎！豹闻之，大上有立德，其次有立功，其次有立言，虽久不废，此之谓不朽。若夫保姓受氏，以守宗祊，世不绝祀，无国无之，禄之大者，不可谓不朽。"相比于宣子所说世禄，立德、立功、立言所寓含的精神、智慧才是千古不可磨灭的不朽。立德难，立功亦不易，对士人而言，两者都可以说是可遇而不可求。相比之下，惟有立言，在春秋百家争鸣的鼓动之下，渐渐成为一种风气，成为士人的专属，也成为他们表于后世、对抗死亡的法宝。诚如阿斯曼所说："文字是抵御社会性的第二次死亡（即遗忘）的更有效的武器。"

司马迁借周文王、孔子、屈原、左丘明、孙武、吕不韦、韩非子等倜傥非常之人提出了"发愤著书"之说。此说，司马迁在《太史公自序》中亦有相似的表述，其云："夫《诗》《书》隐约者，欲遂其志之思也。昔西伯拘羑里，演《周易》；孔子厄陈、蔡，作《春秋》；屈原放逐，着《离骚》；左丘失明，厥有《国语》；孙子膑脚，而论兵法；不韦迁蜀，世传《吕览》：韩非囚秦，《说难》《孤愤》；《诗》三百篇，大抵贤圣发愤之所为作也。此人皆意有所郁结，不得通其道也，故述往事，思来者。"此说，学者多认为是司马迁发展屈原"发愤以抒情"而来。在《屈原贾生列传》中，司马迁说："信而见疑，忠而被谤，能无怨乎？屈平之作《离骚》，盖自怨生也。"司马迁提出该命题后，历代学者多有继承、发挥。韩愈"不平则鸣"，欧阳修"诗穷而后工"都是受其影响。

且负下未易居，下流多谤议。仆以口语遇此祸，重为乡党所笑，以污辱先人，亦何面目复上父母之丘墓乎？虽累百世，垢弥甚耳！是以肠一日而九回[90]，居则忽忽若有所亡，出则不知其所往。每念斯耻，汗未尝不发背沾衣也！身直为闺阁之臣[91]，宁得自引于深藏岩穴邪！故且从俗浮沉，与时俯仰，以通其狂惑。今少卿乃教以推贤进士，无乃与仆私心剌谬乎？今虽欲自雕琢[92]，曼辞以自饰，无益，于俗不信，适足取辱耳。要之死日，然后是非乃定。书不能悉意，略陈固陋。谨再拜。

此段回答任安书中"用流俗人之言"，再次申明自己不能推贤进士。楼昉曰："反复曲折，首尾相续，叙事明白。读之令人感激悲痛。"

司马迁深以刑余为辱，故通篇不脱离一"辱"字。任安信中怨"用流俗人之言"，此处司马迁予以回应，之所以从俗浮沉，与时俯仰，皆在于身为闺阁之臣，不能自主，而非任安所认为的是皇帝身边的"红人"，也就不可能推贤进士。如若自己果如任安所说，只不过是自取其辱。这是对任安书信内容的再次回应，也是对前文内容观点的重申。

中国自古强调盖棺定论，自己惟有忍辱负重，完成《史记》，才能如实事记录本末，也才能够使事易明。这既是对千古倜傥非常之人的救赎，也是自己、李陵、任安的救赎。作为千百年之后的读者，我们借助司马迁饱含情感的文字，触摸那段历史，与书中之人物同呼吸，领略他们倜傥非常的一生。

【注释】

［1］曩：以前，从前。

［2］望：怨。

［3］流俗人：世间平庸的人。

［4］罢：通“疲”。驽：劣马。疲驽：喻才能低下。

［5］侧闻：从旁听到，传闻。犹言“伏闻”，自谦之词。

［6］身残处秽：指自己因受宫刑而身体残缺，兼与宦官贱役杂处。

［7］钟子期、伯牙：春秋时楚人。伯牙善鼓琴，钟子期精于音律，二人相友善。钟子期死，伯牙绝弦破琴，终身不复鼓。事见《吕氏春秋·本味》。

［8］随、和：随侯珠与和氏璧，是战国时的珍贵宝物，后用来比喻高洁的才德。

［9］由、夷：许由和伯夷，两人都是古代品德高尚的人。《楚辞·惜贤》：“若由夷之纯美兮，介之推之隐山。”王逸注：“由，许由也；夷，伯夷也。”

［10］点：玷污。

［11］会东从上来：太始四年（前93）三月，汉武帝东巡泰山。四月，又到海边的不其山，五月间返回长安，司马迁从驾而行。

［12］卒卒：同“猝猝”，仓促、匆忙貌。

［13］季冬：冬季的最后一个月，农历十二月。汉律，每年十二月处决囚犯。

［14］薄：同“迫”。雍：地名，在今陕西凤翔县南，设有祭祀五帝的神坛五畤。《汉书·武帝纪》载：“太始四年冬十二月，行幸雍，祠五畤。”

［15］不可讳：死的委婉说法。《战国策·魏策一》：“公叔（痤）

病，即不可讳，将奈社稷何？”鲍彪注：“死者，人之所不能避，故云。”

［16］宫刑：古代五刑之一，也称“腐刑”，阉割男子生殖器，破坏妇女生殖机能（一说将妇女禁闭宫中为奴）的刑罚，约始于商周时。《书·吕刑》：“宫辟疑赦。”孔传：“宫，淫刑也。男子割势，妇人幽闭，次死之刑。”

［17］“卫灵公”二句：春秋时，卫灵公和夫人乘车出游，让宦官雍渠同车，而让孔子坐后面一辆车。孔子深以为耻，就离开了卫国。事见《孔子家语》。

［18］“商鞅”二句：商鞅得到秦孝公支持变法革新。景监是秦孝公宠信的宦官，曾向秦孝公推荐商鞅。赵良是秦孝公的臣子，与商鞅政见不同。事见《史记·商君列传》：“赵良谓商君曰：……今君之见秦王也，因嬖人景监以为主，非所以为名也。”

［19］“同子”二句：同子指汉文帝的宦官赵谈，因为与司马迁父亲司马谈同名，故避讳称“同子”。袁盎字丝，汉文帝时任郎中。文帝出，宦官赵谈陪乘，袁盎伏车前说：“臣闻天子所与共六尺舆者，皆天下豪英。今汉虽乏人，陛下独奈何与刀锯余人载！”于是文帝只得依言令赵谈下车。事见《史记·袁盎晁错列传》。

［20］竖：供役使的小臣。后泛指卑贱者。

［21］待罪：古代官吏任职的谦称，意谓不胜其职而将获罪。辇毂下：皇帝的车舆之下。代指京城。

［22］惟：思考。

［23］搴：拔取。

［24］厕：杂置，参与。下大夫：太史令官位较低，属下大夫。

［25］外廷：国君听政的地方。对内廷、禁中而言。末议：谦称自己的议论。微不足道的意见。

［26］维纲：纲纪，法度。

［27］阘茸：庸碌，低劣。

［28］乡曲：家乡，故里。

［29］周卫：周密的护卫，即宫禁。

［30］戴盆何以望天：李善《文选·司马迁〈报任少卿书〉》下注曰："言人戴盆则不得望天，望天则不得戴盆，事不可兼施。"因以"戴盆望天"喻事难两全。

［31］李陵：字少卿，西汉名将李广孙，善骑射。武帝时，为骑都尉，率兵出击匈奴贵族，战败投降，封右校王。后病死匈奴。俱居门下：司马迁曾与李陵同在"侍中曹"（官署名）内任侍中。

［32］趣舍：向往和废弃，引申为好恶。趣，同"趋"。

［33］衔杯酒：在一起喝酒。指私人交往。

［34］媒孽：也作"蘖"，酿酒的酵母。比喻借端诬罔构陷，酿成其罪。

［35］王庭：指我国西北少数民族君长设幕立朝的地方。此处指匈奴单于的居处。

［36］胡：指匈奴。

［37］仰：仰攻。当时李陵军被围困谷地。

［38］旃：毛织品。《史记·匈奴传》："自君王以下，咸食肉，衣其皮革。披旃裘。"

［39］左右贤王：左贤王和右贤王，匈奴封号最高的贵族。

［40］沬：以手掬水洗脸。

［41］拳：弩弓，强硬的弓弩。

［42］上寿：谓向人敬酒，祝颂长寿。这里指祝捷。

［43］怛：悲痛。

［44］款款：忠诚的样子。

[45]绝甘：舍弃甘美的食品。分少：即使所得甚少也平分给众人。

[46]睚眦：怒目相视。

[47]沮：毁坏。贰师：贰师将军李广利，汉武帝宠妃李夫人之兄。李陵被围时，李广利并未率主力救援，致使李陵兵败。其后司马迁为李陵辨解，武帝以为他有意诋毁李广利。

[48]理：掌司法之官。

[49]囹圄：监狱。

[50]陨：坠毁。

[51]佴：相次，随后。蚕室：古代执行宫刑及受宫刑者所居之狱室。《文选·司马迁〈报任少卿书〉》："李陵既生降，陨其家声，而仆又佴之蚕室，重为天下观笑。"张铣注："蚕室，汉行割刑之室，使其避风养疮者。"

[52]剖符：犹剖竹。古代帝王分封诸侯、功臣时，以竹符为信证，剖分为二，君臣各执其一，后因以"剖符""剖竹"为分封、授官之称。丹书：古代帝王赐给功臣世袭的享有免罪等特权的证件。

[53]文史星历：史籍和天文历法，都属太史令掌管。

[54]易服：换上罪犯的服装。古代罪犯穿赭（深红）色的衣服。

[55]木索：木枷和绳索，指刑具。

[56]婴：环绕。颈上带着铁链服苦役，即钳刑。

[57]槛：关兽的笼子。阱：捕兽的陷坑。

[58]鲜：态度鲜明。即自杀，以示不受辱。

[59]榜：鞭打。箠：竹棒。此处用作动词。

[60]惕息：形容极度恐惧。

［61］西伯：即周文王，为西方诸侯之长。

［62］伯也：伯通“霸”。

［63］羑里：在今河南汤阴县。文王曾被殷纣王囚禁于此。

［64］李斯：秦始皇时任丞相，后因秦二世听信赵高谗言，受五刑，腰斩于咸阳。

［65］五刑：秦汉时五种刑罚，黥、劓、斩左右趾、枭首、菹其骨肉。《史记·秦始皇本纪》：“斯卒囚，就五刑。”《汉书·刑法志》：“当三族者，皆先黥，劓，斩左右止，笞杀之，枭其首，菹其骨肉于市。”

［66］淮阴：指淮阴侯韩信。

［67］受械于陈：汉立，淮阴侯韩信被刘邦封为楚王，都下邳（今江苏邳县）。后高祖疑其谋反，用陈平之计，在陈（楚地）逮捕了他。械，拘禁手足的木制刑具。

［68］彭越：汉高祖的功臣。

［69］张敖：汉高祖功臣张耳的儿子，袭父爵为赵王。彭越和张敖都因被人诬告称孤谋反，下狱定罪。

［70］绛侯：汉初功臣周勃，封绛侯。惠帝和吕后死后，吕后家族中吕产、吕禄等人谋夺汉室，周勃和陈平一起定计诛诸吕，迎立刘邦中子刘恒为文帝。

［71］五伯：即“五霸”。

［72］请室：清洗罪过之室。请，通“清”。即囚禁有罪官吏的牢狱。

［73］魏其：指大将军窦婴，汉景帝时被封为魏其侯。武帝时，营救灌夫，被人诬告，下狱判处死罪。

［74］三木：古代加在犯人颈、手、足上的三件刑具。

［75］季布：楚霸王项羽的大将，曾多次打击刘邦。

［76］灌夫：汉景帝时为中郎将，武帝时官太仆。因得罪了丞相田蚡，被囚于居室，后受诛。居室：本指汉代少府属官。多用以指其下属拘禁犯人的官署。

［77］缧绁：捆绑犯人的绳子，引伸为捆绑、牢狱。

［78］臧获：古代对奴婢的贱称。奴曰臧，婢曰获。

［79］倜傥：卓异，不同寻常。

［80］文王拘而演《周易》：传说周文王被殷纣王拘禁在羑里时，把古代的八卦推演为六十四卦。

［81］仲尼厄而作春秋：孔丘字仲尼，周游列国，在陈地和蔡地受到围攻和绝粮之苦，返回鲁国作《春秋》。

［82］屈原：曾两次被楚王放逐，幽愤而作《离骚》。

［83］左丘：春秋时鲁国史官左丘明。

［84］《国语》：史书，相传为左丘明撰。

［85］孙子：春秋战国时著名军事家孙膑。膑脚：孙膑曾与庞涓一起从鬼谷子习兵法。后庞涓为魏惠王将军，骗膑入魏，割去了他的膑骨(膝盖骨)。孙膑有《孙膑兵法》传世。

［86］不韦：吕不韦，战国末年大商人，秦初为相国。曾命门客著《吕氏春秋》(一名《吕览》)。始皇十年，令吕不韦举家迁蜀，吕不韦自杀。

［87］韩非：战国后期韩国公子，曾从荀卿学，入秦被李斯所谗，下狱死。著有《韩非子》,《说难》《孤愤》是其中的两篇。

［88］《诗》三百篇：今本《诗经》共有三百零五篇，此举其成数。

［89］愠：怒。

［90］九回：多次翻转或萦绕。多形容愁思起伏，郁结不解。

［91］闺阁之臣：指宦官。闺、阁都是宫中小门，指宫禁。

[92]雕琢：雕刻花纹。这里指自我妆饰。

【赏析】

《报任安书》是后人了解司马迁生平思想的重要史料。李景星《汉书评议》卷四言："司马迁生平事业，在于《史记》，而能括《史记》全书者，惟叙传一篇；司马氏生平伤心，在于受辱，而备载受辱由来者，惟《报任安书》一篇。得此二篇，而司马氏一生之本末具矣，此外虽多，皆不必言也。"同时，此书也是中国文学中的名篇。书作为古代的一种实用文体，即书信之意。古人写信，多有题目，信题主要采用"报……书""答……书""与……书""上……书""寄……书"等形式。

书信作为一种实用工具，涉及书信的发出者与接受者。二者因为所处环境、立场的差异，对某些问题多有异议，故而针对某一主题，书信的双方或是围绕冲突进行辩白，或是给予对方请求以漠视或拒绝。本书即司马迁针对任安书中所提出的"推贤进士"而展开。从结构上而言，本书大体上分为六段。首尾两段说明复信的缘由、复信时的心情及自我观点。第二段阐明自己不能"推贤进士"的缘由。第三段叙述自己因为李陵事件而下狱受辱的经过。第四段意在说明自己遭受腐刑却选择忍辱苟活的原因。第五段介绍自己以古人被辱之事例以自比、自励，以及《史记》的基本情况。

此书作为中国文学中的著名篇章，是如何实现从实用性到审美性的转变，从而产生文学的兴味？真德秀评价此书曰："迁所论无可取者，然其文跌荡奇伟。"且不管真德秀所说"所论无可取者"的立意出发点，单就"跌荡奇伟"，就足以概括此书的特点。首先，文章气势磅礴。任安之遭际唤醒了司马迁长期压抑于胸中的满腔悲愤。全文六个段落，一环扣一环，总体给人一种排山倒海之势，吴楚材、吴调侯云："此书反复曲折，首尾相续，叙事明白，豪气逼人。"其次，通过饱含情感的语言，尤其是大量语气词的使用，使得文章形成一种情感旋涡。读者在阅读过程中会不自觉地与作者同呼吸、共命运，感古往今来倜傥之士之所感，悲古往今来非常之士之所悲。同时，在面对倜傥非常之士的对立面流俗之人时，读者又都会情不自禁地两股战战，几欲挥拳。这些都是司马迁语言的魅力所在，但这些语言又绝非有意为之，而是其情感的自然流露。如"嗟夫，嗟乎，如仆尚何言哉！尚何言哉！""悲夫！悲夫！事未易一二为俗人言也。"孙执升在《评注〈昭明文选〉》中说："史迁一腔抑郁，发之《史记》；作《史记》一腔抑郁，发之此书。识得此书，便识得一部《史记》，盖一生心事尽泻于此也。纵横排宕，真是绝代大文章。"

正是凭借用饱含情感的语言直抒胸臆，使得此书脱离了一般书信的适用范畴而成为文学殿堂的一朵奇葩。钱钟书在《管锥篇》中言："此书情文相生，兼纡徐卓荦之妙，后人口沫手胝，遂多仿构。"在钱钟书看来，李陵《重报苏武书》、杨恽《报孙会宗书》、江淹《报袁叔明书》、王僧孺《与何炯书》、魏长贤《复亲故书》皆拟议之篇；"明人尸祝《史记》，并及是《书》"，如康海《与彭齐物书》、王廷陈《答余懋昭书》、王九思《与刘德夫书》、唐寅《与文征明书》，等等。

【集评】

楼昉《崇古文诀》卷四：反复曲折，首尾相续，叙事明白，读之令人感激悲痛，然看得豪气犹未尽除。

真德秀(《古文赏音》卷六)：迁所论无可取者，然其文跌荡奇伟。以如此之材，而因言事置之腐刑，可为痛惜也。

《文选瀹注》卷二十一：粗粗卤卤，任意写去，而矫健磊落，笔力真如走蛟龙挟风雨，且峭句险字，往往不乏。读之，但见其奇肆，而不得其构造锻炼处。古圣贤规矩准绳文字至此一大变，卓为百代伟作。

引子期及悦己语，觉无当。若谓举世莫知项，孰听。末则死字终碍眼，且鸣琴为容，何指殊未快。

直截急下，彼浓态为，此劲力胜，各有长。然此书神气有余，驰遣如意。读此书后，便觉彼书气萎琐不振。

直写胸臆，发挥又发挥，惟恐倾吐不尽。读之使人忼慷激烈，唏嘘欲绝，真是大有力量文字。

凡文字贵炼贵净，此文全不炼，大不甚净。《中庸》称“有余”“不敢尽”，此则既无余矣，犹哓哓不已，于文字宜不为佳。然风神横溢，读者皆服其跌宕不群，翻觉炼、净者之为琐小，意态豪纵不羁，真所谓尽而有余，此所由笔力超越。故此等文字最不易学，学之须多读书，养得气充足，据案一挥，庶几仿佛。

此亦乱章，急管促柱以写其哀激，不如此，前面姿态太浓，平缓语岂收得住？

前审矣，此不信皆于文字百丈势中插此短句，然却顿挫有态，更觉劲。子长每有此法。

黄士京辑《合诸名家点评古文鸿藻》卷五：卢舜治曰：此书以一辱字为眼目，韩昌黎法之，《送孟东野》以一鸣字为眼目。

又，王世贞曰：气劲而语雄，隐然有虎豹在山之势，词意虽谦，然其气概激昂，若高渐离击筑燕市中，慷慨悲歌，旁若无人。

又，凌约言曰：观货赂三句，则知太史公所以作货殖、游侠二传，盖有为云。

又，董份曰：太史公作《史记》，虽得于足迹殆遍之后，然其高才天授，自不可及，只如人固有一死一段，何等雄杰，何等慷慨，迄今读其文，想见其人，真令有千里比肩之思。

又，李廷机曰：太史公作《周勃世家》，凡两叙狱吏处多悲酸，即是此意。且载绛侯之言曰：吾尝将百万军，然安知狱吏之贵乎？与此篇“见狱吏则头抢地”句，千古犹令人伤悼。

又，余有丁曰：至此始说出本意，言不辞粪土之中者，恨于私心有所不尽鄙陋，谓修史也。

又，卢舜治曰：以上杂叙，最后独举左丘明、孙子者，以其无目、断足为亡用之人，与腐刑同也。

又，凌稚隆曰：太史公深以刑余为辱，故通篇不脱一“辱”字，此结言著书偿前辱，聊以自解云。

又，李廷机曰：此书大旨，总是却少卿推贤进士之教，故四字为一篇纲领，始终亦自相应。

又，林希元评：子长之救李陵，自不是，又不能自引决，而甘戮辱，明是怕死，书中却说他是，又托古人自解，皆强分疏，然词气悠扬婉曲，豪逸明通，诚汉文之翘楚也。

又，李梦阳评：文字骈俪，愈读而愈可喜，想胸中许多抑郁，故一写若流。

金圣叹《天下才子必读书》卷五：学其疏畅，再学其郁勃；学其纡回，再学其直注；学其阔略，再学其细琐；学其径遂，再学其重复。一篇文字，凡作十来番学之，恐未能尽也。

储欣（《古文集宜》卷一）：激昂悲愤，自有文字以来第一书。刑余之人，不可以推贤荐士，此正答少卿意也，况当日原因荐士受刑。中间序受刑之由，明所以受刑而忍耻苟活之故，数千言一气条贯，变化万端。大约以“辱”字为骨，以著书立言为归宿。此岂

《小雅·巷伯》所能仿佛耶？班史文人相轻之言，而后人奉为定论，则过矣。

林云铭《古文析义》卷八：李陵素有祖风，其败降也，实因孤军无救。观其置酒别苏武之时，有庶几曹柯之说，则其心尚未忘汉也。史迁所谓欲得其当，以报于汉等语，洵非无因，奈武帝当日以李夫人之宠，欲贰师立功匈奴以贵之，使陵为助，陵败而帝食不甘味、听朝不怡者，无非恐单于专向贰师，致其失利耳。史迁盛推陵功，或为上起见，或为陵起见，姑置勿论，总与贰师无涉也。乃指为诬罔，坐其沮军，置之腐刑，自是千古冤狱。是书反复数千百言，其叙受刑处，只点出仆沮贰师四字，是非自见。所谓舒愤懑以晓左右者，此也。结穴在受辱不死、著书自见上。通篇淋漓悲壮，如泣如诉，自始至终，似一气呵成。盖缘胸中积愤不能自遏，故借少卿"推贤进士"之语做个题目耳。读者逐段细绎，如见其慷慨激烈，须眉欲动。班掾讥其不能以智自全，犹是流俗之见也夫。

吴楚材、吴调侯《古文观止》卷五：此书反复曲折，首尾相续，叙事明白，豪气逼人。其感慨啸歌，大有燕、赵烈士之风；忧愁幽思，则又直与《离骚》对垒。文情至此极矣。

浦起龙《古文眉诠》卷三四：答书大致在自白罪由，自伤惨辱，自明著史，而以谢解来书位置两头，总纳在"舒愤懑"三字内。盖缘百三十篇中，不便放言以渎史体，特借报书一披豁其郁勃之气耳，岂独为任少卿道哉！沉雄激壮，如江海之气，横空上出，摩荡六虚。

过珙《详订古文评注全集》卷五：曲护李陵，亦有强为分疏处。如得当报汉，岂可轻许？然言"无可奈何，其所摧败，功亦足以暴于天下"，自是千古平心之论。其自述处，感慨悲壮，并无全非君上之心，可谓怨悱不乱者矣。

唐德宜《古文翼》卷八：写得罪之由，作史之故，情辞悲伤，往复淋漓，分明又是一篇自序。

李扶九原编、黄仁黼重订《古文笔法百篇》卷一五：大意不过谓刑余之人难以荐士，况当日原为荐士受刑。所以不死者，只为要著书以偿前辱，故且隐忍苟活耳，尚何能荐士？以复少卿书中“推贤进士”之语。但胸中一段不平之气，触之而动，遂不觉言之长矣，而行文亦极纵横驰骤之至。王罕皆曰：满腔悲愤郁勃，出之以激昂慷慨，文势纡回曲折，而首尾相应。苏氏谓文疏宕有奇气，此篇是矣，自当与《离骚》抗衡千古。若杨恽之《报会宗》、子云之《答刘歆》，其又具体而微者矣。黼按：此篇主意，细玩在受辱不死，著书自见上，故余后所书，即从死生著笔。而其自悲自责，并无一毫非上之心，可谓能得《小雅》“怨悱不乱”之旨。通体文势豪放，一气呵成，其如天马行空，不可羁勒。最宜学步，故补选之。

书后：死生之际，至难言矣。死或重于泰山，或轻于鸿毛，其中缓急之权衡，有未易为俗人言者。尝见古今圣贤，一旦激于义理，不念父母，不顾妻子，以一身保全忠臣义士之名节，如拯水火，如救饥渴，虽蹈鼎镬而不辞。而小人不知义理之所在，反媒孽于其间。是何居心之大相悬绝哉！抑以保全身家之念殷，因以不能自决于死生之归耳。史公之救李陵也，其得不死者间于容发，而复隐忍苟活，与时俯仰，亦第以文采不表于后世，将不免有没世无称之叹。非若全躯保妻子之臣，碌碌无所短长，而为倜傥非常之人所不齿焉。故其汲汲著书，以求不朽，又何暇自引岩穴深藏之士，以与富贵功名者流竞奔廊庙哉！然则此书之答，不过借少卿“推贤进士”之语，以一雪其胸中积愤，明所以不死而生之故，以为万世正告之也。悲夫！悲夫！

谢有煇《古文赏音》：文共二千四百余言，而意在舒愤懑以晓左右一句。其愤懑者有二。以沮贰师受腐刑，则其狱为枉。一也。以受辱不死为世所笑，则不能以死后之论定，与目前俗子置辨。二也。夫子长方以《史记》未成，姑为忍辱偷生，而少卿乃教以进贤，非其旨矣。故欲借以舒其愤懑也。然此时少卿已将就刑，而子长乃答之者，亦因少卿亲尝狱吏之威，或能谅己苦情耳。文之跌荡奇伟，所不待言，其段落节奏，略见小注中。

陈仁锡《古文奇赏》卷九：徐乐书袭贾谊，杨恽《报孙会宗书》袭太史公，皆不录。闻诸先辈云，文字最恶弱。所谓弱者，袭前人之句弱也，袭前人之气亦弱也。续屈大夫之貂者多矣，不如子云反离骚，自成一家言，只袭与不袭之辨耳。

刘勰《文心雕龙·书记》：及七国献书，诡丽辐辏；汉来笔札，辞旨纷纭。观史迁之《报任安》……志气盘桓，各含殊采；并杼轴乎尺素，抑扬乎寸心。

刘知几《史通》卷一六《外篇·杂说上》：司马迁《自序传》云：为太史七年而遭李陵之祸，幽于缧绁，乃喟然而叹曰："是予之罪也，身亏不用矣。"自叙如此，何其略哉。夫云遭李陵之祸，幽于缧绁者，乍似同陵陷没，以置于刑，又似为陵所间，获罪于国，遂令读者难得而详。赖班固载其《与任安书》，书中具述被刑所以。傥无此录，何以克明其事者乎？

又：《汉书》载子长《与任少卿书》，历说自古述作，皆因患而起，末云"不韦迁蜀，世传《吕览》"。案吕氏之修撰也，广招俊客，比迹春、陵，共集异闻，拟书《荀》《孟》，思刊一字，购以千金，则当时宣布为日久矣。岂以迁蜀之后，方始传乎？且必以身既流移，书方见重，则又非关作者本因发愤著书之义也。而辄引以自喻，岂其伦乎？若要举多故事，成其博学，何不云"虞卿穷愁，著书八篇”，而曰“不韦迁蜀，世传《吕览》”，斯盖识有不该，思之未审耳。

又：昔春秋之时，齐有夙沙卫者，拒晋殿师，郭最称辱；伐鲁行唁，臧坚抉死。此阉官见鄙，其事尤著者也。而太史公《与任少卿书》论自古刑余之人为士君子所贱者，唯以弥子瑕为始，何浅近之甚耶？但夙沙出《左氏传》，汉代其书不行，故子长不之见也。夫博考前古而舍兹不载，至于乘传车，采禹穴，亦何为者哉？

欧阳修《新唐书·郑覃传》：昔汉司马迁《与任安书》辞多怨怼，故《武帝本纪》多失实。覃曰：“武帝中年大发兵事边，生人耗瘁，府库殚竭，迁所述非过言。”

王观国《学林》卷五《草》：司马迁《报任少卿书》曰：成一家之言，草创未就。五臣注《文选》曰：草创，制作也。然则凡言草者，谓制作也，非草稿也。

程大昌《雍录》卷七《上雍》：司马迁《与任安书》曰：“仆迫季冬，从上上雍。”雍，凤翔府天兴县也，在汉为右扶风雍县也。其曰“上”者，自下升高之辞也。四面高曰“雍”，又四望不见四方，是之谓“雍”。故汉事凡及幸雍，悉云“上雍”也。汉初未有南北郊，惟雍县有四畤。高帝又立北畤，故文帝十五年四月幸雍，始郊见五帝。景、武、宣、元皆循之。又会秦之离宫多在雍、鄠之间，故诸帝亦时时往幸也。成帝建始中罢雍五畤，始祀天地于长安南北郊。则前乎此者，皆以雍畤为郊丘也，则宜人主上雍者数也。

朱熹《朱子语类》卷一三九《论文》上：柳子厚文有所模仿者极精，如“自解”诸书，是仿司马迁《与任安书》。刘原父作文，便有所仿。

倪朴《倪石陵书·上杨推官书》：朴尝读史，见司马迁《与任安书》，以坐李陵事腐之蚕室，其言伤感痛切，至今千余载，读之使人为之流涕。

王楙《野客丛书》卷二《杨恽有外祖风》：司马迁遭腐刑后为中书令，尊宠任职。其故人任安予书，责以古人推贤进士之义。迁报书情词幽深，委蛇逊避，使人读之为之伤恻。可以想象其当时亡聊之况，盖抑郁之气随笔发露，初非矫为故尔。

童养正辑《史汉文统·史记统·报任安书》引王世贞曰：子长之救李陵自不是，又不能自引决而甘戮辱，明是怕死，书中却说他是，又托古人自解，皆强分疏。然词气悠扬，反复曲折，豪宕疏通，成文章家之大师也。

又，引茅坤曰：妙处全在一段流宕之气，人云太史公好奇，是书备之矣。

又，引陶望龄曰：太史公作《史记》，虽得于是迹殆遍之后，然其高才天授，自不可及，只"人固有一死"一段，词何等雄伟！何等慷慨！迄今读其文，想见其人，真令人有千里比肩之思。

又，引凌约言曰：情辞幽深，委蛇逊避，使人读之为之伤恻，可以想见其抑郁无聊之况。

又，引黎志陆曰：伟辨处倾倒词场，精华处炫耀艺圃，文家熟读之，有栋梁榱桷之助。

《山堂肆考》卷一三九《讳父》：司马迁《报任少卿书》"同子骖乘"，盖指赵谈与其父同讳，故曰同子。又孔氏《丛说》，太史公名谭，故《史记》无谭字。《季布传》改赵谭作赵同。按赵同乃汉文帝专宠宦者。

顾锡畴辑《两汉鸿文》卷一〇尾评引茅鹿门曰：妙处全在一段流宕之气，人云太史公好奇，是书备之矣。又引王凤洲曰：高渐离击筑燕市，慷慨悲歌，傍若无人。

邹思明编《文选尤》卷一〇眉批引王慎中曰：气劲而语雄，隐然有虎豹在山之势。词意虽谦，然其慨激昂，若高渐离击筑燕市，悲歌慷慨，傍若无人。又末评引焦弱侯曰：此书反复曲折，首尾相续，悠扬顿挫，豪宕疏通，诚汉家巨擘也。

戴君恩《剩言》卷一四：《报任少卿书》毕竟出赝手，非子长作，以其精神气骨自不相肖也。

《尚书古文疏证》卷七：忆东海公编《古文渊鉴》，问予《报任安书》可入选否？予曰：此大有关系文字。近袁公继咸题其后曰：负绝代良史才，宁贱辱自处以杜阉宦擅政，用人之渐，其为天下万世虑尤深远矣。可称迁知己。

何焯《义门读书记》卷四九《司马子长〈报任少卿书〉》："仆闻之，修身者，智之符也"，以下言推贤进士非己责。"且事本末未易明也"，以下辨用流俗之言为非得已，而兼以抒其愤懑。"仆少负不羁之才"，言不合礼法也。注谓材质高远，不可羁系者，非。"仆与李陵俱居门下"，以下言己非平日不慎于接物。"重为天下观笑"三句，结上起下。"仆之先人，非有剖符丹书之功"，以下言己亦非随俗流转，不自树立，顾自有足以垂荣百世者，欲少卿知其心之所存，勿责望以不师用其言也。"而世俗又不能与死节者次比"，"次"字衍。言不得与死节者比耳。注迂谬。"仆窃不逊"，犹言当仁不让耳。注非。"故且从俗浮沉，与时俯仰"，少卿所谓用流俗之言。"今少卿乃教以推贤进士"，打转前文。

蔡世远《古文雅正》卷五《曹植〈求存问亲戚疏〉》尾评：文极沉郁顿挫之致。子长《报任安书》、柳子厚《与许孟容书》，与此篇皆呕心至文也。子长语多激，子厚语多哀，子建语多痛。

黄越《退谷文集》卷六《李锡征先生文集序》："太史公牛马走司马迁"，太史公者，迁之父谈也。自言为父奔走之仆，矢口不忘其亲，以谓其学之所自出不可诬。而司马谈顾无高文大册之流布而可见于今者，盖迁之学即谈之学，而《史记》一书，迁成之，迁不敢独当之也。则夫其父即无专集以行世，而善则归亲贤，曲折以溯其所自来。况其父之高文大册孤悬于世，忍不力为表章，坐听湮抑乎？特心长力短，剞劂末由。天下之著书立说卓卓可传，而不能使其必传者，知有何限也。

余诚《古文释义新编》：大意不过谓刑余之人难以荐士，况当日原为荐士受刑。其所以不死者，只为要著书以偿前辱，故且隐忍苟活耳，尚何能荐士？以复少卿书中"推贤进士"之语，但胸中一段不平之气，触之而动，遂不觉言之长矣，而行文亦极纵横驰骤之至。迁为陵受刑，《纲目》本削而不书"得当报汉"，洵迁强为分疏。或援别苏武时语，以为之辨，窃恐庶几曹柯，未可轻信；或又谓武帝因宠李夫人，欲贰师立功以贵之，不知广利太初四年早已侯矣；或又谓上欲诛陵母、妻，迁特救之，则篇中早有"适会召问"四字，岂侯之读耶？况族陵之家，事在天汉四年，下迁腐刑，固二年也。此皆考核之未详。至于文字段落解释，坊本尤多错误，难以枚举，今皆一一改正，读者当细心参究。

弘历《御制诗集三集》卷七〇《黑豹》：黑豹居南山，闻善隐雾雨。而何炳蔚姿，忽失林峦处。谁欤即谷获初生，餧以牛乳渐长成。驯习乃不异猫犬，一绳引之随人行。摇尾求食指使听，亦弗牢笼资槛阱。《报任安书》有名言，吾因悚然慎刑政。

包世臣《安吴四种》卷九《复石赣州书》：窃谓"推贤荐士"非少卿来书中本语，史公讳言少卿求援，故以四字约来书之意，而以少卿为天下豪俊以表其冤。中间述李陵事者，明与陵非素相善，尚力为引救，况少卿有许死之谊乎？实缘自被刑后，所以不死者，以《史记》未成之故。是史公之身，乃《史记》之身，非史公所得自私，史公可为少卿死，而《史记》必不能为少卿废也。结以"死日是非乃定”，则史公与少卿所共者，以广少卿而释其私憾。是故文澜虽壮，而滴水归源，一线相生，字字皆有归著也。

赵铭《琴鹤山房遗稿·司马迁下蚕室论》：蔡邕被收，请髡首刖足，继成汉史。王允不许，卒诛邕。窃谓允之诛邕过矣。而邕之所以为此请者，则非无所本也。邕博学多闻，习掌故知，决事必有比，非漫求者。其请，盖举司马迁自例，允故以孝武不杀司马迁，使成谤史为辞，所以窒也。然史不言邕之请出于迁。迁之下蚕室出于其自请，何也？是在读史者心知其意矣。夫迁以救李陵得罪，迁但欲护陵耳，非有沮贰师意也。帝怒其欲沮贰师而为陵游说，则迁罪更不容诛，以武帝用法之严，而吏傅帝意以置迁于法，迁之死尚得免乎？汉法，罪当斩赎为庶人者，惟军将为然，而死罪欲腐者许之，则自景帝时著为令。张贺以戾太子宾客，当诛，其弟安世为上书，得下蚕室，是其明证。迁惜《史记》未成，请减死一等就刑，以继承父谈所为史，帝亦惜才而不忍致诛，然则迁之下蚕室，出于自请无疑也。迁《报任少卿书》曰：“草创未就，会遭此祸，惜其不成，是以就极刑而无愠色。”又曰：“仆诚已著此书，藏之名山，传之其人，通邑大都，则仆偿前辱之责，虽万被戮，岂有悔哉！”寻文考指，当日迁所以请，与帝所以贳之之本末，犹可推见，史家讳不书耳。若魏明帝讥迁以被刑之故，隐切武帝。王肃谓帝取观迁所作孝景及己本纪，怒而投之，后遂以李陵事下蚕室，而裴骃自序引卫宏《汉旧仪注》，谓迁被刑后有怨言，下狱死均非事实，不足辨。呜呼！作史者不有人祸，必有天殃。迁以史未成，幸得赎死，班范卒皆坐诛。邕亦为王允所杀，可不惧哉！

张谦宜《茧斋论文》卷五：司马迁《报任少卿书》，灵均以忠，子长以忿，皆伤心呕血，吐为奇葩，故其词断而复断，乱而复乱，急猝说不分明处，乃得一往缠绵，穷态尽致。或直行，或折行，或排行，或离合纵横行，莫不有起有落，有关有锁。一气喷薄中，鱼龙出没，风起波回，不可方物，此是他根本盛大，元气深沉如犀牛潭瀑布，阔三十里，厚二十丈，雷鸣潮吼，亘古不停，翻珠跳浪，似雾非烟者，犹十里不止，直与天地相终始者也。

张谦宜《茧斋论文》卷四：《报任少卿书》，当效其铺叙簇花，起落跌宕之妙。

张谦宜《茧斋论文》卷六：后生欲学古文，先取太史公《报任少卿书》、贾太傅《政事疏》，读之万遍，讲之万遍，然后选韩、欧、长苏之文各为一册，循环诵习，俟其下笔有光芒，议论有根柢，然后以曾文养其度，柳文壮其骨，不拘一格，却要自成门户，至劲莫如韩，至快莫如长苏，至婉曲莫如欧阳。《报任少卿书》中兼有其妙。

李中黄《逸楼论文》：杨恽《报孙会宗书》，亦太史《答任少卿》之意，但子长愤而悲，恽愤而激，其一段傲戾之气，不至杀身不已。文字有妙到极处，虽杀身所不顾者，此与嵇叔夜《答山巨源》是也。使当时无此二书，两公到今不死乎？而何可少此佳文乎？

钱钟书《管锥编》：《全汉文》卷二六：司马迁《报任少卿书》。按已见《史记》卷论《苏秦列传》及本卷论《登徒子好色赋》者，不复赘。此书情文相生，兼纡徐卓荦之妙，后人口沫手胝，遂多仿构。李陵《重报苏武书》，刘知几《史通·杂说》下以来论定为赝托者，实效法迁此篇而作。杨恽《报孙会宗书》亦师其意，恽于迁为外孙，如何无忌之似舅矣。泻瓶有受，传灯不绝。南北朝江淹《报袁叔明书》、王僧孺《与何炯书》、魏长贤《复亲故书》皆拟议之篇，而波澜未壮，颇似骆驼无角，奋迅两耳。明人为古文，尸祝《史记》，并及是《书》；所见如康海《与彭济物书》、王廷陈《答余懋昭书》又《答舒国裳书》、王九思《与刘德夫书》、唐寅《与文征明书》，利钝不齐，学步则一，《答余懋昭》《与文徵明》两首较工。唐仲冕辑本《六如居士全集》卷五有《与文徵明书》二篇，仿马迁者，乃其前篇；后篇抒写胸臆，无依傍摹仿之迹，又似居上也。

【延伸阅读】

报孙会宗书

杨恽

恽材朽行秽，文质无所底，幸赖先人余业，得备宿卫。遭遇时变，以获爵位。终非其任，卒与祸会。足下哀其愚矇，赐书教督，以所不及，殷勤甚厚。然窃恨足下不深惟其终始，而猥随俗之毁誉也。言鄙陋之愚心，若逆指而文过；默而自守，恐违孔氏"各言尔志"之义。故敢略陈其愚，惟君子察焉。

恽家方隆盛时，乘朱轮者十人，位在列卿，爵为通侯，总领从官，与闻政事。曾不能以此时有所建明，以宣德化，又不能与群僚并力，陪辅朝廷之遗忘，已负窃位素餐之责久矣。怀禄贪势，不能自退，遂遭变故，横被口语，身幽北阙，妻子满狱。当此之时，自以夷灭不足以塞责，岂得全其首领、复奉先人之丘墓乎？伏惟圣主之恩不可胜量。君子游道，乐以忘忧；小人全躯，说以忘罪。窃自念，过已大矣，行已亏矣，长为农夫以没世矣。是故身率妻子，戮力耕桑，灌园治产，以给公上，不意当复用此为讥议也。

夫人情所不能止者，圣人弗禁。故君父至尊亲，送其终也，有时而既。臣之得罪，已三年矣。田家作苦，岁时伏腊，烹羊炮羔，斗酒自劳。家本秦也，能为秦声。妇，赵女也，雅善鼓瑟。奴婢歌者数人，酒后耳热，仰天抚缶而呼乌乌。其诗曰："田彼南山，芜秽不治。种一顷豆，落而为萁。人生行乐耳，须富贵何时？"是日也，拂衣而喜，奋袖低昂，顿足起舞，诚淫荒无度，不知其不可也。恽幸有余禄，方籴贱贩贵，逐什一之利。此贾竖之事，污辱之处，恽亲行之。下流之人，众毁所归，不寒而栗。虽雅知恽者，犹随风而靡，尚何称誉之有？董生不云乎："明明求仁义，常恐不能化民者，卿大夫之意也。明明求财利，常恐困乏者，庶人之事也。"故道不同，不相为谋，今子尚安得以卿大夫之制而责仆哉！

夫西河魏土，文侯所兴，有段干木、田子方之遗风，凛然皆有节概，知去就之分。顷者，足下离旧土，临安定。安定，山谷之间，昆夷旧壤，子弟贪鄙，岂习俗之移人哉？于今乃睹子之志矣！方当盛汉之隆，愿勉旃，无多谈。

兰亭集序

王羲之

王羲之，字逸少，会稽（今为浙江省绍兴市）人，祖籍琅邪（今山东省临沂市）。官至右军参军，世称王右军。因与扬州刺史王述不和称病离郡，放情山水，弋钓自娱，以寿终，明人张溥辑有《王右军集》2卷。

琅邪王氏为书法世家，其叔父王廙被称为江东“书画第一”。王羲之早年曾随叔父学习，后又从中叔郎李充母卫夫人学习。卫夫人师承钟繇，钟繇师承蔡邕。后来，王羲之渡江北，游名山，见李斯、曹喜、钟繇、梁鹄等名家书法，又在洛阳看到蔡邕写的《三体石经》及张昶《华岳碑》，遂“改本师，仍于众碑学习”，最终书学大成，“尤善隶书，为古今之冠，论者称其笔势，以为飘若浮云，矫若惊龙”，后世誉之为“书圣”。楷书作品《乐毅论》《黄庭经》等世称“书之圣”，行草书被尊为“草之圣”，行草《兰亭集序》被后世书法家誉为“行书第一”。

永和[1]九年，岁在癸丑，暮春[2]之初，会于会稽山阴之兰亭[3]，修禊事也[4]。群贤毕至[5]，少长咸[6]集。此地有崇山峻岭[7]，茂林修竹[8]，又有清流激湍[9]，映带左右[10]，引以为流觞曲水[11]，列坐其次[12]。虽无丝竹管弦之盛[13]，一觞一咏[14]，亦足以畅叙幽情[15]。

此段叙兰亭集会之时间、地点、人物、原因。

传播学中有一个人们比较熟悉的5W+H理论，主要指传播过程中所涉及的六个因素，即时间、地点、人物、原因、内容及方式。此次集会所涉的时间、地点、原因、人物等几个因素，王羲之开门见山，一笔带出后，便将笔墨集中到了集会的环境介绍上。文章由此实现了从长镜头到镜头特写的转换。

在六个因素中，王羲之没有面面俱到铺展开来一一书写，却特意拎出兰亭周遭之环境，这并非王羲之的随意涂抹，而是有意为之。人是社会的产物，其习惯、认知都或多或少烙有时代的印记。王羲之将兰亭周遭环境作为书写对象，显然与人与自然的关系以及魏晋以来的老庄之学、玄学所含义理有莫大的关联。人是大自然界的一份子，既依赖自然，靠其提供生存之需，又敬畏自然，惧其存在的种种未解之谜。

“庄老告退，而山水方滋。”游山玩水之举，魏晋时已成士人的一种习惯。据载，孙绰“居于会稽，游山放水，十有余年”，其兄孙统“家于会稽，性好山水，乃求鄞县，遗心细务，纵意游肆，名阜盛川，靡不毕览”（《世说新语笺疏》）。阮籍“或登临山水，经日忘归”“曾游东平，乐其风土”（《晋书·阮籍传》）。对魏晋时期士人发现自然、观照自然之意义，学者多有论及，此处以徐复观为例，以帮助我们体会其中的变化及特点。徐复观在《中国艺术精神》中说：“人的主体性占有很明显的地位，所以也只赋与自然以人格化，很少将自己加以自然化。在这里，人很少主动地去追寻自然，更不会要求在自然中求得人生的安顿。……庄子对世俗感到沉浊而要求超越于世俗之上的思想，会于不知不觉之中，使人要求超越人间世而归向自然，并主动地去追寻自然。他的物化精神，可赋与自然以人格化，亦可赋与人格以自然化。这样便可以使人进一步想在自然中——山水中，安顿自己的生命。同时，在魏晋以前，山水与人的情绪相融，不一定是出于以山水为美的对象，也不一定是为了满足美的要求。但到魏晋时代，则主要是以山水为美的对象，追寻山水，主要是为了满足追寻者美的要求。”徐先生所论，主要是针对魏晋的整体状况而言，而具体到王羲之，其背后又别有所托。

仪平策《中国审美文化史·秦汉魏晋南北朝卷》说：“这种‘会心林水’的生命感受，正标志着自然美在古代的真正凸现和生成。因为它意味着，自然万物从此不再是神秘的、冷漠的、遥远的、纯物质的存在，也不仅仅是显示人之清高、隐逸、超世、脱俗等品格的外在背景或比兴媒介，而已经是人们能够与之‘会心’、在感情上可以与之交融的‘自来亲人’，是与人没有任何物种区别的、如同同胞亲族一样的天然知己。”

东晋名士的发现自然，与他们大都由北入南有很大的关系。在文学史中，南北问题是一个比较突出的现象，如刘师培就有《南北文学不同论》。东晋以前，南北文学之间差距较大。北方文学名士多，但山水景色稍显单调；南方文学名士少，山水景色却颇多秀丽。魏晋南北朝时期，北方的战乱使得大批文士避难南方。南迁文士与江南佳山水的邂逅，无疑为文士展开了一幅千里江山图，也使得江南山水名满天下。

东晋名士南渡后发现自然，一方面固然是南方佳山水所带来的视觉冲击，使其醉心于此，另一方面又与其时代气息休戚相关。

自汉末以来，社会一直处于大动荡之中，如八王之乱、晋室南渡。社会的板荡，也使得自西汉中叶以来士人所奉行的儒家以“仁”为本的社会信条面临信任危机。随着社会的动荡，人在面对这些变局所暴露的渺小以及面对天灾人祸的无力感，使得先前信奉的人生价值追求也逐渐产生分歧。此时，士人逐渐出现了珍惜生命，以至放荡不羁，有的竟通过服食药物，以期长生。有的士人因感于生命的渺小和微不足道，开始放眼宇宙，力图从更高的哲学层面体认宇宙。

就王羲之本人而言，其家族及个人遭际使其对晋朝政治颇多敏感。王羲之，字逸少，号澹斋，祖籍琅邪临沂。作为世家大族，琅邪王氏在东晋建国中出力颇多。王羲之族伯王导、从伯王敦直接促成了司马睿登上皇位，“王与马，共天下”形象说明了王氏家族的地位。门阀制度下优渥的出身，既给王羲之带来了他人莫及的权势、地位，也带给他伴君如伴虎的惊悸、压抑。父亲王旷，在东晋建立过程中，功当不在王导之下，但在嘉平三年(309)与刘聪的交战中因一意孤行，致使全军覆没，王旷也下落不明。随着东晋政权的巩固，王氏家族的势力也逐渐成为司马氏的心腹大患。司马氏便利用刘隗、刁协的权势来牵制王氏家族。刘、刁与王敦的矛盾也逐渐发展到白热化的程度。永昌元年(322)，王敦于武昌举兵，想借武力消灭刘、刁之党。王敦此举，无疑置王氏家族于倾巢之下。为保全计，王导每日带领王氏子弟于宫门前请罪。晋元帝鉴于王导为开国元勋，平日忠心耿耿，又考虑到有王导在身边，可以作为与王敦谈判的砝码，于是赦免了王氏家族。后来，王敦攻入金陵，晋元帝抑郁而死。晋明帝即位，乘机讨伐王敦，王敦因病不能带兵，结果大败，后在幽愤中去世。父亲战败的下落不明以及从伯王敦的叛乱风波，这样的经历势必对王羲之有着极大的刺激，使其深谙官场的惨酷。

王氏子弟因家族之故，年未弱冠就出仕，但王羲之厌恶官场，不乐仕进，直到二十三岁才出任秘书郎。永和四年(348)，王羲之应殷浩之命，出任护军将军一职。护军之职流动性较大，王羲之疲于奔命，尝有求于宣城郡之请，不允。后因会稽令王述丁母忧，朝廷便命王羲之为会稽内史。此文即王羲之为官此地，与诸人上巳雅集之记载。《晋书》载："(王羲之)初渡浙江，便有终焉之志。会稽有佳山水，名士多居之，谢安未仕时亦居焉。孙绰、许询、谢尚、支遁等皆以文义冠世……宴集于山阴之兰亭。"此次集会，据史料记载，共有四十一人，《太平广记》卷二〇七《王羲之》载："晋穆帝永和九年暮春三月三日尝游山阴。与太原孙统承公，孙绰兴公(按："公"据四库本补)，广汉王彬之道生，陈郡谢安石，高平郗昙重熙，太原王(按：王字原缺，据《法书要录》补)蕴叔仁，释支遁道林，并逸少子凝、徽、操之等四十一人，修祓禊之礼。挥毫制序，兴乐而书。用蚕茧纸、鼠须笔，遒媚劲健，绝代更无。凡二十八行，三百二十四字，字有重者皆别体，就中之字最多。"此次集会众人之创作，吴曾《能改斋漫录》卷七《兰亭序》载："王羲之《兰亭曲水诗序》所谓'群贤毕至，少长咸集'者，盖谢安、谢万、孙绰、徐丰之、孙统、王彬之、王凝之、王肃之、王徽之、袁峤之、郗昙、王丰之、华茂、友、虞说、魏滂、谢绎、庾蕴、孙嗣、曹茂之、曹华平、桓伟、王元之、王蕴之、王涣之共二十六人。自羲之至袁峤之，各为四言、五言诗二篇。郗昙至王涣之，各四言、五诗一篇，而孙绰为之后序。"此次雅集唱和之作，经后人整理，目前以《兰亭集校注》行世。

值得一提的是，表面上看，王羲之被任命为会稽内史，而得以游览会稽之佳山水，但陈寅恪先生却于此分析出当时政治势力之关系及王氏不得不为之之现实。在《述东晋王导之功业》中，陈寅恪言："世人以为王右军、谢康乐为吾国文学艺术史上特出之人物，其欣赏自然界美景之能力甚高，而浙东山水佳胜，故于此区域作'求田问舍'之计，此说固亦可通，但难解释阳羡溪山之幽美甲于江左，而又在长江流域，王、谢诸名士何以舍近就远，东过浙江'求田问舍'，特留此幽美之溪山，以待后贤之游赏耶？鄙意阳羡溪山虽美，然在'杀虎斩蛟'之义兴周氏势力范围以内，王、谢诸名士之先世及本身断不敢亦不能与此吴地豪雄大族竞争。故唯有舍幽美之胜地，远至与王导座上群胡同类任姓客所居临海郡接近之区域，为养生适意之'乐园'耳。由此言之，北来上层社会阶级虽在建业首都作政治之活动，然其殖产兴利为经济之开发，则在会稽临海间之地域。故此一带区域亦是北来上层社会阶级所居住之地也。"

是日也[16]，天朗气清，惠风和畅[17]。仰观宇宙之大，俯察品类之盛[18]，所以游目骋怀[19]，足以极视听之娱[20]，信[21]可乐也。

此一段描绘雅集日之情景。"信可乐也"道出此次雅集众人之心情，又为下文之"感慨系之"埋下伏笔。《古文赏音》即云："叙燕会歌咏，以'乐'字作归结。下文皆从乐字申出意思。"

从内容上言，此段在于承接上段，叙说当日雅集之情景。从结构上言，此段又是对雅集的收束。毕竟，此文为王羲之对当日众人雅集赋诗活动所作的序文。遵循这一目标、宗旨，序文没有花费太多笔墨于雅集活动的细节。王氏虽惜墨如金，但这简单的文字已经勾勒出众人在暮春之初修禊的欢快场景。

修禊系古代的祭祀活动之一，主要用以祈福，禳除灾疠。南朝宋人范晔《后汉书·礼仪志》记载："是月上巳，官民皆洁于东流水上，曰洗濯祓除，去宿垢疢为大吉。"宋代吴自牧《梦粱录·三月》亦载："三月三日上巳之辰……赐宴曲江，倾都楔饮踏青。"大概从魏晋开始，修禊之事定在上巳日，故又有"上巳""三巳""三月三"之称。这天也成为人们到水边宴饮、郊外踏青春游的节日。暮春三月，大地回春，天气转暖，南方各种花卉已次第开放。南北朝时期的丘迟《与陈伯之书》中曾描绘暮春三月江南的美景："暮春三月，江南草长，杂花生树，群莺乱飞。"这样的美景，谁人不会为之倾心动容呢？人们经历了肃杀的寒冬，肯定从内心厌倦了那份萧瑟之景，身体也颇多抵触那裹着身体的厚厚冬装。随着天气回暖，眼前的色彩越发明亮鲜艳起来。古人笔下的春天，不似秋季，大都有一种欣欣向荣的势头在，含着一股向上的劲儿。"春晚绿野秀，岩高白云屯"，"草色遥看近却无"，"万树江边杏，新开一夜风"，"沾衣欲湿杏花雨，吹面不寒杨柳风"，背后藏着的肯定是一双善于发现美的满含欣喜的眼睛。

嘤鸣求友是文人的普遍心理，恰逢吉日良辰，天公又作美，无怪乎王羲之等人认为"虽无丝竹管弦之乐，亦足以畅叙幽情"。良友、吉日、美景，恰到好处，正因为没有丝竹管弦的介入，才使得此次雅集多了一分纯净，少了一分嘈杂；多了一分雅致，少了一分俗套；多了一分自然，少了一分做作。

不过，以上两段中"丝竹管弦""天朗气清"等语句在文学史上却引起了一次不小的论争，又被敷衍成此文不入昭明太子《文选》的理由。现举其一二。

王得臣《麈史》卷中《论文》云："王羲之《兰亭三日序》，世言昭明不以入《选》者，以其'天朗气清'。或曰《楚词》'秋之为气也，天高而气清’，似非清明之时。然‘管弦丝竹’之病，语衍而复，为逸少之累矣。”俞文豹《吹剑录》亦云：“《兰亭记》不入《选》者，以‘天朗气清’，春言秋景；又‘丝竹管弦’语重。”

针对王得臣、俞文豹等人所提出的疑问，马永卿、王楙各自予以回应。马永卿《懒真子》卷三云：“《兰亭序》在南朝文章中少其伦比。或云：丝即是弦，竹即是管，今叠四字故遗之。然此四字乃出《张禹传》云：‘身居大第，后堂理丝竹管弦。’始知右军之言有所本也。”王楙《野客丛书》卷一《兰亭不入选》进一步解释道：《遯斋闲览》云：“季父虚中谓王右军《兰亭序》，以‘天朗气清’自是秋景，以此不入《选》。余亦谓‘丝竹管弦’亦重复。仆谓不然。‘丝竹管弦’本出《前汉·张禹传》，而‘三春之季，天气肃清’，见蔡邕《终南山赋》；‘熙春寒往，微雨新晴，六合清朗’，见潘安仁《闲居赋》；‘仲春令月，时和气清’，见张平子《归田赋》。安可谓春间无‘天朗气清’之时？右军此笔，盖直述一时真率之会趣耳。修禊之际，适值天宇澄霁、神高气爽之时，右军亦不可得而隐，非如今人缀缉文词，强为春间华丽之语以图美观。然则斯文之不入选，往往搜罗之不及，非固遗之也。仆后观吴曾《漫录》亦引《张禹传》为证，正与仆意合。但谓右军承《汉书》误，此说为谬耳，《汉书》之语岂误邪！”

现代学者钱钟书先生在《管锥编》中对此亦有详细分析：按，《文选》未录此《序》，自宋逮清，臆测纷纭。……《全唐文》卷一九一杨炯《李舍人山亭诗序》“虽向之所欢，已为陈迹；俾千载之下，感于斯文”，即挦扯此《序》中语为开合。故张祖廉《定盦先生年谱外记》卷上记龚自珍“尝写文目一通，付子宣曰“此家弦户诵之文也”，羲之斯《序》与《太上感应篇》《文选序》皆列其数。飞声播誉，固无借乎昭明之采录也。窃谓羲之之文，真率萧闲，不事琢磨，寥寥短篇，词意重沓。如云：“畅叙幽情……惠风和畅”；“仰观宇宙之大，俯察品类之盛，所以游目骋怀，极视听之娱，信可乐也”；“夫人俯仰一世……向之所欣，俯仰之间已为陈迹，犹不能不以之兴怀。……古人云：‘死生亦大矣！……’每揽昔人兴感之由，莫合一契……所以兴怀，其致一也。”《文选》去取之故，未敢揣摹。然张习孔《云谷卧余》卷二云：“六朝文章靡陋，独王逸少高古超妙，史言韩昌黎‘起八代之衰’，吾谓不当先退之而后逸少”，则毋疑为庸妄语耳。……昭明不选《兰亭序》，宋人臆度，或谓由于耳目未周，挂漏难免；或谓由于误以“丝竹管弦”“天朗气清”为语病，因繁引《孟子》及汉、晋人文，比羲之解嘲，略见王得臣《麈史》卷中、张侃《张氏拙轩集》卷五《跋拣词》之四、叶大庆《考古质疑》卷五、王楙《野客丛书》卷一等。夫谓昭明未及见羲之是文，即非情实，无关紧要。谓昭明获睹之而以二语为病，则羌无记载，莫须有尔；后人觉两语有疵，乃觅先例为之开脱，却责昭明之寡陋，大似疑心生鬼而自画符作法以退之矣。《说郛》卷二一《三柳轩杂识》记韩驹谓“春多气昏，是时天气清明，故可书‘天朗气清’”，尚犹可说。王阮《义丰集·兰亭》七律《序》云“时晋政不纲，春行秋令，故书曰‘天朗气清’，得《春秋》之旨，萧统不悟，不以入《选》”，以无稽之谈，定无辜之罪，真“梦中说梦两重虚”（白居易《读禅经》）也。金圣叹《沉吟楼诗选》（刘继庄选本）《上巳日天畅晴甚，觉〈兰亭〉“天朗气清”句，为右军入化之笔，昭明忽然出手，岂谓年年有印板上巳耶？诗以记之》：“三春却是暮秋天，逸少临文写现前；上巳若还如印板，至今何不永和年。逸少临文总是愁，暮春写得似清秋。少年太子无伤感，却把奇文一笔勾！”语甚快利，然亦偏信不察，于羲之句固为昭雪，而于昭明则枉诬矣。宋以来于《文选》之不取《兰亭序》，别有一说，知者较少。韦居安《梅磵诗话》卷上引晁迥《随因纪述》云："羲之曰‘固知一死生为虚诞，齐彭殇为妄作’。吾观《文选》中但有王元长《曲水诗序》而羲之《序》不收。昭明深于内学，以羲之不达大观之理，故不收之。"陆友《砚北杂志》卷上引韩驹曰："王右军清真为江左第一，意其为人必能一死生、齐物我，不以世故撄其胸中。然其作《兰亭序》，感事兴怀，有足悲者，萧统不取，有以也。渊明《游斜川》亦悼念岁月，然卒纵情忘忧，乃知彭泽之高，逸少不及远甚。"乔松年《萝藦亭札记》卷四："六朝谈名理，以老庄为宗，贵于齐死生，忘得丧。王逸少《兰亭序》谓‘一死生为虚诞，齐彭殇为妄作’，有惜时悲逝之意，故《文选》弃而不取。孙楚诗‘莫大于殇子，老彭犹为夭’，极拙，而昭明选入，可见弃取所在矣。"前说谓昭明不取其词，此说谓昭明不取其意，所见似大，而亦想当然耳。

除此而外，我们还可从《文选》的选文标准作一窥。李中黄《逸楼论文》言："昭明太子殊非具眼。《文选》一书，专取词藻，失大雅之宗矣。但词藻亦文之一体，譬京都壮丽，吴越繁华，自可留连岁月，何必岱衡江海哉？然荡而忘返则大不可。《文选》中佳文自多，但其意专取词藻。即佳者，仍以词藻见取，非以其佳也。亦是当时习尚使然，不足深怪。夫前之晁、贾既以弗收，则后之韩、苏亦当被斥，使昭明作主司，得无有遗才之叹乎？"

夫人之相与，俯仰一世[22]。或取诸[23]怀抱，悟言[24]一室之内；或因寄所托，放浪形骸之外[25]。虽趣舍万殊[26]，静躁[27]不同，当其欣于所遇，暂得于己，快然自足[28]，不知老之将至[29]；及其所之既倦[30]，情随事迁[31]，感慨系之[32]矣。向[33]之所欣，俯仰之间，已为陈迹[34]，犹不能不以之兴怀[35]，况修短随化[36]，终期[37]于尽！古人云："死生亦大矣[38]。"岂不痛哉！

此段由上段之乐转为慨叹，继而转入对生死之痛的感叹。

序作为一种应用文体，在传统的学术体系中或存在于经传，如"小序"接近于叙录，"大序"侧重于叙事类的传记；或存在于史传之中，如《太史公自序》；或为自序，或为宴集序，或为饯别序、赠序、别集序，等等。就宴集序而言，其缘于宴集赋诗的传统。按照柯庆明教授《拨云寻径：古典中国实用文类美学》中的说法，宴集序中所含基本的心理结构为：季节时序、地理景观、宴游活动、人际情谊、乐极生悲、生命自觉。前面两段是对集会情景的描写，是实写，此段则是由实入虚。即由现实的聚会之乐转为在时间意识下的思考以及由此引发的悲。"欢乐极兮哀情多"，"今日良宴会，欢乐难具陈"，天下没有不散的宴席，万事万物之发展，总会出现所谓的波峰浪谷，相聚总是以离别收场，当下聚会的欢快更加映衬出离别的苦楚。正是缘于此，诗人们总是会在宴会的欢乐时刻萌生离别之苦，难怪林黛玉会说出："人有聚就有散，聚时欢喜，到散时岂不清冷？既清冷则生伤感，所以不如倒是不聚的好。比如那花开时令人爱慕，谢时则增惆怅，所以倒是不开的好。"由聚会之离散，作者由此转入对生死问题的考虑，实现由宴会之聚散到生命之生死的转换。

每览昔人兴感之由，若合一契[39]，未尝不临文嗟悼[40]，不能喻[41]之于怀。固知一死生为虚诞，齐彭殇为妄作[42]。后之视今，亦犹今之视昔，悲夫！故列叙时人[43]，录其所述[44]，虽世殊事异，所以兴怀，其致一也[45]。后之览者[46]，亦将有感于斯文[47]。

此段从情感上言，由虚入实，回到宴游及唱和本身。从结构上言，序文从雅集始，又以雅集作收束，使得前后相互照应，“时人”呼应“群贤”，“所述”映照“觞咏”，“有感于斯文”对应“临文嗟悼”。

生与死是人生命的两个阶段，生死的不可阻性，势必给生人以巨大的精神压力。《尚书·秦誓》中言：“我心之忧，日月逾迈，若弗云来。”对此，王肃注释道：“年已衰老，恐命将终，日月遂往，若不云来，将不复见日月。”言语间充满着对死的恐慌。叔本华在《悲情人生》说：“生存的全部痛苦就在于：时间不停地在压迫我们，使我们喘不过气来，并且紧逼在我们身后，犹如持鞭的工头。倘若什么时候时间会放下他悬鞭的巨手，那只有当我们从令人心烦的苦悲中完全解脱出来。”

面对生死，中西方展示出了不一样的人生态度，西方重死，而中国讲生，孔子就说：“未知生，焉知死。”钱穆先生在《灵魂与心》中曾概括中西哲学中的生死观：“西方人的不朽在灵魂，故重上帝与天堂。中国人的不朽，不在小我死后之灵魂，而在小我生前之立德、立功、立言，使我之德、功、言，在我死后，依然存留在此社会、在此人群之中，故重现世与人群。”钱穆先生所言是从宏观而论，若从微观论，古代诸子亦各有主张。大体而言，儒、墨轻生，老庄重生，列子厚生。儒家的生死观主要侧重于生命的价值和意义，“朝闻道，夕死可矣”，“志士仁人，无求生以害仁，有杀身以成仁”，“生，亦我所欲也；义，亦我所欲也。二者不可得兼，舍生而取义者也”。墨子亦将义置于生死之上,《墨子·天志上》云:“天下有义则生,无义则死。”老庄重生,老子重在摄生,恬淡寡欲,不为物扰,不自扰;庄子强调自然无为,追求坐忘。列子认为生死命定,注重生。但不同于庄子的自然无为,列子更倾向于人情纵欲,“恣耳之所欲听,恣目之所欲视,恣鼻之所欲向,恣口之所欲言,恣体之所欲安,恣意之所欲行”。

在这些思想的影响之下,魏晋时期,人们对生死的必然性有了更客观的体认,曹丕在《典论·论文》中言:“夫生之必死,成之必败,天地所不能变,圣贤所不能免。”人生的有限性,一方面可能给人造成困惑或彷徨,另一方面也可能让人在有限的生命中创造无限的价值,正如杨义《李杜诗学》所说:“生命的有限性,生命的强悍性。”“固知一死生为虚诞,齐彭殇为妄作”,王羲之如此说,正透露出其对当时士人追求物质享受,乃至餐石服药以求长生风气的扬弃,向死而生以扩充生命价值的努力。李中黄《逸楼论文》评价说:“一死生,齐彭殇,在庄子实见得如此,后人本无所见,而学为放达之言,厌孰甚焉。善乎王右军《兰亭叙》曰‘固知一死生为虚诞,齐彭殇为妄作’,不但破尽当时熟套,且淋漓慷慨,一往情深。可见假人作雅谭,雅谭亦是俗话;真人说俗话,俗话亦是雅谭。”对王氏文中生命的解读,还要数袁宏道为解人。他在《兰亭记》中言:“古今文士爱念光景,未尝不感叹于死生之际。故或登高临水,悲陵谷之不长;花晨月夕,嗟露电之易逝。虽当快心适志之时,常若有一段隐忧埋伏胸中,世间功名富贵举不足以消其牢骚不平之气。于是卑者或纵情曲蘖,极意声伎;高者或托为文章声歌,以求不朽;或究心仙佛与夫飞升坐化之术。其事不同,其贪生畏死之心一也。独庸夫俗子,耽心势利,不信眼前有死。而一种腐儒,为道理所锢,亦云:‘死即死耳,何畏之有!’此其人皆庸下之极，无足言者。夫蒙庄达士，寄喻于藏山；尼父圣人，兴叹于逝水。死如不可畏，圣贤亦何贵于闻道哉？羲之《兰亭记》，于生死之际，感叹尤深。晋人文字，如此者不可多得。《昭明文选》独遗此篇，而后世学语之流，遂致疑于'丝竹管弦''天朗气清'之语，此等俱无关文理，不知于文何病？昭明，文人之腐者，观其以《闲情赋》为白璧微瑕，其陋可知。夫世果有不好色之人哉？若果有不好色之人，尼父亦不必借之以明不欺矣。兰亭在乱山中，涧水弯环诘曲，意古人流觞之地即在于此。今择平地砌小渠为之，与人家园亭中物何异哉！"

【注释】

[1]永和：东晋皇帝司马聃（晋穆帝）的年号。

[2]暮春：阴历三月。暮，晚。

[3]会：集会。会稽：郡名，今浙江绍兴。山阴：县名，今绍兴越城区。

[4]修禊事也：举行禊礼这件事。古代习俗于阴历三月上旬的巳日（三国魏以后固定为三月三日），人们群聚于水滨嬉戏洗濯，以祓除不祥和求福。实际上，这是古人的一种游春活动。

[5]群贤：诸多贤士能人。贤：形容词做名词。毕至：全到。毕，全、都。

[6]少长：年轻的和年长的。咸：都。

[7]崇山峻岭：高峻的山岭。

[8]修竹：高高的竹子。修，高高的样子。

[9]激湍：流势很急的水。

[10]映带左右：辉映点缀在亭子的周围。映带：映衬、围绕。

[11]流觞曲水：用漆制的酒杯盛酒，放入弯曲的水道中任其

漂流，杯停在某人面前，某人就引杯饮酒。这是古人一种劝酒取乐的方式。流，使动用法。曲水，引水环曲为渠，以流酒杯。

[12]列坐其次：列坐在曲水之旁。列坐，排列而坐。次，旁边，水边。

[13]丝竹管弦之盛：演奏音乐的盛况。盛，盛大。

[14]一觞一咏：喝着酒作着诗。一：有的，表示分指，常成对使用。

[15]幽情：深远或高雅的情思。

[16]是日也：这一天。

[17]惠风：和风。和畅，缓和。

[18]品类之盛：万物的繁多。品类，指自然界的万物。

[19]所以：所用来。骋怀：开畅胸怀。

[20]极视听之娱：尽情享受的意思。极：穷尽。

[21]信：确实，实在。

[22]夫人之相与，俯仰一世：人与人交往，很快便度过一生。夫：句首发语词，不译。相与：相处、交往。俯仰：举首俯首之间，表示时间短暂。

[23]取诸：取之于，从……中取得。

[24]悟言：面对面地交谈。悟，通“晤”，指心领神会的妙悟之言。

[25]因寄所托，放浪形骸之外：就着自己所爱好的事物，寄托自己的情怀，不受约束、放纵无羁地生活。因：依、随着。寄：寄托。所托：所爱好的事物。放浪：放纵、无拘无束。形骸：身体、形体。

[26]趣舍万殊：各有各的爱好。趣舍，即取舍、爱好。趣，同“取”。万殊，千差万别。

[27]静躁：安静与躁动。

[28]快然自足：感到高兴和满足。然：……的样子。

[29]不知老之将至：(竟)不知道衰老将要到来。语出《论语·述而》："其为人也，发愤忘食，乐以忘忧，不知老之将至云尔。"

[30]所之既倦：(对于)所喜爱或得到的事物已经厌倦。之：往、到达。

[31]情随事迁：感情随着事物的变化而变化。迁：变化。

[32]感慨系之：感慨随着产生。系：附着，随着。

[33]向：过去、以前。

[34]陈迹：旧迹。

[35]以之兴怀：因它而引起心中的感触。以：因。之：指"向之所欣……以为陈迹"。兴：发生、引起。

[36]修短随化：寿命长短听凭造化。化：造化，自然。

[37]期：至，及。

[38]死生亦大矣：死生是一件大事啊。语出《庄子·德充符》。

[39]契：符契，古代的一种信物。在符契上刻上字，剖而为二，各执一半，作为凭证。

[40]临文嗟悼：读古人文章时叹息哀伤。临：面对。

[41]喻：使明白。

[42]固知一死生为虚诞，齐彭殇为妄作：本来知道把死和生等同起来的说法是不真实的，把长寿和短命等同起来的说法是妄造的。固：本来、当然。一：把……看作一样。齐：把……看作相等，都用作动词。虚诞：虚妄荒诞的话。彭：彭祖，古代传说中的长寿之人。殇：未成年而死去的人。妄作：妄造、胡说。一生死，齐彭殇，都是庄子的看法。出自《齐物论》。

[43]列叙时人：一个一个记下当时与会的人。

［44］录其所述：录下他们作的诗。

［45］其致一也：人们的思想情趣是一样的。

［46］后之览者：后世的读者。

［47］斯文：这次集会的诗文。

【赏析】

文学作品的传与不传是多种因素综合作用的结果。王羲之此篇序不入萧统《文选》，此其为不幸，从现实情况而言，此文少却了一个传播后世的途径。然而福兮祸之所伏，祸兮福之所倚，此序不入《文选》，又引起了历代学人的推测，使其成为一个热门话题，这又构成了此序得以流传的一个因素。除此而外，在历史上，或文以人传，或人以文传，是文得以流传还缘于作者王羲之的名气以及该书法作品在后世的传奇故事。王羲之其人，时人目之"飘如游云，矫若惊龙"（《世说新语·容止》），"东床快婿"的故事更是家喻户晓。宋人洪迈称赞他为"晋宋间第一流人也"。王应麟认为王羲之的才能，不仅在翰墨，"其劝殷浩内外协和，然后国家可安。其止浩北伐，谓力争武功非所当作。其遗谢万书，谓随事行藏与士卒同甘苦。谓谢安虚谈废务，浮文妨要，非当时所宜"。正是基于王羲之的多才多艺，叶盛对世人只赞赏王羲之的书法，而无视他的文学成就颇多不满与惋惜："王右军羲之《兰亭诗》有'咏彼舞雩'之言，亦可见其襟抱不凡。其与桓温戒谢万之言，又其浅者耳。呜呼贤哉！世之好言右军者，顾独取其字画，又甚而泥于笼鹅之说，此不几于以戏剧处先贤耶？惜哉，惜哉。"（《水东日记》卷三三）不过，这恰也反映出王羲之《兰亭集序》的书法作品对此文传世的促进作用。

此书法作品之奇，钱钟书《管锥编》载，《全唐文》卷三〇一何延之《兰亭始末记》:“字有重者,皆构别体。其中‘之’字最多,乃有二十许字,变转悉异,遂无同者”;米芾《宝晋英光集》卷三《题永徽中所摹〈兰亭序〉》:“二十八行三百字,‘之’字最多无一似。”羲之他书亦然。董逌《广川书跋》卷六《告誓文》:“其书一字为数体,一体别成点画,不可一概求之……未尝复出”;又卷八《唐经生字》:“世称王逸少为书祖,观其遗文……字有同处,创为别体”;姜夔《续〈书谱〉·草》:“王右军书‘羲之’字、‘当’字、‘得’字、‘深’字、‘慰’字最多,多至数十字,无有同者,而未尝不同也。”遂为后代书家悬鹄示范。如《全唐文》卷三六五蔡希综《法书论》“每书一纸,或有重字,亦须字字意殊”;卷四四七窦臮《述书赋》下篇贬孙过庭为俗手:“虔礼凡草,闾阎之风,千纸一类,一字万同。”赵彦卫《云麓漫钞》卷一:“高宗尝书《车攻》篇,赐沈公与求(必先);字甚大,重字皆更一体书。”余旧睹米芾《多景楼诗》墨迹,“楼”字先后三见,皆各构别体。胥羲之之遗教也。顾羲之于字体不肯复犯,而于词意之复犯,了不避忌,岂志心揖志在乎书法,文章本视为余事耶?

除了书法作品之奇外,作品流传亦充满传奇色彩,其中“萧翼赚兰亭”的故事更是成为文人、画家书写、描绘的宠儿。刘餗《隋唐嘉话》卷下载:“王右军《兰亭序》,梁乱,出在外。陈天嘉中,为僧永所得。至太建中,献之宣帝。隋平陈日,或以献晋王,王不之宝。后僧果从帝借拓。及登极,竟未从索。果师死后,弟子僧辩得之。太宗为秦王日,见拓本,惊喜,乃贵价市大王书《兰亭》,终不至焉。及知在辨师处,使萧翊就越州求得之,以武德四年入秦府。贞观十年,乃拓十本以赐近臣。帝崩,中书令褚遂良奏:‘《兰亭》先帝所重,不可留。’遂秘于昭陵。”《兰亭集序》之下落,有人认为后来复出人间,但最终的下落又终是一个谜。于慎行

《谷山笔麈》卷一五《杂记一》载:“世传《兰亭帖》殉葬昭陵是也,然以史考之,此本复出人间矣。五代贼帅温韬盗发唐帝诸陵,见昭陵宫室闳丽,不异人间,中为正寝,东西列石床。床上石函中为铁匣,悉藏前代图书,钟、王笔迹纸墨如新。韬悉取之,遂传人间。此知兰亭真帖出自昭陵,人间必有其本。第不知复沦没于何代耳。”“萧翼赚兰亭”不仅在文人的笔记小说中不胫而走,更是成为画家的取材,自唐开始,历代都有画作传世,如唐代画家阎立本、五代南唐画家巨然、元代画家钱选,等等。

当然,此文的广为人知,除了王羲之的个人名气、书法水平之高起到推波助澜外,亦离不开此文本身的主旨及艺术水准。此序并非仅仅是记载游山玩水之乐,其中寄寓更多的是文士失意心绪下的情怀。钱钟书《管锥编》就云:“又可窥山水之好,初不尽出于逸兴野趣,远致闲情,而为不得已之慰藉。达官失意,穷士失职,乃倡幽寻胜赏,聊用乱思遗老,遂开风气耳。”

【集评】

苏辙《栾城后集》卷一《次韵题画卷》自注:逸少知清言为害,然《兰亭记》亦不免于清言耳。

胡应麟《少室山房类稿》卷一〇八《跋家藏宋拓赵文敏临真迹》:右军素不以著作鸣,而《兰亭禊序》俯仰感慨,实际之语,千载若新。

黄士京辑《合诸名家点评古文鸿藻》卷七:归有光曰:此篇当与《春夜宴桃李园序》参看,其逸思高致,若出一人之手。李崆峒每喜诵之,以为奇绝。

又,唐顺之曰:梁昭明太子以“天朗气清”四字类秋景,故不入《文选》。茅坤曰:词气亦甚潇洒。

金圣叹《天下才子必读书》卷六：此文一意反复生死之事甚疾，现前好景可念，更不许顺口说有妙理妙悟，真古今第一情种也。

谢有煇《古文赏音》卷七：山水清幽，名流雅集，写高旷之怀，吐金石之声。乐事方酣，何至遽为说死说痛？不知乐至于极，未有不流入于悲者。故文中说生死之可痛，说今之与昔同感，后之与今同悲，总是写乐之极致耳。

林云铭《古文析义》卷一〇：兰亭之会，各赋有诗，孙绰曾作后序，则右军此作，乃其前序耳。篇末云"列叙时人，录其所述"二句，言作序之由。此篇当作《兰亭会序》，而世俗称为记者，误也。篇中从可乐处说到可悲，着眼在"生死"二字，有深意存焉。夫齐景羡无死，赵简叹入化，痴人痴语，千古如见。右军何等人物，生死关头，宁勘不破？乃故为雍门子鼓琴之说，合千载下其洒孟尝君之泪乎？不知晋尚清谈，当时士大夫无不从风而靡，剽窃老庄唾余，漠然无情，外其形骸，以仁义为土梗，名教为桎梏，遂致风俗颓敝，国步败移，右军有心人也，虽欲力肆牴排，而狂澜难挽，不得不于胜会之时，忽然以死生之痛，感慨伤怀，而长歌当哭，以为感动。其曰"一死生为虚诞，齐彭殇为妄作"，明明力肆牴排，则砥柱中流，主持世教之意，尤为大著。古人游览之文，亦不苟作如此。其笔意疏旷淡宕，渐近自然，如云气空蒙，往来纸上。后来惟陶靖节文庶几近之，余远不及也。

吴楚材、吴调侯《古文观止》卷七：通篇着眼在"死生"二字。只为当时士大夫务清谈，鲜实效，一死生而齐彭殇，无经济大略，故触景兴怀，俯仰若有余痛。但逸少旷达人，故虽苍凉感叹之中，自有无穷逸趣。

浦起龙《古文眉诠》卷四二：非止序禊事也，序诗意也。修短死生，皆一时诗意所感，故其言如此。笔情绝俗，高出选体。

余诚《重订古文释义新编》卷七：因游宴之乐写入生死之可悲，故兰亭一会固未可等诸寻常小集。而排斥当日竞尚清谈、倾惑朝廷者之意，亦寓言下。林西仲谓古人游览之文亦不苟作如此，信非诬也。至其文情之高旷，文致之轻松，更难备述。

过珙《详订古文评注全集》卷六：兰亭之会，乐事也。从乐处突发出无数感慨、无穷妙理，见驹隙如流，胜事不可多得，当与《春夜宴桃李园序》参看。逸思高致，若出一人之手。此题孙绰曾作后序，则右军此作乃其前序耳，而坊本讹之为记，不亦重可笑乎！

李兆洛《骈体文钞》卷二一：雅人深致，玩其抑扬之趣。

唐德宜《古文翼》卷八：前半写赏心乐事，作一顿折，转出下半篇文字，感慨兴怀，文情绝世。

李扶九原编、黄仁黼重订《古文笔法百篇》卷一五：玩此文中段，因乐极生悲，感生死事大，见不可不随时行乐之意，乃旷达一流。或以右军非把生死看不破，为当时清谈误国者箴。看来文中原无此意，就文论文，不必深求。夫随时行乐，正是看破死生者也，乐极而悲，正见此会不可多得，乃文章反衬之法。谢立夫曰：山水清幽，名流雅集，写高旷之怀，吐金石之声，乐事方酣，何至遽为说死说痛？不知乐至于极，未有不流入于悲者。故文中说生死之痛，说今与昔同感，后之与今同悲，总是写乐之极致耳。

书后：《郑风·溱洧》一诗，朱注以为三月上巳之辰祓除不祥而作。夫天下事，莫祥于生，莫不祥于死。想当时，赠芍采兰，士女戏谑，必有见及一死生、齐彭殇为虚诞、为妄作者，故尔放浪形骸，以为及时行乐之计。右军此会，虽其仰观俯察，足以极一时视听之娱。然当列序时人，录其所述，非欲因以踵《溱洧》之遗风，续前贤之韵事，使后之视今亦犹今之视昔而有感乎？然则《溱洧》之篇，抑亦畅叙幽情之雅奏也。彼概斥为淫荡之词者，不亦过欤？

曾元海《赚兰亭》（《击钵吟偶存》卷一）：一龛茧纸秘禅林，墨宝翻生胠箧心。到底缁流能世守，昭陵玉匣枉销沈。

王鸣盛《题萧翼赚兰亭图》（《西沚居士集》卷二四）：殷勤缸面劝香醪，真本俄惊被窃逃。不放老会收拾在，却将玉匣付温韬。

林纾《韩柳文研究法·柳文研究法》："《序饮》，短质悍劲，语语入古，且曲状情事，匪微弗肖。兰亭之集，纪流觞也，然右军散朗，但略记其事而已。子厚则穷形尽相，必绘出物状，以尽其所能。且愚溪之流觞，与兰亭亦少异。兰亭但流觞取饮，愚溪则兼有投筹之戏。过洑则筹洄，遇坻则筹止，失势则筹沉。文连用三'而'字，省笔也，然此但叙令耳。筹入水中，颇不易状。乃曰旋眩、滑汩、舞跃、迟速、去住，又助以观者之势，觉筹舞水中，人抃石上，两两均有生气，直能颊上添毫矣。后段增入昔人饮酒，礼检与放达不同，不无少赘，然即归入本位，觉点染处，尚不为虚设。"

唐汝谔《古诗解》卷一九：逸少兰亭一序，谓'仰观宇宙之大，俯察品类之盛，足以游目骋怀'。彼其胸次悠然，直已包罗万象，而逖览无涯，总归一理。虽群籁种种，参差不齐，而苟为吾适，无非吾与彼，岂知万物一体者耶？然视《序》之兴怀于生死，犹有牛山堕泪之意者，相去远矣。

焦袁熹《此木轩论文杂说》：《兰亭》《归去来》，匪死之悲，不即死之悲，若《叹逝》之类，浅矣。

张玉谷《古诗赏析》卷一二：即序中"仰观宇宙"数句意，寓目理陈，贴视说。群籁适我，贴听说。只渌水滨略带兰亭，绝不粘滞，诗境清超。

【延伸阅读】

金谷诗序

石崇

余以元康六年，从太仆卿出为使持节监青、徐诸军事、征虏将军。有别庐在河南县界金谷涧中，去城十里，或高或下，有清泉茂林，众果、竹、柏、药草之属，金田十顷、羊二百口，鸡猪鹅鸭之类，莫不毕备。又有水碓、鱼池、土窟，其为娱目欢心之物备矣。时征西大将军、祭酒王诩当还长安，余与众贤共送往涧中，昼夜游宴，屡迁其坐，或登高临下，或列坐水滨。时琴、瑟、笙、筑，合载车中，道路并作。及住，令与鼓吹递奏，遂各赋诗以叙中怀。或不能者，罚酒三斗。感性命之不永，惧凋落之无期，故具列时人官号、姓名、年纪，又写诗著后。后之好事者，其览之哉！凡三十人，吴王师、议郎、关中侯、始平武功苏绍，字世嗣，年五十，为首。

序饮

柳宗元

买小丘，一日锄理，二日洗涤，遂置酒溪石上。向之为记所谓牛马之饮者，离坐其背。实觞而流之，接取以饮。乃置监史而令曰：当饮者举筹之十寸者三，逆而投之，能不洄于洑，不止于坻，不沉于底者，过不饮。而洄而止而沉者，饮如筹之数。

既或投之，则旋眩滑汩，若舞若跃，速者迟者，去者住者，众皆据石注视，欢抃以助其势。突然而逝，乃得无事。于是或一饮，或再饮。客有娄生图南者，其投之也，一洄一止一沉，独三饮，众乃大笑欢甚。余病痞，不能食酒，至是醉焉。遂损益其令，以穷日夜而不知归。

吾闻昔之饮酒者，有揖让酬酢百拜以为礼者，有叫号屡舞如沸如羹以为极者，有裸裎袒裼以为达者，有资丝竹金石之乐以为和者，有以促数纠逖而为密者。今则举异是焉，故舍百拜而礼，无叫号而极，不袒裼而达，非金石而和，去纠逖而密。简而同，肆而恭，衎衎而从容。于以合山水之乐，成君子之心，宜也。作《序饮》以贻后之人。

秋日登洪府滕王阁饯别序

王勃(649—676),字子安,唐代绛州龙门(今山西河津县)人。隋朝大儒王通孙,与杨炯、卢照邻、骆宾王并称"王杨卢骆",世称"初唐四杰"。唐高宗麟德初,因刘祥道举荐,授朝散郎,后聘为沛王府修撰。总章二年,"诸王斗鸡,勃戏为《檄英王鸡文》",为高宗所恶,被逐出王府。南游巴蜀数载,后任虢州参军,因匿杀官奴,当诛,遇赦革职。父亲王福畤受牵连被贬为交趾令。高宗上元二年,勃往交趾省父,第二年返,不幸渡海溺水惊悸而死。著作有《王子安集》二十卷。

豫章故郡,洪都新府[1]。星分翼轸[2],地接衡庐[3]。襟三江而带五湖[4],控蛮荆而引瓯越[5]。物华天宝[6],龙光射牛斗之墟[7];人杰地灵,徐孺[8]下陈蕃之榻。雄州雾列[9],俊采星驰[10]。台隍枕[11]夷夏之交,宾主尽东南之美[12]。都督阎公之雅望[13],棨戟遥临[14];宇文新州之懿范[15],襜帷[16]暂驻。十旬休假[17],胜友[18]如云;千里逢迎,高朋满座。腾蛟起凤[19],孟学士之词宗[20];紫电清霜[21],王将军之武库[22]。家君作宰[23]，路出名区[24]；童子何知，躬逢胜饯[25]。

此段从叙滕王阁所在之地起，依次述说洪都历史之悠久、地域之广阔、物盛人美。正因洪州一地物华天宝、人杰地灵，后文言及都督阎公、宇文新州便水到渠成，而与会人物及与会原因也顺之点出。

滕王阁与黄鹤楼、岳阳楼并称江南三大名楼。唐永徽四年，唐太宗之弟、滕王李元婴任洪州都督，建此楼。此阁的举世闻名，得益于王勃此篇序文。这是古代人地关系的一个典型案例，人、地之间合则双美。苏辙在《上枢密韩太尉书》中说："太史公行天下，周览四海名山大川，与燕、赵间豪俊交游，故其文疏荡，颇有奇气。"明人张鼐进一步指出江山之助对于具体的诗文创作的影响，他在《程原迩稿序》中说："文章之借灵于湖山，如草色之借润于酥雨。"清人沈德潜在《芀庄诗序》中也说："诗人不遇江山，虽有灵秀之心、俊伟之笔，而孑然独处，寂无见闻，何由激发心胸，一吐其堆阜灏瀚之气？"反之亦然，江山得以吸引文士的目光，首先在于其风光的雄奇秀美，但因文人的介入而被更多的人所认识。滕王阁名满天下，主要得益于王勃。明人徐中行《王勃滕王阁序跋代作》曾感叹："是阁胜闻海内，以子安是序也。"郭子章："滕王阁自王子安题其名始显。"因文人的书写而传名的佳话古今不胜枚举，同为江南三大名楼的黄鹤楼因崔颢《黄鹤楼》而名满天下，使得诗仙李白为之怅惘；岳阳楼因范仲淹的《岳阳楼记》而名满天下。清人方濬师说："先世父《蔗余偶笔》曰：'王子安《滕王阁序》、范文正《岳阳楼记》，胜地高文，江山生色。'"（《蕉轩续录》卷一）王勃所作《滕王阁序》使得韩愈在《新修滕王阁记》

中坦言："窃喜载名其上，词列三王之次，有荣耀焉。"

王勃之所以参加此次盛会，学者许嘉甫《〈滕王阁序〉小考》认为王勃以平民身份能够参加都督阎公之宴缘于王承烈。王承烈可能是阎都督手下颇能说得起话的一个官吏，因此能推荐王勃与宴，再加上王勃已文名远扬，以文会友，有幸叨陪末座，亦是情理中事。王勃参加此次盛会，中间亦有一插曲。《唐摭言》卷五载："王勃著《滕王阁序》，时年十四。都督阎公不之信，勃虽在座，而阎公意属子婿孟学士者为之，已宿构矣。及以纸笔延让宾客，勃不辞让。公大怒，拂衣而起，专令人伺其下笔。第一报云：'南昌故郡，洪都新府。'公曰：'亦是老生常谈。'又报云：'星分翼轸，地接衡庐。'公闻之，沈吟不言。又云：'落霞与孤鹜齐飞，秋水共长天一色。'公矍然而起，曰：'此真天才，当垂不朽矣！'遂亟请宴所，极欢而罢。"《新唐书·王勃传》亦载："初，（王勃）道出钟陵，九月九日都督大宴滕王阁，宿命其婿作序以夸客，因出纸笔遍请客，莫敢当。至勃，泛然不辞。都督怒，起更衣，遣吏伺其文辄报。一再报，语益奇，乃矍然曰：'天才也！'请遂成文，极欢罢。"宋人曾慥以《唐摭言》为蓝本，又虚构一叟以清风助王勃夜行六七百里至滕王阁之事。《类说·滕王阁记》载："王勃舟次马当水次，见一叟曰：来日滕王阁作记，子可构之，垂名后世。勃曰：此去洪水六七百里，今晚安可至也？叟曰：吾助汝清风一席，中源水府，吾主此祠。勃登舟张帆，未晓抵洪，谒府帅阎公，公俾为记，赠百缣。"此说在宋代陈元靓《岁时广记》卷三十五、谢维新编《事类备要》前集卷十四、佚名《古今类事》卷三、祝穆撰《事文类聚》前集卷十一均都有相似记载。到了明代，冯梦龙在《醒世恒言》中进一步将此故事敷衍成《马当神风送滕王阁》。此外，周清源著《西湖二集》卷三《巧书生金銮失对》、清代郑瑜杂剧《滕王阁》、李汝珍《镜花缘》等小说都对此事加以渲染。

伴随这一具有神话色彩的故事渲染，关于王勃作此序时的年岁也成为人们津津乐道的话题。其说共有四种：有以五代王定保《唐摭言》为代表的“十四岁”说；以宋代李昉《太平广记》为代表的“十三岁”说；以清初吴楚材《古文观止》为代表的“二十二岁”说；以元代辛文房《唐才子传》为代表的“二十九岁”说。学者傅璇琮《唐才子传校笺》、陈良运《〈滕王阁序〉成文经过考述》等经考证，认为该文应作于王勃二十六岁时。

据《唐摭言》所载，此序为王勃即席而作，体现了王勃思维的敏捷。关于文学创作，以敏捷著称者，王勃算得上是其中一位，王勃少有才名，有神童之目。《新唐书·王勃传》载：“勃属文，初不精思，先磨墨数升，则酣饮，引被覆面卧。及寤，援笔成篇，不易一字，时人谓勃为腹稿。”除了王勃外，历史上以敏捷著称者还有周兴嗣一夜之间写成《千字文》；温庭筠的八叉手而赋成等例子。而以慢著称的例子亦不在少数，如左思《三都赋》酝酿十年才成。诗人贾岛更是以苦吟著名，“两句三年得”道尽其中苦心。

无论是王勃以童子身份参加宴会，还是王勃即席创作，抢了都督女婿之风头，这些传说整体虽不可靠，但这些细节在历史长河中不断被叠加、重构乃至细化，从侧面反映出人们对王勃的期待以及《滕王阁序》的影响之大、之深。如宋太宗就说：“朕闻唐王勃十五作《滕王阁记》。”（《经幄管见》卷一）宋人钱端礼《诸史提要》卷十四更是载录“天才王勃”。

时维[26]九月，序属三秋[27]。潦水[28]尽而寒潭清，烟光凝而暮山紫。俨骖騑于上路[29]，访风景于崇阿[30]。临帝子之长洲，得天人之旧馆[31]。层峦耸翠，上出重霄；飞阁流丹[32]，下临[33]无地。鹤汀凫渚[34]，穷岛屿之萦回[35]；桂殿兰宫，即冈峦之体势[36]。披绣闼[37]，俯雕甍[38]，山原旷其盈视[39]，川泽纡其骇瞩[40]。闾阎扑地[41]，钟鸣鼎食[42]之家；舸舰弥津[43]，青雀黄龙之舳[44]。云销雨霁[45]，彩彻区明[46]。落霞与孤鹜齐飞，秋水共长天一色。渔舟唱晚，响穷彭蠡[47]之滨；雁阵惊寒，声断衡阳之浦[48]。

此段叙滕王阁三秋之美景。视角由远及近，又由近及远，描绘了滕王阁的壮丽及周围的风光，为世人展示了一幅有声有色的秋意图，意境开阔，色彩绚烂。

时维九月，点明时序，潦水、寒潭、烟光、暮山描绘出秋山秋水之景。其后介绍来阁之过程及阁之美景，开阔壮丽、山水缭绕。其后登阁远眺，山水胜境尽收眼底，既有城内之建筑，又有城外之渡口；既有雨霁之彩丽，又有落霞、秋水之熨帖。所有这些景色描绘出一幅和谐秋景之图。这既有自然界的和谐，又有人间的安乐、繁盛。

此段之中最为人称道的便是“落霞与孤鹜齐飞，秋水共长天一色”一句。美誉和诋毁本就是孪生兄弟，承载多美的赞叹也就要承受多大的毁谤。宋代欧阳修认为此句类俳，有六朝之遗。这一说法得到了许多学人的赞同，如宋邵博《邵氏闻见后录》卷一五载：“王勃《滕王阁记》‘落霞’‘孤鹜’之句，一时之人共称之，欧阳公以为类俳，可鄙也。”关于此二句的渊源也是唐以后文人所讨论的话题，人们很早就注意到此二句与庾信《马射赋》“落花与芝盖齐飞，杨柳共青旗一色”之间的关系。《苕溪渔隐丛话》载：“庾子山《马射赋》云：‘落花与芝盖齐飞，杨柳共春旗一色。’王勃《滕王阁记》云：‘落霞与孤鹜齐飞，秋水共长天一色。’……语意互相剽窃，所谓左右拔剑，彼此相笑。”针对王勃此句与庾信句之关系，有人持否定态度，认为王勃有剽窃之嫌，但更多的人对此二句持肯定态度。宋人陈善《扪虱新话·王勃〈滕王阁序〉有祖本》就公允地指出王勃虽有祖本，但青出于蓝。他说：“王勃《滕王阁序》‘落霞与孤鹜齐飞，秋水共长天一色’之语当时无贤愚皆以为警绝，然予观庾信《马射赋》已云‘落花与芝盖齐飞，杨柳共青旗一色’，则知王勃之语已有来处，然其句调雄杰，比旧为胜。及观欧公《集古录·隋德州长寿寺舍利碑》亦云‘浮云共岭松张盖，明月与岩桂分丛’则又浅陋，与初造语者相去甚远。”

其实，在古代诗文中，文句、诗句间的承袭改写是一普遍现象，但有传与不传之别，正如李诩《戒庵老人漫笔》所说：“而古今独赏落霞句，盖有幸不幸也。”传与不传，幸与不幸，其背后的原因之一就在于后来改写者是单纯地袭其貌还是熔铸了自己的思考，彰显了自我独特的个性。还是以王勃此句为例，学者普遍认为是袭用庾信《马射赋》，但明代的田艺衡进一步指出此句源头是《淮南子》。他在《留青日札》中说：“《淮南子》云‘紫芝与萧艾俱死’，《滕王阁序》‘落霞与孤鹜齐飞，秋水共长天一色’实祖于此。然王勃之前，若《褚渊碑》云‘风仪与秋月齐明，音徽与春云等润’，庾信《马射赋》‘落花与芝盖齐飞，杨柳共春旗一色’，隋《长寿寺碑》‘浮云共岭松张盖，明月与岩桂分丛’。”庾信之后，仿此句者亦大有人在，如梁简文帝《南郊颂序》就有“朝叶与密露齐鲜，晚花与薰风俱落”之句。据田艺衡在《留青日札》中所载，王勃之后尚有承袭改写者。他说：近时则有彭年《人日石湖》云："金花与梅蕊争妍，菜缕共青丝斗巧。"《艳情集》董太初云："蛾眉将秋月争妍，蝉鬓与春云等润。"江一山《赠人启》云："风标共玉树孤高，心地与梨花并洁。"余亦尝有云："白云与征雁齐飞，黄叶共寒蝉并坠。"又云："壮心与白日俱长，华发共黄叶齐脱。"又云："香尘与红雾细缊，游盖共青云飘荡。"又取杜子句云："桃花逐杨花细落，黄鸟兼白鸟时飞。"不惟如此，与王勃同时者亦多用此句，王勃在其他文章中亦有相似的表述。王楙《野客丛书》卷一三载："王勃云：'落霞与孤鹜齐飞，秋水共长天一色。'当时以为工。仆观骆宾王集亦曰：'断云将野鹤俱飞，竹响共雨声相乱。'曰：'金飙将玉露俱清，柳黛与荷缃渐歇。'曰：'缁衣将素履同归，廊庙与江湖齐致。'此类不一，则知当时文人皆为此等语。且勃此语不独见于《滕王阁序》，如《山亭记》亦曰：'长江与斜汉争流，白云与红尘并落。'"但我们通过历时性与共时性的梳理、比对，不难发现，王勃此句文字最为典雅、工稳，境界也最为阔大，无怪乎杨慎认为："王勃之语何啻青出于蓝，虽曰前无古人可也。"盖幸与不幸亦有因焉。

此句中的"霞""鹜"所指在历史上也引起过争论。宋人吴曾《能改斋漫录》指出"霞"不是云霞，而是飞蛾，"鹜"则是王勃的误用。其后，南宋的俞成《萤雪丛说》、叶大庆《考古质疑》赞同"霞"为飞蛾之说，但同时认为"鹜"为野鸭，并对王勃之语的意境作了解说。叶大庆解释说："野鸭飞逐蛾虫而欲食之故也，所以齐飞；若云霞，则不能飞也。盖勃之言，所以摹写远景，以言远天之低，故鹜之飞几若与落霞齐尔。"明人王一槐记其父言，说落霞为鸟，他在《玉唾壶》中记载："《滕王阁记》'落霞与孤鹜齐飞，秋水共长天一色'为篇中杰句，然未尝知'落霞'乃是鸟。余昔游于养鸟之家，有鸟类鹦鹉而色艳如火。主人曰此霞也。子之先君谓王勃'落霞与孤鹜齐飞'是此鸟。予闻之乃吾先子之言，不幸幼失怙，失教多矣，然不知何所出。"

遥吟甫畅[49]，逸兴遄飞[50]。爽籁[51]发而清风生，纤歌凝而白云遏[52]。睢园绿竹[53]，气凌彭泽之樽[54]；邺水朱华[55]，光照临川之笔[56]。四美[57]具，二难[58]并。穷睇眄于中天[59]，极娱游于暇日。天高地迥[60]，觉宇宙[61]之无穷；兴尽悲来，识盈虚之有数[62]。望长安于日下，目吴会[63]于云间。地势极而南溟[64]深，天柱高而北辰远[65]。关山[66]难越，谁悲失路[67]之人；萍水相逢，尽是他乡之客。怀帝阍[68]而不见，奉宣室[69]以何年？

此段先叙众人阁中宴会之情景，天籁、女乐、美酒、才士，所谓良辰、美景、赏心、悦事、贤主、嘉宾，四美、二难构成一幅滕王阁群贤宴会图，极尽闲暇娱乐之景。后半部分兴尽悲来，由宴会之乐转而述说失志之悲，从而为下文之感慨张本。

嗟乎！时运不齐[70]，命途[71]多舛。冯唐易老[72]，李广难封[73]。屈贾谊于长沙[74]，非无圣主[75]；窜梁鸿[76]于海曲，岂乏明时[77]？所赖君子见机[78]，达人知命[79]。老当益壮[80]，宁移白首之心？穷且益坚，不坠青云之志[81]。酌贪泉而觉爽[82]，处涸辙[83]以犹欢。北海虽赊，扶摇可接[84]；东隅已逝，桑榆非晚[85]。孟尝[86]高洁，空余报国之情；阮籍[87]猖狂，岂效穷途之哭？

此段承接上段最后一句而来，举例说明士人之时运不齐、命途多舛。其悲剧意义在于这些贤明之士的不遇非是在末世，而是在盛世，非帝王昏聩，而是多雄才大略之君王，这无疑深化了不售之士的悲剧色彩。但值得注意的是，王勃并未因贤士不达而一味自怨自艾、一蹶不振，而是迎难而上，知事不可为而为之。此段与上段相比，一由聚会之乐到失志之悲，一由悲士之不遇到自我砥砺。两段由大落到大起，从消沉中振起，表现了作者积极进取、奋发昂扬的精神。这一精神正是古代仁人志士能够千古常存的价值所在。

勃，三尺微命[88]，一介[89]书生。无路请缨，等终军之弱冠[90]；有怀投笔[91]，慕宗悫[92]之长风。舍簪笏于百龄[93]，奉晨昏[94]于万里。非谢家之宝树[95]，接孟氏之芳邻[96]。他日趋庭，叨陪鲤对[97]；今兹捧袂[98]，喜托龙门[99]。杨意不逢，抚凌云而自惜[100]；钟期既遇，奏流水以何惭[101]？

此段由叙说与会之士转至自叙。王勃虽自谦为一介书生，但言辞之中又寄寓自我的胸怀大志。其后，又自叙今日知遇之感，从而点明作序之由。

王勃之志，《述怀拟古诗》云："仆生二十祀，有志十数年。下策图富贵，上策怀神仙。"葛立方《韵语阳秋》曾以其《示知己诗》为例证明王勃"则不为无意于功名者"，更是对其"二志竟不遂，可胜叹哉”。

上文我们述及王勃参加此次宴会的原因，如果再向前追溯，王勃作此序的前一两年可以说是他命运的转折点。《旧唐书》言：“勃恃才傲物，为同僚所嫉。有官奴曹达犯罪，勃匿之，又惧事泄，乃杀达以塞口。事发，当诛，会赦除名。时勃父福畤为雍州司户参军，坐勃左迁交趾令。”王勃死罪虽免，但活罪难逃，被永远革职，故其自言三尺微命，一介书生，确是事实。被革职且永不录用的王勃回到了家乡。据陈良运《〈滕王阁序〉成文经过考述》，此时至《滕王阁序》作之前，王勃先后作有《上郎督启》《上百里昌言疏》《冬日羁游汾阴送韦少府入洛序》等文，充分表现了其在《滕王阁序》中所说的“命途多舛”的思想发展履迹：追思罪戾、寻复出职、倍切穷途。上元二年春天，王勃怀着愧疚之情，踏上投奔父亲之路。于是才有了参加此次集会之事。在此序中，除了将追思罪戾隐去，寻复旧职、倍切穷途表达的亦是十分委婉含蓄。本段借司马相如因杨得意之荐而得武帝召见，钟子期与俞伯牙的高山流水遇知音故事，点明自己的心事，即期望自己被阎公或在场的知音推荐，以便重登龙门。此种情感，在文章末段再次委婉道出。

呜呼！胜地不常[102]，盛筵难再[103]；兰亭[104]已矣，梓泽[105]丘墟。临别赠言，幸承恩于伟饯；登高作赋，是所望于群公。敢竭鄙怀，恭疏短引[106]；一言均赋[107]，四韵俱成。请洒潘江，各倾陆海云尔[108]。

滕王高阁临江渚，佩玉鸣鸾罢歌舞。
画栋朝飞南浦云，珠帘暮卷西山雨。

闲云潭影日悠悠，物换星移几度秋。
阁中帝子今何在？槛外长江空自流。

此段再次以盛衰寄寓感慨。一方面叙自己作序，一方面又叙说自己作诗。诗的前四句言滕王阁之景致及歌舞；后四句伤今怀古。其总体结构与序自成一种呼应。《唐诗解》卷一一评价此诗云："此慨繁华易尽也。言此阁临江，乃滕王佩玉鸣鸾之地。今歌舞既罢，帘栋萧条，云雨往来，景物变改，而帝子终不可见，惟江水空流，令人兴慨耳。"

【注释】

[1]豫章故郡，洪都新府：豫章是汉朝设置的，治所在南昌，所以说"故郡"。唐初把豫章郡改为"洪州"，所以说"新府"。"豫章"一作"南昌"。

[2]星分翼轸：古人习惯将天上星宿与地上区域对应，称为"某地在某星之分野"。据《晋书·天文志》，豫章属吴地，吴越扬州当牛斗二星的分野，与翼轸二星相邻。翼、轸，星宿名，属二十八宿。郑明选《滕王阁序》(《郑侯升集》卷三十二)云：王勃《滕王阁序》云：南昌故郡，洪都新府，星分翼轸，地接荆庐。尝观《汉书·天文志》云：州郡豫章，八斗十度，非翼轸也。继又历观占经中分野所属，皆以豫章八斗分，莫有言翼轸者。及见《越绝书》云，南郡、南阳、汝阳、淮阳、六安、九江、庐江、豫章、长沙，翼轸也。乃知以豫章属翼轸，勃亦有据，然大抵以属斗为正。

[3]衡：衡山，此代指衡州(今湖南省衡阳市)。庐：庐山，此代指江州(今江西省九江市)。

[4]襟：以……为襟。因豫章在三江上游，如衣之襟，故称。

三江：三江说法不一，泛指长江中下游的江河。带：以……为带。作动词。五湖：一说指太湖、鄱阳湖、青草湖、丹阳湖、洞庭湖，又一说指菱湖、游湖、莫湖、贡湖、胥湖，皆在鄱阳湖周围，与鄱阳湖相连。以此借为南方大湖的总称。

[5]蛮荆：古楚地，今湖北、湖南一带。引：连接、连结。瓯越：古越地，即今浙江瓯江一带地区。古东越王建都于东瓯（今浙江省永嘉县），境内有瓯江。

[6]物华天宝：物的精华乃天上的宝物。

[7]龙光射牛斗之墟：龙光，指宝剑的光辉。牛、斗，星宿名。墟，所在之处。据《晋书·张华传》，晋初，牛、斗二星之间常有紫气照射。张华请教精通天象的雷焕，雷焕称这是宝剑之精，上彻于天。张华命雷焕为丰城令寻剑，果然在丰城（今江西省丰城市，古属豫章郡）牢狱的地下掘地四丈，得一石匣，内有龙泉、太阿二剑。后这对宝剑入水化为双龙。

[8]徐孺：徐孺子的省称。徐孺子名稚，东汉豫章南昌人，当时隐士。据《后汉书·徐稚传》，东汉名士陈蕃为豫章太守，不接宾客，惟徐稚来访时，才设一睡榻，徐稚去后又悬置起来。

[9]雄：雄伟。州：大洲。此处指洪州。雾列：雾，像雾一样，名词作状语，比喻浓密、繁盛，形容繁华。

[10]采："采"同"寀"，官员，这里指人才。星驰：如流星飞驰。

[11]枕：占据，地处。

[12]东南之美：泛指各地的英雄才俊。《诗经·尔雅·释地》："东南之美，有会稽之竹箭；西南之美，有华山之金石。"后用"东箭南金"泛指各地的英雄才俊。

[13]都督：官名，掌管督察诸州军事的官员，唐代分上、中、

下三等。雅望：崇高声望。

[14]棨戟：有缯衣或油漆的木戟。古代官吏所用的仪仗，出行时作为前导，后亦列于门庭。这里代指仪仗。遥临：远道来临。

[15]宇文新州：复姓宇文的新州（在今广东境内）刺史，姓名事迹未详。懿范：好榜样。

[16]襜帷：车上的帷幕，这里代指车马。

[17]十旬休假：唐制，十日为一旬，遇旬日则官员休沐，称为"旬休"。

[18]胜友：才华出众的友人。

[19]腾蛟起凤：宛如蛟龙腾跃、凤凰起舞，形容人才华优异。《西京杂记》："董仲舒梦蛟龙入怀，乃作《春秋繁露》。"又："扬雄著《太玄经》，梦吐凤凰集《玄》之上，顷而灭。"

[20]孟学士：名未详。学士是朝廷掌管文学著述的官员。词宗：文坛宗主。

[21]紫电清霜：宝剑名。《古今注》："吴大皇帝（孙权）有宝剑六，二曰紫电。"《西京杂记》："高祖（刘邦）斩白蛇剑，刃上常带霜雪。"《春秋繁露》亦记其事。

[22]王将军：王姓的将军，名未详。武库：储藏兵器的仓库，此处称赞人的学识渊博。

[23]家君作宰：王勃之父担任交趾县的县令。家君：家父。

[24]路出名区：（自己因探望父亲）路过这个有名的地方（指洪州）。出：过。

[25]童子何知，躬逢胜饯：年幼无知，（却有幸）参加这场盛大的宴会。

[26]维：在。又有一说此字为语气词，不译。

[27]序：时序，季节。三秋：古人称七、八、九月为孟秋、仲

秋、季秋。三秋即季秋，九月。

［28］潦水：雨后的积水。

［29］俨：整齐的样子。骖騑：驾在服马两侧的马。上路：高高的道路。

［30］崇阿：高大的山陵。

［31］帝子、天人：指滕王李元婴。有版本作“得仙人之旧馆”。长洲：滕王阁前赣江中的沙洲。旧馆：指滕王阁。

［32］飞阁：架空建筑的阁道。流：形容彩画鲜艳欲滴。丹：丹漆，泛指彩绘。

［33］临：从高处往下探望。

［34］鹤汀凫渚：鹤所栖息的水边平地，野鸭聚集的小洲。汀：水边平地。凫：野鸭。渚：水中小洲。

［35］萦回：盘旋回绕。

［36］即冈峦之体势：依着山岗的形式（而高低起伏）。

［37］披：开。绣闼：绘饰华美的门。闼：宫中小门。

［38］雕甍：雕饰华美的屋脊。

［39］旷：辽阔。盈视：极目远望，满眼都是。

［40］骇瞩：对所见的景物感到惊骇。

［41］闾阎：里门，这里代指房屋。扑地：满地。

［42］钟鸣鼎食：古代贵族鸣钟列鼎而食，所以用钟鸣鼎食指代名门望族。

［43］舸：船。《方言》：“南楚江、湘，凡船大者谓之舸。”弥：满。

［44］青雀黄龙：船的装饰形状，船头作鸟头型、龙头型。舳：船尾把舵处，这里代指船只。

［45］销：“销”通“消”，消散。霁：雨过天晴。

[46]彩：日光。区：天空。

[47]穷：穷尽，引申为“直到”。彭蠡：古代大泽，即今鄱阳湖。

[48]断：止。衡阳：今属湖南省，境内有回雁峰，相传秋雁到此就不再南飞，待春而返。浦：水边、岸边。

[49]遥：远望。甫：顿时。畅：舒畅。

[50]兴：兴致。遄：迅速。

[51]爽籁：清脆的排箫音乐。籁：管子参差不齐的排箫。

[52]白云遏：形容声音优美，能驻行云。《列子·汤问》：“薛谭学讴于秦青，未穷青之技，自谓尽之，遂辞归。秦青弗止，饯于郊衢。抚节悲歌，声振林木，响遏行云。”遏：阻止，引申为“停止”。

[53]睢园绿竹：睢园，即汉梁孝王所建菟园。梁孝王曾在园中聚集文人饮酒赋诗。《水经注》：“睢水又东南流，历于竹圃……世人言梁王竹园也。”

[54]凌：超过。彭泽：县名，在今江西湖口县东，此代指陶潜。陶潜，即陶渊明，曾官彭泽县令，世称陶彭泽。樽：酒器。陶渊明《归去来兮辞》有“有酒盈樽”之句。

[55]邺水：在邺下（今河北省临漳县）。邺下是曹魏兴起的地方，三曹常在此雅集作诗。朱华：荷花。曹植《公宴诗》：“秋兰被长坂，朱华冒绿池。”

[56]光照临川之笔：临川，郡名，治所在今江西省抚州市，代指谢灵运。谢灵运曾任临川内史，《宋书》本传称他“文章之美，江左莫逮”。

[57]四美：这里是指良辰、美景、赏心、乐事。另一说，指音乐、饮食、文章、言语之美。刘琨《答卢谌诗》：“音以赏奏，味以殊珍，文以明言，言以畅神。之子之往，四美不臻。”

［58］二难：指贤主、嘉宾。南朝宋谢灵运《拟魏太子邺中集诗序》："天下良辰、美景、赏心、乐事，四者难并。"王勃说"二难并"活用谢文，良辰、美景为时地方面的条件，归为一类；赏心、悦目为人事方面的条件，归为一类。

［59］穷睇眄于中天：极目远望天空。睇眄：斜视，顾盼。中天：半空。

［60］迥：大。

［61］宇宙：喻指天地。《淮南子·原道训》高诱注："四方上下曰'宇'，古往来今曰'宙'。"

［62］识盈虚之有数：知道万事万物的消长兴衰是有定数的。盈虚：消长，指变化。数：定数，命运。

［63］吴会（kuài）：秦汉会稽郡治在吴县，郡县连称为吴会。东汉分会稽郡为吴、会稽二郡，并称吴会。后亦泛称此两郡故地为吴会。唐以后，俗亦称平江府（今江苏苏州）为吴会。

［64］南溟：南方的大海。事见《庄子·逍遥游》。

［65］天柱：传说中昆仑山高耸入天的铜柱。《神异经》："昆仑之山，有铜柱焉。其高入天，所谓天柱也。"北辰：北极星，比喻国君。《论语·为政》："为政以德，譬如北辰，居其所而众星共之。"

［66］关山：险关和高山，关隘山岭。

［67］悲：同情，可怜。失路：仕途不遇。

［68］帝阍：天帝的守门人。屈原《离骚》："吾令帝阍开关兮，倚阊阖而望予。"

［69］宣室：殿名，汉未央宫宣室殿，为皇帝召见大臣议事之处。

［70］时运不齐：命运不好。不齐（jì）：有蹉跎、有坎坷。

［71］命途：命运。

[72]冯唐易老：冯唐在汉文帝、汉景帝时不被重用，汉武帝时被举荐，已是九十多岁。《史记·冯唐列传》："（冯）唐以孝著，为中郎署长，事文帝。……拜唐为车骑都尉，主中尉及郡国车士。七年，景帝立，以唐为楚相，免。武帝立，求贤良，举冯唐。唐时年九十余，不能复为官。"

[73]李广难封：李广，汉武帝时名将，多次与匈奴作战，军功卓著，却始终未获封爵。

[74]屈贾谊于长沙：贾谊在汉文帝时被贬为长沙王太傅。

[75]圣主：指汉文帝，泛指圣明的君主。

[76]梁鸿：东汉人，作《五噫歌》讽刺朝廷，因此得罪汉章帝，避居齐、鲁、吴等地。

[77]明时：指汉章帝时代，泛指圣明的时代。

[78]机：通"几"，预兆，细微的征兆。《易·系辞下》："君子见几（机）而作。"

[79]达人知命：通达事理的人。《易·系辞上》："乐天知命，故不忧。"

[80]老当益壮：年纪虽大，但志气更旺盛、干劲更足。《后汉书·马援传》："丈夫为志，穷当益坚，老当益壮。"

[81]坠：坠落，引申为"放弃"。青云之志：志气高。《续逸民传》："嵇康早有青云之志。"

[82]酌贪泉而觉爽：贪泉，在广州附近的石门，传说饮此水会贪得无厌，吴隐之喝下此水操守反而更加坚定。据《晋书·吴隐之传》，廉官吴隐之赴广州刺史任，饮贪泉之水，并作诗说："古人云此水，一歃怀千金。试使夷齐饮，终当不易心。"

[83]涸辙：干涸的车辙，比喻困厄的处境。

[84]北海虽赊，扶摇可接：语意本《庄子·逍遥游》：鹏之徙

于南冥也，水击三千里，抟扶摇而上者九万里。

［85］东隅已逝，桑榆非晚：东隅，日出处，表示早晨，引申为“早年”。桑榆，日落处，表示傍晚，引申为“晚年”。早年的时光消逝，如果珍惜时光，发愤图强，晚年并不晚。《后汉书·冯异传》：“可谓失之东隅，收之桑榆。”

［86］孟尝：据《后汉书·孟尝传》，孟尝字伯周，东汉会稽上虞人。曾任合浦太守，以廉洁奉公著称，后因病隐居。桓帝时，虽有人屡次荐举，终不见用。

［87］阮籍：字嗣宗，晋代名士，“竹林七贤”之一。因不满世事，佯装狂放，常驾车出游，路不通时就痛哭而返。《晋书·阮籍传》载，籍“时率意独驾，不由径路。车迹所穷，辄恸哭而反”。

［88］三尺：衣带下垂的长度，指幼小。古时服饰制度规定束在腰间的绅的长度，因地位不同而有所区别，士规定为三尺。古人称成人为“七尺之躯”，称小孩儿为“三尺童儿”。微命：即“一命”，周朝官阶制度是从一命到九命，一命是最低级的官职。此处指卑贱的身份。

［89］一介：一个。

［90］终军：据《汉书·终军传》，终军字子云，汉代济南人。武帝时出使南越，自请“愿受长缨，必羁南越王而致之阙下”，时仅二十余岁。弱冠，古人二十岁行冠礼，表示成年，称“弱冠”。

［91］投笔：事见《后汉书·班超传》，用汉班超投笔从戎的故事。

［92］宗悫：据《宋书·宗悫传》，宗悫字符干，南朝宋南阳人，年少时向叔父自述志向，云“愿乘长风破万里浪”。后因战功受封。

［93］簪笏：冠簪、手版。官吏用物，这里用作官职的代称。百龄：百年，犹“一生”。

[94]奉晨昏：侍奉父母。《礼记·曲礼上》："凡为人子之礼……昏定而晨省。"

[95]非谢家之宝树：指谢玄，比喻好子弟。《世说新语·言语》："谢太傅（安）问诸子侄'子弟亦何预人事，而正欲使其佳？'诸人莫有言者。车骑（谢玄）答曰：'譬如芝兰玉树，欲使其生于庭阶耳。'"

[96]接孟氏之芳邻：据说孟轲的母亲为教育儿子而三迁择邻，最后定居于学宫附近。"接"通"结"，结交。见刘向《列女传·母仪篇》。

[97]他日趋庭，叨陪鲤对：鲤，孔鲤，孔子之子。趋庭，受父亲教诲。《论语·季氏》："（孔子）尝独立，（孔）鲤趋而过庭。（子）曰：'学诗乎？'对曰：'未也。''不学诗，无以言。'鲤退而学诗。他日，又独立，鲤趋而过庭。（子）曰：'学礼乎？'对曰：'未也。''不学礼，无以立。'鲤退而学礼。闻斯二者。"

[98]捧袂：举起双袖，表示恭敬的姿势。

[99]龙门：地名，传说是大禹所开凿。相传鲤鱼到龙门下，跳过的可以成龙。《后汉书·李膺传》："膺以声名自高，士有被其容接者，名为登龙门。"

[100]杨意不逢，抚凌云而自惜：杨意，杨得意的省称。凌云，指司马相如作《大人赋》。据《史记·司马相如列传》，司马相如经蜀人杨得意引荐，方能入朝见汉武帝。又云："相如既奏《大人》之颂，天子大悦，飘飘有凌云之气。"

[101]钟期即遇，奏流水以何惭：钟期，钟子期的省称。《列子·汤问》："伯牙善鼓琴，钟子期善听。伯牙鼓琴……志在流水，钟子期曰：'善哉！洋洋兮若江河。'"

[102]胜：名胜。不：不能。常：长存。

［103］难：难以。再：再次遇到。

［104］兰亭：位于绍兴。晋穆帝永和九年（353）三月三日上巳节，王羲之与群贤宴集于此，行修禊礼，袚除不祥。

［105］梓泽：地名，即晋石崇的金谷园，故址在今河南省洛阳市西北。

［106］恭疏短引：恭敬地写下一篇小序，在此指本文。

［107］一言均赋：每人都写一首诗。

［108］请洒潘江，各倾陆海云尔：钟嵘《诗品》："陆（机）才如海，潘（岳）才如江。"这里形容宾客的文采。

【赏析】

《滕王阁序》作为一篇用骈文所写的序，其在当时及后代的经典化，大多披上了传奇色彩，诸如作文时王勃之年龄，王勃此作是宿构还是即席创作，等等。以上两个问题，现代学者都作了详细地考证，指出此文非王勃少时之作，即便此文为即席创作，其中的情感、语句亦是经过长期的酝酿而成。

《滕王阁序》的写作风格与初唐文坛风气密切相关。张逊业在《校正王勃集序》中论道："王子安富丽径捷，称罕一时。赋与七言古诗，可谓独步。然律及诸作，未脱六朝沿染，而沉思工致，亦未易及也。"初唐诗序沿袭南北朝以来骈体诗序的特色，在写景、状人方面获得了进一步的发展。

首先，在景物刻画上，王勃善于用景物来烘托、映照离别的愁绪。此序之顺序结构，余诚《古文释义》云："首叙地，次叙人，次叙时，次叙阁中景、阁外景及当秋景，再次叙在阁之会，再次叙乐后生出感慨，再次为凡不遇者悲，再次为凡不遇者慰，再次自叙，再次叹盛衰不常，及以诗寓吊古意作结。"景物描写如"潦水尽而寒潭清，烟光凝而暮山紫”，“层峦耸翠，上出重霄；飞阁流丹，下临无地。鹤汀凫渚，穷岛屿之萦回；桂殿兰宫，即冈峦之体势”，“云销雨霁，彩彻区明。落霞与孤鹜齐飞，秋水共长天一色。渔舟唱晚，响穷彭蠡之滨；雁阵惊寒，声断衡阳之浦”，将阁中景、阁外景以及当秋景描绘的极其壮观可人。而此种景物又全为后文乐极生悲作铺垫。这样的写作结构，王勃在其他序类作品中亦有相同的体现。《秋日楚州郝司户宅饯崔使君序》如此描绘秋景：“岩楹左峙，俯映玄潭；野径斜开，傍连翠渚。青蘋布叶，乱荷芰而动秋风；朱草垂荣，杂芝兰而涵晚液。”

其次，状人方面。因为序文写作多为应命之作或应酬之作，故序文中蕴含着强烈的人际交往的目的性。序中自然充满着对宴会主持者、召集者的颂词。“十旬休假，胜友如云；千里逢迎，高朋满座。腾蛟起凤，孟学士之词宗；紫电清霜，王将军之武库”，文中对阎都督之赞美可谓极尽能事。文章后半部分重在饯别，结尾说“临别赠言，幸承恩于伟饯；登高作赋，是所望于群公”，故此文作为赠别之序，叙去处之情，致绸缪之意，又是应酬文的规则所致。

此文的特点还在于文章的整体布局采用“序”加“诗”的形式，但二者的地位明显不同，总体是序重诗轻，人们在阅读时也普遍表现出重序轻诗的倾向，很多时候读者重视序而忽略了诗的存在。陶渊明《桃花源记》是唐前时期的一个典型的代表。至于初唐，四杰中的骆宾王《初秋登王司马楼宴得同字并序》亦是一例，陈子昂的《修竹篇并序》亦是一例。

【集评】

黄子云《野鸿诗的》：又曰：“少陵度越诸子处安在？”笑应

之曰："十七史何处说起？虽然，余岂无说哉？中、晚不足较，子安《滕王阁诗》，脍炙久矣；其'闲云'一转，已趋卑下，至末二句，尤落熟调。晚唐许、赵诸人，犹因之为怀古快捷，近今心慕而手追者，又何足怪？不观少陵《秋兴》诗，结云：'回首可怜歌舞地，秦中自古帝王州。'于此同一慨叹，霄壤县绝。子安如饥鹰垂翅，少陵则神龙掉尾也。"

王定保《唐摭言·以其人不称才试而后惊》：王勃著《滕王阁序》，时年十四。都督阎公不之信，勃虽在座，而阎公意属子婿孟学士者为之，已宿构矣。及以纸笔延让宾客，勃不辞让。公大怒，拂衣而起，专令人伺其下笔。第一报云："南昌故郡，洪都新府"。公曰："亦是老生常谈。"又报云："星分翼轸，地接衡庐。"公闻之，沈吟不言。又云："落霞与孤鹜齐飞，秋水共长天一色。"公矍然而起，曰："此真天才，当垂不朽矣！"遂亟请宴所，极欢而罢。

吴幵《优古堂诗话·望斗气沈龙已化，置刍人去榻犹悬》：豫章事实，王勃序之详矣，题咏此邦者，往往采之。晏元献云："望斗气沈龙已化，置刍人去榻犹悬。"陶邕州云："剑待张华时已晚，榻延徐穉礼应疏。"此二联全是"龙光射牛斗之墟，徐孺下陈蕃之榻"也。宋绶公垂云："江涵帝子翚飞阁，山际真君鹤驭天。"不袭陈迹，甚可佳也。

欧阳修《集古录跋尾》卷五：唐德州长寿寺舍利碑，不著书撰人名氏。碑武德中建，而所述乃隋事也。其事迹文辞皆无取，独录其书尔。余屡叹文章至陈、隋，不胜其弊，而怪唐家能臻致治之盛，而不能遽革文弊，以谓积习成俗，难于骤变。及读斯碑，有云"浮云共岭松张盖，明月与岩桂分丛"，乃知王勃云"落霞与孤鹜齐飞，秋水共长天一色"，当时士无贤愚，以为警绝，岂非其余习乎？

邵博《邵氏闻见后录》卷一五：王勃《滕王阁记》“落霞孤鹜”之句，一时之人共称之，欧阳公以为类俳，可鄙也。然“天高地迥，觉宇宙之无穷；乐极悲来，识盈虚之有数”，亦记其意义甚远。盖勃文中子之孙，尚世其学，一时之人不识耳。

洪迈《容斋续笔·诗文当句对》：唐人诗文，或于一句中自成对偶，谓之当句对。盖起于《楚辞》“蕙烝兰藉”“桂酒椒浆”“桂棹兰枻”“斫冰积雪”。自齐、梁以来，江文通、庾子山诸人亦如此。如王勃《宴滕王阁序》，一篇皆然。谓若：“襟三江带五湖”“控蛮荆引瓯越”“龙光牛斗”“徐孺陈蕃”“腾蛟起凤”“紫电青霜”“鹤汀凫渚”“桂殿兰宫”“钟鸣鼎食之家、青雀黄龙之舳”“落霞孤鹜”“秋水长天”“天高地迥”“兴尽悲来”“宇宙盈虚”“丘墟已矣”之辞是也。

洪迈《容斋四笔·王勃文章》：韩公《滕王阁记》云：“江南多游观之美，而滕王阁独为第一。及得三王所为序、赋、记等，壮其文辞。”注谓：“王勃作《游阁序》。”又云：“中丞命为记，窃喜载名其上，词列三王之次，有荣耀焉。”则韩之所以推勃，亦为不浅矣。勃之文今存者二十七卷云。

胡仔纂集《苕溪渔隐丛话前集》卷七引《西清诗话》云：“诗之声律成于唐，然亦多原六朝旨意……《玉台集序》云：金星将婺女争华，麝月与嫦娥竞爽。”《北齐碑》云：“浮云共岭松张盖，秋月与岩桂分丛。”庾子山《马射赋》云：“落花与芝盖齐飞，杨柳共春旗一色。”王勃《滕王阁记》云：“落霞与孤鹜齐飞，秋水共长天一色。”……语意互相剽窃，所谓左右拔剑，彼此相笑。

王楙《野客丛书》卷一三：王勃云：“落霞与孤鹜齐飞，秋水共长天一色。”当时以为工。仆观《骆宾王集》亦曰：“断云将野鹤俱飞，竹响共雨声相乱。”曰：“金飙将玉露俱清，柳黛与荷缃渐歇。”曰：“缁衣将素履同归，廊庙与江湖齐致。”此类不一，则知当时文人皆为此等语。且勃此语不独见于《滕王阁序》，如《山亭记》亦曰：“长江与斜汉争流，白云与红尘并落。”欧公《集古录》载《德州长寿寺碑》，与《西清诗话》，如此等语不一。仆因观《文选》及晋、宋间集，如刘孝标、王仲宝、陆士衡、任彦升、沈休文、江文通之流，往往多有此语。信知唐人句格皆有自也。

《韵语阳秋》卷四：唐朝人士，以诗名者甚众，往往因一篇之善、一句之工，名公先达为之游谈延誉，遂至声闻四驰。……“画栋朝飞南浦云，珠帘暮卷西山雨”，王勃以是得名。

严羽《沧浪诗话·诗体》：有就句对（又曰当句有对）……前辈于文亦多此体，如王勃“龙光射牛斗之墟，徐孺下陈蕃之榻”，乃就句对也。

章如愚《群书考索续集》卷一八：姚铉录唐文而不录《滕王阁记》，亦犹《文选》之于《兰亭记》，《通鉴》之于《离骚经》乎？且《滕王阁记》作之者谁？唐王勃也。观“落霞”“秋水”之句，不特起阎公之叹，虽后世亦谅（惊）其为天才也。然勃既得为天才而不得列班于唐之百卷，姚铉拔青撷华，必非弃珠于渊者。尝因是而思之，盖此记所作凡七百六十五字，而重叠用字凡三百五十有余，如：“天”之字有五，“地”之字有六，“星”一字而三言可也，又所谓“斗牛”，又所谓“北辰”，则辞失之繁。“山”一字而四言可也，又所谓“岛屿”，又所谓“岗峦”，则言失之赘。句之重者，则如“嗟乎时运不齐”，其与“嗟乎胜地不常”者一也；“响穷彭蠡之滨”，其与“气凌彭泽之樽”者一也；“潦水静而寒潭清”，其与“地势极而南溟深”者一也。甚至以“陈蕃”而对“牛斗”，以杨得意而曰“杨意”，此又足以见措辞之荒谬者。设铉录之，则文不必以粹命名，亦岂能逭后世有识者之月旦？

王应麟《困学纪闻》卷一七《评文》：庾信《马射赋》云："落花与芝盖齐飞，杨柳共春旗一色。"王勃效其语，江左卑弱之风也。

杨慎《丹铅总录·紫电清霜》：《三国典略》曰："萧明《与王僧辩书》：'凡诸部曲，并使招携。赴投戎行，前后云集。霜戈电戟，无非武库之兵；龙甲犀渠，皆是云台之仗。'唐王勃《滕王阁序》'紫电清霜，王将军之武库'，正用此事。"又《青云》：《史记》云："伯夷、叔齐虽贤，得夫子而名益彰；颜渊虽笃学，附骥尾而行益显。闾巷之人，欲砥行立名者，非附青云之士，恶能施于后世哉！"青云之士，谓圣贤立言传世者，孔子是也。附青云，则伯夷、颜渊是也。后世谓登仕路为青云，谬矣。试引数条以证之。……合而观之，青云岂仕进之谓乎？王勃文："穷且益坚，不坠青云之志。"即《论语》"视富贵如浮云"之旨。若穷而常有觊觎富贵之心，则鄙夫而已矣。自宋人用青云字于登科诗中，遂误至今不改。

杨慎《升庵诗话·滕王》：杜工部有《滕王亭子》诗，王建诗"揭得滕王《蛱蝶图》"，皆称滕王湛然，非元婴也。王勃记滕王阁，则是元婴耳。又《卫象吴宫怨》："吴王宫阙临江起，不卷珠帘见江水。晓气晴来双阙间，潮声夜落千门里。句践城中非旧春，姑苏台上起黄尘。只今惟有西江月，曾照吴王宫里人。"此诗与王子安《滕王阁》诗相似，少诵之，知为初唐人无疑，而未有明证。

胡应麟《诗薮内编》：初唐短歌，子安《滕王阁》为冠。又：王勃《滕王阁》，卫万《吴宫怨》，自是初唐短歌，婉丽和平，极可师法。中、盛继作颇多，第八句为章，平仄相半，轨辙一定，毫不可逾，殆近似歌行中律体矣。又：《滕王阁序》神俊无前，六代体裁，几于一变。即"画栋""珠帘"四韵，亦唐人短歌之绝。

陆时雍《唐诗镜》卷一：三四高迥，实境自然，不作笼盖语致。文虽四韵，气足长篇。

纳兰性德《渌水亭杂识》：王勃“落霞与孤鹜齐飞，秋水共长天一色”，当时以为奇绝，然亦有所本。庾信《马射赋》“落花与翠盖齐飞，杨柳共春旗一色”，隋《长寿寺碑》“浮云共岭松张盖，明月与岩桂分丛”。然勃则青出于蓝也。

顾起纶《国雅品·士品一》：庚信有“落花与紫盖齐飞，杨柳共青旗一色”，王勃即仿“齐飞”“一色”成句，不以为病。

谢榛《四溟诗话》卷一：庚信曰：“落花与芝盖齐飞，杨柳共春旗一色。”王勃曰：“落霞与孤鹜齐飞，秋水共长天一色。”……虽有所祖，然青愈于蓝矣。

王观国《学林》卷六《翼轸》：王勃《滕王阁序》曰：“星分翼轸，地接衡庐。”观国按：《史记·天官书》《前汉·天文志》及诸史《天文书》皆曰“牵牛、婺女，扬州也；翼、轸，荆州也”。《前汉·地理志》曰：“楚地，翼、轸之分野，南郡、江夏、零陵、桂阳、武陵、长沙、汉中、汝南也。”“吴地，斗分野，会稽、九江、丹阳、豫章、庐江、广陵、六安、临淮也。”然则豫章实吴、粤之分野，于星则属牛、女，于次则属星纪。滕王阁在豫章，而勃《序》以为“星分翼轸”者，误矣。盖翼、轸乃荆州之地，于次则属鹑尾。古今州县虽有分割，而豫章未尝属荆州。至于天星，固有定次，亦不为州县分割而移改。勃序颇为唐人所脍炙，而首误二字何耶？欧阳文忠公尝谓王勃《滕王阁序》类俳，盖唐人文格如此，好古文者不取也。又卷七《滕王阁序》：欧阳文忠公《集古录·跋德州长寿寺舍利碑》曰：“余屡叹文章至陈、隋，不胜其弊，而唐家致治之盛不能遽革其弊。”“及读斯碑，有云：‘浮云共岭松张盖，明月与岩桂分丛。’乃知王勃云‘落霞与孤鹜齐飞，秋水共长天一色’，当时士无贤愚，以为警绝，岂非其余习乎？”观国按：庾子山《马射赋》曰：“落霞与芝盖齐飞，野水共春旗一色。”王勃正仿此联，非摹《长寿寺碑》

也。《长寿寺碑》亦仿《马射赋》，而句格又弱者也。

黄士京辑《合诸名家点评古文鸿藻》卷七：林希元曰：此序前人有赋体之诮，故遗之。今观其对客挥毫，瑜辞绣句，葸见叠出，诚天才也，故录之。

又，家君四句，特序所以躬逢之故，作过脉。

又，董份曰：时维九月巳下，描写当时光景，恍若入眼珠玑、侵眸花柳，即五尺童子，亦知为绮室之上珍、名园之奇品也。

又，茅坤曰：叙秋景处，无一字不稳当。

又，茅坤曰：天高地迥一联，结前生后，天高句收前说，光景典尽句生后，说命运以起自叙之意。

又，林希元曰：以逸调写愁肠，词甚悲悼。

又，茅赞曰：唐以诗赋取士，故一时四六彬彬然，王勃、骆宾王尤其魁然者，而勃之英志逸才具见此篇。

又，茅赞曰：此诗字字奇绝。

毛奇龄《西河合集·快阁纪存序》：西昌有快阁，犹南昌有滕王阁也。滕王不足存是阁，而王勃以一序存之。

王夫之《姜斋先生诗文集·南窗漫记》：滕王阁连甍市廛，名不称实，徒以王勃一序脍炙今古。求所谓飞阁流丹、飞云卷雨者，何有也？吴下管元心令永新，作一绝书版悬阁上，末句云："争传画栋珠帘句，江上蘋风笑杀人。"

章藻功《登滕王阁书王子安序后》：序"四杰"而第一，伦次非诬；冠二王以成三，文章特著。杨盈川耻居其后，似属无征；韩昌黎词列其间，犹云有耀。婿作何能夸客，天才自足惊人。则《滕王阁》一篇，尤为绝唱者矣。……声称藉甚，是真王氏之珠；才藻卓然，奚数谢家之宝。父为名宰，鲤对而趋；人倚芳邻，虹销以霁。幸遇十旬之暇，岂云一介之微也。方从父以登舟，未成童而舞《勺》。譬若朝华乍启，爽气初来；旭日方升，晨光最好。而顾年犹未弱，怅已逝于桑榆；交不妨新，感相逢于萍水。兴嗟贾谊，致叹冯唐，将毋拟不于伦，抑或言之过当。且也当筵不让，揽笔而成。讶飞云卷雨之奇，略无停辍；侈紫电青霜之富，不比空疏。本是书生，胸罗武库；何来童子，声震洪都。为四坐之荣观，实一时之豪举。云胡兴尽，而辄悲来。尤异者，长天秋水，警句堪夸；明月清风，幽魂自赏。妄言妄听，谓才鬼之有知；或泣或歌，谅文人其不尔。矧落花芝盖，杨柳春旗，庾子山实倡其音，王子安偶赓其调。就使自作成者，暗合古人，似此名言，生前无数，胡然得意，殁后难忘？始不见而峰青，既无言而月白。方疑作之者未必孤吟，且笑删之者亦非定论。又若水神助送，风伯效灵，七百里之程，一帆直抵；十万钱之债，再拜相酬。颇类传奇，略同志怪。虽道涂所造，或间出于稗官；而新旧之书，不屑登诸本传也。

袁枚《随园诗话》卷一：王勃《滕王阁序》："落霞与孤鹜齐飞。"此落霞，云霞也。与孤鹜不类而类，故见妍妙。吴獬《事始》以落霞为飞蛾，则虫鸟并飞，味同嚼蜡。

吴乔《答万季野诗问》："昨东海诸英俊问：出韵诗，唐人多有之，而王麟洲极以为非，何也？"答曰："出韵必是起句，起句可用仄声字，出韵何伤？盖起句不在韵数中，故一绝止言四韵。如《滕王阁诗》，本是六韵，而序云'四韵俱成'，以'渚''悠'不在韵数中故也。"

钱大昕《十驾斋养新录·友于》："一重一掩吾肺腑，山鸟山花吾友于。"或疑"友于"歇后语，不可以偶"肺腑"。予谓唐人精于声律，"肺腑""友于"虽虚实不同，而皆为双声，故可属对，犹王子安《滕王阁诗序》以"丘墟"对"已矣"也。予闻之大父云。

俞成《萤雪丛说》：王勃作《滕王阁序》，中间有"落霞与孤鹜齐飞，秋水共长天一色”之句，世率以为警联。然而“落霞”者，乃飞蛾也，却非云霞之霞，土人呼为霞蛾。至若“鹜”者，乃野鸭也，野鸭飞逐蛾虫而欲食之故也，所以齐飞；若云霞，则不能飞也。见吴獬《事始》。

《考古质疑》卷五：近世有《萤雪丛说》，俞成元德所作也。王勃《滕王阁序》“落霞与孤鹜齐飞，秋水共长天一色”，世率以为警联。然“落霞”者，飞蛾也，却非云霞之霞，土人呼为霞蛾。至若“鹜”者，野鸭也。野鸭飞逐蛾虫而欲食之故也，所以齐飞；若云霞，则不能飞也。盖勃之言，所以摹写远景，以言远天之低，故鹜之飞几若与落霞齐尔。如诗人所谓“新月已生飞鸟外”“鸟飞不尽暮天碧”，曰“乾坤万里根”，曰“一目略千里”之类，以见兴致高远。如此大率如诗如画，皆以形容远景为工。故老杜《题山水图》诗云“尤工远势古莫比，咫尺应须论万里”，皆以是也。勃下句云“秋水共长天一色”，亦以远水连天，上下一色，皆言滕王阁眺望，远景在缥渺中，如此奇也。故当时以其形容之妙，叹服二句，以为天才。纵使方言以蛾为霞，而野鸭逐飞蛾食之，形于赋咏，何足为奇？俞氏又谓若云霞则不能飞，殊不知前辈以飞霞入咏者甚多。宋谢瞻诗“高台眺飞霞”，鲍照云“绣甍结飞霞”，梁江淹《赤虹赋》“霞晃朗而下飞”。

又，王右军《兰亭叙》不入《文选》，王勃《滕王阁记》不入《文粹》，世多疑之。《遯斋闲览》（原注：陈正敏）谓：“天朗气清，乃是秋景，丝竹管弦，语为重复。”大庆窃谓自古以清明为三月节，则是时天气固清明矣。而《宣纪》神爵元年三月诏曰“天气清静，神鱼舞河”。然则所谓天朗气清，何足为病？《前汉·张禹传》曰“后堂理丝竹管弦”，而班固《东都赋》亦曰“陈金石，布丝竹，钟鼓铿锵，管弦晔煜”。既曰丝竹，又曰管弦，此盖右军承前人之误，要未可以分寸之瑕而弃盈尺之夜光也。乃若王勃之文，或者谓“时当九月，序属三秋”，言九月则三秋可知，此与丝竹管弦同一病也。况丰城剑气，上冲牛斗，而星分翼轸，分野尤差。然大庆考之《唐书·勃传》：“九月九日，都督大宴滕王阁时同，勃乃作序。”夫唐人以上巳与重阳为令节，都督既于是日启宴，勃不应止泛举九月。盖月字乃日字之误也。且既言九月，又言三秋，是诚赘矣。如云九日，则不可无三秋字。今之碑本，乃郡守张公澄所书，亦误以九日为九月。讹谬相承，遂致勃有重复之病。至于豫章之地，昔人所谓吴头楚尾。按《汉地理志》，楚地，翼、轸分野。既曰楚尾，则星分翼轸，岂为深失？要之勃所作《序》，实近乎俳，然唐初之文，大抵如此。至韩昌黎始变而为古文尔，又岂容遽是黜之？然则二文之不入《选》《粹》，毋亦萧统、姚铉偶意见之不合，故去取之过苛欤？虽然，二子之文不入《选》《粹》，而传至于今，脍炙人口。良金美玉自有定价，所谓瑕不掩瑜，未足韬其美也。

俞樾《俞楼杂纂》卷二十七《读王观国学林》：樾按：王氏此论，固足订子安之误，然子安用翼轸字，则亦有所本。《汉卫尉卿衡方碑》云：“州举尤异，迁会稽东部都尉，将继南仲、邵虎之轨，飞翼轸之旌。”若依《汉·地理志》，则会稽亦吴地斗牛分野，而非楚地翼轸之分野。正与豫章同。《衡方碑》于会稽言“飞翼轸之旌”，则《滕王阁序》言“星分翼轸”，亦未可厚非矣。盖吴楚接壤，故下句即言“地接衡庐”，曰“接”，曰“分”，其立言自有斟酌，似不必执吴、楚之封域，斤斤与辩也。

谢有煇《古文赏音》卷一二：篇中脉络，本自井然；《析义》逐层拈出，直似别开生面。可见读书在自出心裁，难泥旧解耳。

林云铭《古文析义》卷一〇：此篇三尺童子无有不读，所用故典，坊本解释颇详，但恨未寻出篇中脉络耳。或以为涉于赋体，且病其铺叙无伦，自叙太多，皆由于未尝细读故也。赋虽以描写景物为工，若空空一阁，别无景物，何贵登临，序中岂可遗却？但以用韵不用韵为辨，则非赋体可知矣。至所谓铺叙无伦，尤为可笑。余细读之，见其初以南昌名胜，从天引起地，从地引起人，又从人分出宾主，此起手铺叙之伦也。因就宾主句落下阎公，兼点宇文，并许多佳客，与己为会之时，及所会之地，此入题铺叙之伦也。到阁之后，先写阁居山水之间，增山水之胜；开阁而眺，再写阁外所见之实景及当秋之奇景，此形容铺叙之伦也。逸兴既发，或闻风声，或聆歌声，或偕德星饮酒，或见文士临池，凡游宴中所当有而不能备有者，皆无不有，诚可为乐，此序事铺叙之伦也。游乐已极，由壮生悲，人情皆然，穷旅尤甚，以为在会诸客中，必有不能忘情于不遇，与己相等者，此感慨铺叙之伦也。末以时命自安、藏器待时之意，为在会不得志诸君子慰藉，再自叙同此沦落，而壮志不衰，今因省父途中得遇嘉会，虽平日之词章，见诎于君上，而得伸于知己，亦为可幸，此收束铺叙之伦也。复把盛衰不常之理，以感慨发作余波，并系以诗，寓吊古之意，此结尾铺叙之伦也。其中布置之巧，步步衔接，步步脱卸，皆有开阖相因之妙。伦父不知篇中脉络，且以"关山难越"以下，俱错认作自叹之词，所以有铺叙无伦、自叙太多之评耳。若初学不知字句中典实，不妨先取坊本旧解阅过，再读是注，则百节迎刃自解矣。余不能以口头烂熟故事重叠入注为高明所嗤也。

吴楚材、吴调侯《古文观止》卷七：唐高祖子元婴为洪州刺史，建此阁，后封滕王，故曰滕王阁。咸亨二年，阎伯屿为洪州牧，重修。九月九日，宴宾僚于阁。欲夸其婿吴子章才，令宿构序。时王勃省父，次马当，去南昌七百里。梦水神告曰："助风一帆。"

达旦，遂抵南昌与宴。阎请众宾序，至勃，不辞。阎恚甚，密令吏得句即报。至“落霞”二句，叹曰：“此天才也。”想其当日对客挥毫，珍词绣句层见叠出，洵是奇才。

余诚《重订古文释义新编》卷七：对众挥毫，珠玑络绎，固可想见旁若无人之概。而字句属对极工，词旨转折一气，结构浑成，竟似无缝天衣。纵使出自从容雕琢，亦不得不叹为神奇，况乃以仓猝立就，尤属绝无而仅有矣。分阅之，首叙地，次叙人，次叙时，次叙阁中景、阁外景及当秋景，再次叙在阁之会，再次叙乐后生出感慨，再次为凡不遇者悲，再次为凡不遇者慰，再次自叙，再次叹盛衰不常，及以诗寓吊古意作结，段段各有实义。合读之，从地说到人，从宾主引入自己，从时叙出阁，从阁中而及阁外，从秋景而及在阁之会，从壮生出悲而为他人慨，复从悲说转壮而为他人慰，从自叙处困而不挫而及以作序为快，从慨叹盛衰不常而因以诗吊古为结，步步一气相生。且其间转折承接、脱卸收束开合、宾主起伏照应，俱于实处自具虚神，读者当细为寻绎。

过珙《详订古文评注全集》卷六：此唐人所谓界划文字也。虽雕镂工致，备极人工天巧，然毕竟是赋体，不是序体，其擅长全在诗耳。

曹德培(《古文翼》卷八)：此序一起，极有力量，而于洪波汹涌中随结随卸，尤为超特。前半曲描婉写，璧缀珠联，奇丽极矣，后半独能别开生路，以悠扬怀抱，写出磊落事情，抚今思古，吊往追来。盖前半以景胜，后半以情胜。非情无以显景，非景无以寓情。而前半写景，景中有情；后半写情，情中有景。

朱心炯《古文评注便览》卷一〇：王为初唐四杰，虽沿六朝骈体，而格调自醇。

李扶九原编、黄仁黼重订《古文笔法百篇》卷一八：以文论，此四六体也，平仄要合，对仗要工，段落要明，次序要清，多用古典，词要藻丽，方有足观。以法论，首叙天文地理，次叙贤主嘉宾，次叙时令，次叙阁内阁外，似尽矣；乃忽拓开笔势，将古之失志者感慨一番，又将今之失志者规勉一番，方叙到自己，又自负一番，波澜壮阔，不是徒了题目者。

书后：自来手八叉、才七步如曹子建、温庭筠辈，类皆不免枚皋速而不工之弊；至求其可以三《二京》而四《三都》者，则又非相如之工而不速不可。古今所传，惟祢正平《鹦鹉》一篇，庶几兼之，然年非弱冠，而又有黄祖娱宾之迫，不得不顺从以远害，尽辞以效愚。若夫子安，路出洪州，躬逢胜饯，既无避祸之苦，又叨末座之宾，出纸慨然，此阎公之所以见恚也。而序珠来去，举笔有神，初不让八叉、七步之捷，竟致陈思《铜雀》，能倾魏武之心。以视孟坚之折西宾、太冲之访岷事，其工拙又何如也？然非遗墨一梦，安见十三楮子不减《洛神》，能令阎公叹为天才而矍然起敬哉！

《增定评注唐诗正声》卷四：流丽而深静，所以为佳，是唐人短歌之绝。

李攀龙《唐诗广选》卷二：只一结语，开后来多少法门。

李攀龙《唐诗训解》卷二：与卢《长安古意》局意虽阔，机致则同。

周珽辑《删补唐诗选脉笺释会通评林》卷一四：周敬曰：次联秀颖，结语深致，法力的的双绝。

《唐诗评选》卷一：浏利、雄健，两难兼者兼之。“佩玉鸣鸾”四字，以重得轻。

吴烶韦《唐诗选胜直解·七言古诗》：按：滕王元婴，唐高祖子。贞观十三年实封千户，为全州刺史，迁洪州都督，建阁于南昌府城西漳江门外。勃道出钟陵，九月九日，都督阎公大晏阁中。

先命其婿作序以夸客，出纸笔遍请，客莫敢当。至勃泛然不辞，都督怒，起更衣，遣吏伺其文辄报，一再报，语益奇，乃矍然曰天才也。请遂成文，极欢罢。言滕王昔日盛时，建阁于漳江之边，佩玉鸣鸾，作乐歌舞，栋宇珠帘，极其壮丽，而高峙于云山之上。今数十年来，江山如故，时移物换，非复昔日之盛矣。帝子已往，惟有长江东流而已。宁无致慨乎！序中叙事、诗中道意如此。

《唐风定》卷七：《临高台》《秋夜长》犹沿绮靡，此方脱洒。

吴乔《围炉诗话》卷二：王勃《滕王阁诗》，直是讥刺阎都督，“画栋”以下，皆言富贵之不久长也。今阁上有帖子是“画栋”二句，却是写景，有繁华气象，诗未必如是也。

郎廷槐编《师友诗传录》：（郎廷槐）问：“七言长短句，波澜卷舒，何以得合法？”……萧亭答：“七言长篇，宜富丽，宜峭绝，而言不悉。波澜要宏阔，陡起陡止，一层不了，又起一层。卷舒要如意警拔，而无铺叙之迹，又要徘徊回顾，不失题面，此其大略也。……若短篇，词短而气欲长，声急而意欲有余，斯为得之。长篇如王摩诘《老将行》，短篇如王子安《滕王阁》，最有法度。”

周容《春酒堂诗话》：王子安《滕王阁》诗，俯仰自在，笔力所到，五十六字中有千万言之势。而其为序，不特囿于习气，且东补西凑，可丑。从来诗文同道，即谓少陵文不及诗，然斑驳自见古意。乃子安姿禀是□，遂觉诗文判然耶！

【延伸阅读】

新修滕王阁记

韩愈

愈少时则闻江南多临观之美，而滕王阁独为第一，有瑰伟绝特之称。及得三王所为序、赋、记等，壮其文辞，益欲往一观而读之，以忘吾忧。系官于朝，愿莫之遂。

十四年，以言事斥守揭阳，便道取疾以至海上，又不得过南昌而观所谓滕王阁者。

其冬，以天子进大号，加恩区内，移刺袁州。袁于南昌为属邑，私喜幸自语，以为当得躬诣大府，受约束于下执事。及其无事且还，倘得一至其处，窃寄目偿所愿焉。至州之七月，诏以中书舍人太原王公为御史中丞，观察江南西道。洪、江、饶、虔、吉、信、抚、袁，悉属治所。八州之人，前所不便，及所愿欲而不得者，公至之日，皆罢行之。大者驿闻，小者立变。春生秋杀，阳开阴闭。令修于庭户，数月之间，而人自得于湖山千里之外。吾虽欲出意见，论利害，听命于幕下，而吾州乃无一事可假而行者，又安得舍己所事以勤馆人？则滕王阁又无因而至焉矣。

其岁九月，人吏浃和，公与监军使燕于此阁，文武宾士皆与在席。酒半，合辞言曰："此屋不修且坏，前公为从事此邦，适治新之。公所为文，实书在壁。今三十年，而公来为邦伯。适及期月，公又来燕于此。公胡得无情哉？"公应曰："诺！"于是栋、楹、梁、桷、板、槛之腐、黑、挠、折者，盖瓦级砖之；破缺者，赤白之；漫漶不鲜者，治之则已。无侈前人，无废后观。工既讫功，公以众饮而赏焉以书命愈曰："子其为我记之。"愈既以未得造观为叹，窃喜载名其上，词列三王之次，有荣耀焉！乃不辞而承公命。其江山之好，登望之乐，虽老矣，如获从公游，尚能为公赋之！

元和十五年十月某日，袁州刺史韩愈记。

三月三日华林园马射赋

庾信

臣闻尧以仲春之月，刻玉而游河；舜以甲子之朝，披图而巡洛。夏后瑶台之上，或御二龙；周王玄圃之前，犹骖八骏。我大周之创业也，南正司天，北正司地，平九黎之乱，定三危之罪。云纪御官，鸟司从职，皇王有秉历之符，玄珪有成功之瑞。岂直天地合德、日月光华而已哉！

皇帝以上圣之姿，膺下武之运，通乾象之灵，启神明之德。夷典秩宗，见之三礼；夔为乐正，闻之九成。克己备于礼容，威风总于戎政。加以卑躬菲食，皂帐绨衣，百姓为心，四海为念。西郊不雨，即动皇情；东作未登，弥回天眷。兵革无会，非有待于丹乌；宫观不移，故无劳于白燕。银瓮金船，山车泽马。岂止竹苇两草，共垂甘露；青赤三气，同为景星。雕题凿齿，识海水而来王；乌戈黄支，验东风而受吏。

于时玄鸟司历，苍龙御行；羔献冰开，桐华萍生。皇帝幸于华林之园，玉衡正而泰阶平，阊阖开而勾陈转。千乘雷动，万骑云屯。落花与芝盖同飞，杨柳共春旗一色。乃命群臣，陈大射之礼。虽行祓禊之饮，即同春蒐之仪。止立行宫，裁舒帐殿。阶无玉璧，既异河间之碑；户不金铺，殊非许昌之赋。洞庭既张，《承云》乃奏。《驺虞》九节，《狸首》七章。正绘五采之云，壶宁百福之酒。

唐弓九合，冬干春胶。夏箭三成，青茎赤羽。于是选朱汗之马，校黄金之埒。红阳、飞鹊，紫燕、晨风，唐成公之肃爽，海西侯之千里。莫不饮羽衔竿，吟猿落雁。钟鼓震地，埃尘涨天。酒以罍行，肴由鼎进。采则锦市俱移，钱则铜山合徙。太史听鼓而论功，司马张旃而赏获。上则云布雨施，下则山藏海纳。实天下之至乐，景福之欢欣者也。

既若木将低，金波欲上，天顾惟穆，宾歌惟醉。虽复暂离北阙，聊宴西城，即同酆水之朝，更是岐山之会。小臣不举，奉诏为文。以管窥天，以蠡酌海，盛德形容，岂陈梗概？

岁次昭阳，月在大梁。其日上巳，其时少阳。春史司职，青祇效祥。征万骑于平乐，开千门于建章。属车酾酒，复道焚香。皇帝翊四校于仙园，回六龙于天苑，对宣曲之平林，望甘泉之长坂。华盖平飞，风乌细转。路直城遥，林长骑远。帷宫宿设，帐殿开筵，旁临细柳，斜界宜年。开鹤列之阵，靡鱼须之旃。行漏抱刻，前旌载鸢。河湄薙草，渭口浇泉。堋云五色，的晕重圆。阳管既调，纯弦实抚。总章协律，成均树羽。翔凤为林，灵芝为圃。草御长带，桐垂细乳。鸟啭歌来，花浓雪聚。

玉律调钟，金錞节鼓。于是咀衔拉铁，逐日追风。并试长楸之埒，俱下兰池之宫。鸣鞭则汗赭，入埒则尘红。既观贤于大射，乃颁政于司弓。变三驱而画鹿，登百尺而悬熊。繁弱振地，铁骊蹋空。礼正六耦，诗歌九节。七札俱穿，五豝同穴。弓如明月对堋，马似浮云向埒。雁失群而行断，猿求林而路绝。控玉勒而摇星，跨金鞍而动月。

乃有六郡良家，五陵豪选，新回马邑之兵，始罢龙城之战。将军戎服，来参武宴，尚带流星，犹乘奔电。始听鼓而唱筹，即移竿而标箭。马喷沾衣，尘惊洒面。石堰水而浇园，花乘风而绕殿。熊耳刻杯，飞云画罍。水衡之钱山积，织室之锦霞开。司筵赏至，酒正杯来。至乐则贤乎秋水，欢笑则胜上春台。

既而日下泽宫，筵阑相圃，怅徙跸之留欢，眷回銮之馀舞。欲使石梁衔箭，铜山饮羽。横弧于楚水之蛟，飞镞于吴亭之虎。况复恭己无为，《南风》在斯，非有心于蜓翼，岂留情于戟枝？惟观揖让之礼，盖取威雄之仪。

柳子厚墓志铭

韩　愈

韩愈(768—824),字退之,南阳人,郡望昌黎,自称韩昌黎。早孤,得嫂之力而读书,唐贞元八年进士。元和十二年从裴度征讨淮西吴元济叛乱,擢升刑部侍郎。元和十四年,唐宪宗迎佛骨至京师,韩愈上《论佛骨表》,极力劝阻,被贬为潮州刺史。韩愈是唐代著名的政治家、文学家,领导了唐代中期的古文运动,主张"文以载道""辞必己出",被称为"一代文宗"。苏轼在《潮州韩文公庙碑》中称赞他:"文起八代之衰,道济天下之溺。"明代茅坤编《唐宋八大家文钞》,韩愈位居"唐宋八大家"之首,作品有诗赋杂文等四十卷,现有《韩昌黎文集校注》《韩昌黎诗集编年笺注》等。

此志作于袁州。公之志子厚详矣,其祭文推许尤厚。刘梦得序子厚集曰:"子厚之丧,昌黎韩退之志其墓,且以书来吊,曰:'哀哉,若人之不淑!吾尝评其文,雄深雅健似司马子长,崔、蔡不足多也。'安定皇甫湜于文章少推许,亦以退之之言为然。"〔补注〕何焯曰:此文亦在远贬后作,故尤淋漓感慨。

子厚讳宗元[1]。七世祖庆为拓跋魏侍中[2],封济阴公。曾伯祖奭[3]为唐宰相，与褚遂良[4]、韩瑗[5]俱得罪武后，死高宗朝。皇考[6]讳镇，以事母弃太常博士[7]，求为县令江南。其后以不能媚权贵[8]失御史。权贵人死[9]，乃复拜侍御史[10]。号为刚直[11]，所与游皆当世名人[12]。

此段叙柳子厚祖上先人的姓名及品行气节。

墓志铭系一悼念性的文体，其直述世系、岁月、名字、爵里，以防陵谷迁改。关于其起源，目前学界有以下观点：有学者根据秦始皇陵西侧发现的秦代刑徒墓中陶文，认为墓志最早出现在秦代；有学者根据典籍中的记载，认为墓志首先出现在西汉时期，叶昌炽在《语石》中说："王氏《萃编》（按：指《金石萃编》）曰：《西京杂记》称前汉杜子春，临终作文刻石，埋于墓前。《博物志》载西京时，南宫寝殿有醇儒王史威长之葬铭，此实志铭之始。"有学者（如罗振玉、马衡、赵万里）认为墓志首先出现在东汉时期；有学者认为魏晋时始出现墓志；清代学者顾炎武、端方则认为墓志在南朝始出现。

墓志铭的体例，徐师曾在《文体明辨·墓志铭》中言："志者，记也；铭者，名也。古之人有德善功烈可名于世，殁则后人为之铸器以铭，而俾传于无穷，若《蔡中郎集》所载《朱公叔（名穆）鼎铭》是已。至汉，杜子夏始勒文埋墓侧，遂有墓志，后人因之。盖于葬时述其人世系、名字、爵里、行治、寿年、卒葬年月，与其子孙之大略，勒石加盖，埋于圹前三尺之地，以为异时陵谷变迁之防，而谓之志铭。其用意深远，而于古意无害也。"

从内容上言，此段所述正如徐师曾所言，述逝者之世系、名字、爵里等信息，是墓志铭的基本格式。明人王行《墓铭举例》亦指出："凡墓志铭书法有例，其大要十有三事焉。曰讳，曰字，曰姓氏，曰乡邑，曰族出，曰行治，曰履历，曰卒日，曰寿年，曰妻，曰子，曰葬日，曰葬地……其他虽序次或有先后，要不越此十余事而已。此正例也。"就唐代而言，此一段述祖德又非写不可。众所周知，唐朝十分重视门阀谱牒制度。一人及其祖先一生可述者必不在一端，缘何韩愈单拎出此来，其内有深意否？历代的选文在此段后大都认为此段有"微意"。《古文观止》此段后加"评语"说："叙前人节概，所以形子厚之附叔文，是公微意。"此墓志铭是韩愈应柳宗元所托而作。刘禹锡《祭柳员外文》载："友道尚终，当必加厚。退之承命，改牧宜阳。亦驰一函，候于便道。勒石垂后，属于伊人。"友人如此托付，对韩愈而言，可谓有不小的压力。此倒不是能力问题，而是牵涉二人政治观念的问题。柳宗元生前受王伾、王叔文重用。贞元二十一年，唐顺宗李诵即位，二王受到重用，于是二人提拔刘禹锡、柳宗元等八人，并积极进行政治改革，史称永贞革新。同年 4 月，宦官俱文珍、刘光琦、薛盈珍等立广陵郡王李淳为太子。5 月，王叔文被削翰林学士职。8 月，顺宗被迫让位，宪宗即位，以王伾为首的政治集团受到打击。永贞革新随着王伾、王叔文的去世宣告失败。刘禹锡、柳宗元等八人被贬为司马。从政治观点而言，韩愈不属于王氏集团，孙昌武《柳宗元评传》说："尽管革新派中的刘、柳都是韩愈的朋友，但在政治利益的冲突中，他们却置身于对立的地位上。韩愈的被贬，刘、柳并不是主谋，这个事件里也许有'误会'的成分。不过在这一时期，韩愈与刘、柳在政治上的对立是不可否认的。"正是缘于这样的现实，韩愈如何来书写柳宗元的墓志，其压力不可谓不大。

清人张镛在《思诚堂集》中曾总结世间应酬文有十难："寿颂、哀诔、行述、传文、谀墓之辞、醵金之序、木妖之记，题本平庸，无甚妙谛，难一；所述之人率禄碌，无盛美可传，不能供作者之议论挥霍，难二；世道好谀，必虚辞饰说以夸眩于人，不必其生平所实有与将来所可至，难三；人情善猜，往往无意为文，偶值深邃，即为隐刺，索瘢获戾，难四；侈言门第，并牵附海内通显，形激影射，以资光彩，喧宾夺主，难五；援引古圣贤行事以相比拟，抄撮剿袭，千首雷同，难六；首述先世，次及其身，下逮子孙弟侄，并祝其福泽不穷，如印板刊定，不能有生动之致，难七；主文例借显者，从无谋面之雅，述交游处必以意斡旋，扭捏可笑，难八；文限于格，毋许任意短长，长则溢幅，短则谓其寥寥不经意，难九；屏幛咸合众力为之，主人之升沈甘苦，不得私言其所以，难十。”在张镛看来，即便是行家里手，面对以上十种困难，亦鲜有佳者。而韩愈此文，“有抑扬隐显不失实之道，有朋友交游无限爱惜之情，有相推以文墨之意，即令先生自第所作《墓志》，亦当压卷此篇”。可以说，韩愈终不负所托。

子厚少精敏，无不通达。逮其父时[13]，虽少年，已自成人[14]，能取进士第[15]，崭然见头角[16]，众谓柳氏有子[17]矣。其后以博学宏词授集贤殿正字[18]。俊杰廉悍[19]，议论证据今古[20]，出入经史百子，踔厉风发[21]，率常屈[22]其座人。名声大振，一时皆慕与之交，诸公要人争欲令出我门下[23]，交口[24]荐誉之。

此段叙柳子厚自少时即崭露头角，名声大振。字里行间又寄寓韩愈为柳宗元参与二王改革之事开脱。林云铭《韩文起》云：“此段全为子厚出脱处。子厚以重名为诸公要人所争，致是王叔文辈欲倚子厚以为重，子厚不能自脱，非往彼求附也。”

钱穆在《略论魏晋南北朝学术文化与当时门第之关系》中言："当时门第传统共同理想，所希望于门第中人，上自贤父兄，下至佳子弟，不外两大要目：一则希望其能具孝友之内行，一则希望其能有经籍文史学业之修养。此两种希望，并合成为当时共同之家教。其前一项之表现，则成为家风；后一项之表现，则成为家学。"钱穆此处虽针对魏晋南北朝时期学术与门第关系所说，但其在大一统时代无不具有普遍意义。世家名族无不以培养佳子弟为目的，在培养佳子弟道路上，既有洒扫、应对、进退之事的必修课，亦有孝悌、节俭、立志的成人成器的躬行实践。"众谓柳氏有子矣"的赞叹，韩愈"已自成人"的论断，都意在说明少年得志的柳宗元所展示出的异于常人之处。按照当下比较流行的说法，柳宗元一直是人人艳羡的"别人家的孩子"。韩愈如此极力颂扬柳宗元之才，其目的无非是为下面的论述作铺垫。名人，因其自身的才能、人格魅力，天然具有一种吸附效能。"一时皆慕与之交""交口荐誉之"，一方面意在说明不是柳宗元结交权贵，而是他们拉拢柳宗元以增加自我的身价。一方面又与下文"不自贵重"埋下伏笔。如此以来，柳宗元参与二王改革之事也就不再负主要责任。林云铭《韩文起》即云："至其用进废退处，初言其名声大振，则与《实录》所云'有当时名'者相符。故忙接一语曰：'诸公要人争欲令出我门下。'是叔文欲结子厚，非子厚求而得之可知也。"

贞元十九年，由蓝田尉拜监察御史[25]。顺宗即位，拜尚书礼部员外郎[26]。遇用事者[27]得罪，例出为刺史[28]。未至，又例贬州司马[29]。居闲[30]益自刻苦，务记览[31]，为词章泛滥停蓄[32]，为深博无涯涘[33]，而自肆[34]于山水间。

此段叙柳宗元骤升骤降、远贬之事。

柳宗元的被贬是其一生中的大事，故不可不写，但写是一回事，如何写又是一回事。柳宗元因坐王叔文党被贬，韩愈于文中并未只字提及，亦是为朋友讳之故。朱熹根据版本间的异文，认为此段文字韩愈曾加以改定，《昌黎先生集考异》云："或作贞元十九年拜监察御史，王叔文、韦执谊用事，拜尚书礼部员外郎，且将大用，遇叔文等败，例出为刺史。今按方本得婉微之体，他本则几乎骂矣。疑初本直书，后乃更定也。"王叔文其人，多被视为小人，《新唐书》就说："叔文沾沾小人，窃天下柄，与阳虎取大弓、《春秋》书为盗无以异。"李慈铭在《越缦堂日记》中说："王叔文事，千载喊冤，范文正稍为八司马平反，国朝田山姜、何义门、陈亦韩、王白田，方朴山、王西庄皆力雪之，西庄之言尤切。"

柳宗元被贬永州十年，按何书置的观点，大致分为三个阶段，前期以元和三年为文之业为界，中后期以元和五年迁居冉溪为分水岭。被贬前期，王叔文被赐死，政敌多落井下石，这对柳宗元的身心造成了极大的压力。忧恐、惴栗时常伴随其左右，加之丧母，使他痛不欲生。他在《寄许京兆孟容书》中说："百病所集，痞结伏积，不食自饱。或时寒热，水火互至，内消肌骨。"到了元和三年，随着朝廷对他处理方式的放松，柳宗元开始重操为文之业，这成为他一生为文的重要转捩点。作家随着生活环境的变化，思想亦相应发生变化，为文风格自然呈现不同的面貌。《旧唐书·柳宗元传》总结永州期间的变化说："既罹窜逐，涉履蛮瘴，崎岖堙厄，蕴骚人之郁悼，写情叙事，动必以文。为骚文十数篇，览之者为之凄恻。"严羽甚至认为"唐人谓子厚深得骚学"。

人生处于忧患之际，或回到内心深处的沉思，或走向外界自然的游历。柳宗元"自肆于山水间"，他在《与李翰林建书》中说："闷即出游。"对于柳宗元的山水游记，尚永亮在《寓意山水的个体忧怨和美学追求——记柳宗元游记诗文的直接象征性和间接表现性》中评价说："在著名的'永州八记'中，作者对永州一地的山山水水予以多角度、多层面的描摹、赞美，涧水的清澈寒冽，游鱼的萧散自由，秀木的参差披拂，泉石的奇伟怪特，无不带有这种特殊的感情烙印。这是爱与怜的结合。爱，既缘于山水本身的美，也缘于主体与客体命运的深层关合；怜，不仅因为二者皆沦落天涯，故尔同病相怜，而且因为通过此怜，贬谪诗人找到了一条悲情宣泄的途径，孤寂的心灵获得了暂时的慰藉。怜来自爱，又甚过爱，由爱到怜，反映了诗人基于被弃命运而产生的心理流程。"

元和中，尝例召至京师，又偕出为刺史，而子厚得柳州[35]。既至，叹曰："是岂不足为政[36]邪！"因其土俗[37]，为设教禁[38]，州人顺赖[39]。其俗以男女质[40]钱，约不时赎[41]，子本相侔[42]，则没[43]为奴婢。子厚与设方计[44]，悉[45]令赎归。其尤贫力不能者，令书其佣[46]。足相当[47]，则使归其质[48]。观察使下其法于他州[49]，比[50]一岁，免而归者且千人。衡、湘[51]以南为进士者，皆以子厚为师，其经承子厚口讲指画为文词者，悉有法度[52]可观。

此段述柳宗元之政绩，一在于解放奴婢，一在于推行教化。

当时的柳州属于桂管经略使所辖，相比于中原地区，此地无论是经济方面，还是文化方面都颇显落后。柳宗元在《寄韦珩》诗中细致描绘了柳州的自然环境和社会环境状况。其诗云："初拜柳州出东郊，道旁相送皆贤豪。回眸炫晃别群玉，独赴异域穿蓬蒿。炎烟六月咽口鼻，胸鸣肩举不可逃。桂州西南又千里，漓水斗石麻兰高。阴森野葛交蔽日，悬蛇结虺如蒲萄。到官数宿贼满野，缚壮杀老啼且号。饥行夜坐设方略，笼铜枹鼓手所操。奇疮钉骨状如箭，鬼手脱命争纤毫。今年噬毒得霍疾，支心搅腹戟与刀。迩来气少筋骨露，苍白瀞汩盈颠毛。君今矻矻又窜逐，辞赋已复穷诗骚。神兵庙略频破虏，四溟不日清风涛。"中国古代优秀的士大夫天生具有悲天悯人的济世情怀，"是岂不足为政邪"形象刻画出柳宗元虽处投荒之地，但依然不甘沉沦，想在自己的能力所及处干一番事业。当然，柳宗元在柳州所从事之事业并非乏善可陈。如何从中选择一二之事来彰显柳宗元之政绩，想必是韩愈提笔写柳氏墓志铭时头脑中一直思考的问题。对一个远离中原文化圈的地域而言，移风易俗无疑是最能体现柳氏政绩之处。茅坤评价说："柳州之政可书者，详见罗池庙碑，其他皆不书，独书赎子一节，撮其有德于民之大者。"(《古文鸿藻》卷八)《古文观止》亦评曰："独书赎子一节，撮其有德于民之大者。"当地风俗，穷人借高利贷，若无力偿还，本息超过本金时，便卖身为奴。针对此种风俗，柳宗元通过让借贷人服役来抵债的方式，使得许多人获得自由。柳宗元的这一举动，早在他在永州时就已有之。他在《童区寄传》中对牧童的讴歌赞美，就浸透着同情普通人民的情怀。

韩愈重柳宗元处在词章，上段提及柳宗元"为词章"，故于此处呼应上文，点出柳宗元于此教民为词章之事。对此段中韩愈一写柳宗元赎子事，一写教民为文事，林云铭解释说："子厚一生奇在文章。昌黎最推重亦在文章。且刺柳州时，文章益多，此处岂可遗却，但不便另提，又嫌与永州一段无别，故借其教人为文词，趁笔写于下，法他州之后，见其事事可法，不特文词，而文词之佳愈见。”

其召至京师而复为刺史也，中山刘梦得[53]禹锡亦在遣中，当诣播州[54]。子厚泣曰：“播州非人所居，而梦得亲在堂[55]，吾不忍梦得之穷无辞以白其大人[56]，且万无母子俱往理。”请于朝，将拜疏[57]，愿以柳易播[58]，虽重得罪[59]，死不恨。遇有以梦得事白上者[60]，梦得于是改刺连州[61]。呜呼！士穷乃见节义。今夫平居里巷相慕悦，酒食游戏相征逐[62]，诩诩强笑语以相取下[63]，握手出肺肝相示，指天日涕泣，誓生死不相背负[64]，真若可信？一旦临小利害，仅如毛发比[65]，反眼若不相识；落陷阱[66]，不一引手救，反挤之，又下石焉者，皆是也。此宜禽兽夷狄所不忍为，而其人自视以为得计。闻子厚之风，亦可以少愧矣！

此段叙柳宗元笃于朋友之风义。

柳宗元被召至京师大约是在元和十年正月，此时距他被贬永州已经十二年。当他接到诏书时，兴奋之情不言而喻，他在回答朗州窦常员外的诗中写道：“投荒垂一纪，新诏下荆扉。疑比庄周梦，情如苏武归。”诗中将自己比作塞外坚持自我操守、心系祖国的苏武。此后一段时间，柳宗元的诗歌都洋溢着欣喜之情。但身负王叔文余党的身份，回到朝廷的柳宗元依然面临着严峻的政治形势。朝中握有实权者依然对他处处提防，即便是唐宪宗本人，因当年的即位斗争，对柳宗元等人亦心怀芥蒂。其中刘禹锡的遭际就是一个典型。刘禹锡元和十一年自朗州回京师，因在一首诗中写到“玄都观里花千树，尽是刘郎去后栽”，因而被朝中政敌抓住把柄。不久，他就又被任命到边远地区任职。此次刘禹锡被派到播州（今贵州遵义），柳宗元被派到柳州（今广西柳州）。当时，刘母已年过八十，播州地处偏远，道路曲折，如刘携母前行，前途未卜，若刘不携母随行，此次分别也可能是母子天涯永诀。于是柳宗元主动拿柳州与刘禹锡的播州交换，后来因为时为御史大夫的裴度出面，唐宪宗才收回成命，将刘禹锡改派连州（今广东清远）。二人经历此事，情谊更加深厚。相比于十多年前，此时柳宗元在诗中已没有了往日的精神。这次回京使他进一步认识到了现实中自己的处境，加之常年贬谪留下的浑身伤病，越发使他憔悴。到了衡阳，刘禹锡要改行陆路，柳宗元则要继续沿湘江而上。柳宗元在《衡阳与梦得分路赠别》中言：“十年憔悴到秦京，谁料翻为岭外行。伏波故道风烟在，翁仲遗墟草树平。直以慵疏招物议，休将文字占时名。今朝不用临河别，垂泪千行便濯缨。”歧路相别，刘禹锡亦有《再授连州至衡阳酬柳柳州赠别》诗：“去国十年同赴召，渡湘千里又分岐。重临事异黄丞相，三黜名惭柳士师。归目并随回雁尽，愁肠正遇断猿时。桂江东过连山下，相望长吟有所思。”诗中借柳下惠之遭际暗指自己的命途多舛。柳宗元多首诗送刘梦得，表达对老友分别的痛心以及对将来沐浴皇恩、晚年结舍为邻的愿望。

此段着笔重在柳宗元重友情之事，宗元重友又是基于孝道。这与第一段所述其父“以事母弃太常博士”事相呼应。“呜呼”以下全围绕此而发，自道胸中之事，有着强烈的现实针对性。韩愈通过时人平居之时与临小利之际截然相反的态度，辛辣讽刺了那些贪求小利而背信弃义甚至落井下石之人。这些人的举动恰好与柳宗元重友情、行孝道判若天壤。茅坤说："此以下必因子厚当时交游中有此事，故昌黎感慨而详及之。"林云铭亦云："按史，执政召子厚等至京师，'谏官争言其不可'。想必有子厚故交在内，其落陷阱不救、反挤下石等语，确有所指。玩祭文中有'凡今之交，观势厚薄'句，则知此意。究竟此势力反复，虽位极人臣，死同卉蚁，安能如子厚以斥而能传？则下石者未始非曲成之矣。故不禁感慨而欣幸之。"张端义《贵耳集》卷上亦云："退之作《柳子厚墓铭》，自'士穷而见节义'三四十言，皆自道胸中事。"

子厚前时少年，勇于为人[67]，不自贵重顾籍[68]，谓功业可立就[69]，故坐废退；既退[70]。又无相知有气力得位者推挽[71]，故卒死于穷裔[72]，材不为世用，道不行于时也。使子厚在台省[73]时，自持其身已能如司马刺史时，亦自不斥；斥时，有人力能举之，且必复用不穷。然子厚斥不久，穷不极，虽有出于人，其文学辞章，必不能自力[74]以致必传于后如今，无疑也。虽使子厚得所愿，为将相于一时[75]；以彼易此，孰得孰失，必有能辨之者。

此一段叙述柳宗元一生之得失。

此段先叙柳宗元的病根在"不自贵重顾籍"。柳被废退之后，"无相知有气力得位者推挽"，与上段相发明，此又见韩愈对世风的批判、讽刺。该段前半部分重在为柳惋惜，"使子厚在台省时……”将此种惋惜之情推向顶点。然而人死不能复生，人生亦不能重新走一遭，故所有的假设，只不过是后来者后见之明罢了。韩愈用一“然”字一转，将上述“后见之明”作了彻底的否定。大凡物不平则鸣，这是韩愈笔下记录的众多友人的突出特色。在韩愈看来，正是柳宗元的不得志才越发使其致力于文。在士人看来，人之传名于世者，所赖者在立德，在立功，在立言。正因为柳宗元功名的不售，志业的不行，才使其在文章方面取得了突出的成绩。欧阳修《梅圣俞诗集序》：“然则非诗之能穷人，殆穷者而后工也。”这样的例子，古往今来更是不胜枚举，司马迁在《报任安书》中言：“西伯拘而演《周易》；仲尼厄而作《春秋》；屈原放逐，乃赋《离骚》；左丘失明，厥有《国语》……”依此而言，对柳宗元一生作盖棺定论，韩愈非为宗元惋惜，而为宗元喜。毕竟人固有一死，死而没迹历史中亦是多数，死而未亡者尽是倜傥非常之人。也如现代诗人臧克家所言：“有的人活着，他已经死了；有的人死了，他还活着。”诚然，柳宗元属于后者。韩愈所说的孰得孰失，读者也一定有了明确的答案。

子厚以元和十四年十一月八日卒，年四十七。以十五年七月十日，归葬万年先人墓侧[76]。子厚有子男二人：长曰周六，始四岁；季曰周七[77]，子厚卒乃生。女子二人，皆幼。其得归葬也，费皆出观察使河东裴君行立[78]。行立有节概[79]，重然诺[80]，与子厚结交，子厚亦为之尽，竟赖其力。葬子厚于万年之墓者，舅弟卢遵[81]。遵，涿[82]人，性谨慎，学问不厌。自子厚之斥，遵从而家[83]焉，逮其死不去；既往葬子厚，又将经纪[84]其家，庶几[85]有始终者。

铭曰："是惟子厚之室[86]，既固既安，以利其嗣人[87]。"

此段记柳宗元之死、葬时日及后代子嗣情况。

"寿年、卒葬年月与子孙之大略"乃墓志铭所载的内容之一，故最后部分述及此。柳宗元归葬得益于河东裴行立及柳宗元舅弟卢遵。由此而看，柳宗元也算善终。韩愈写柳宗元墓志铭，所节选之事，一在文学，一在因俗设教，一在培养后进，一在重视友情。前述柳宗元重视友情而甘愿与刘禹锡相交换，此处写柳宗元去世后因友人之助而得以归葬，可谓柳氏得善报。

文后之铭又颇多温情。柳氏之后人，长子四岁，尚为童稚，幼子且为遗腹子，二女亦皆处幼年。后嗣尚未成年，这定是柳宗元临终之际最为挂怀之事，韩愈于此叙之，可说是对友人最大的安慰。

【注释】

[1]子厚：柳宗元的字。讳：名。生者称名，死者称讳。

[2]七世：史书记柳宗元七世祖柳庆在北魏时任侍中，入北周封为平齐公。子柳旦，任北周中书侍郎，封济阴公。韩愈所记有误。侍中：古代职官名。秦始置，两汉沿置，为正规官职外的加官之一。因侍从皇帝左右，出入宫廷，与闻朝政，逐渐变为亲信贵重之职。晋以后，曾相当于宰相。唐时为门下省长官，乃宰相之职。拓跋魏：北魏国君姓拓跋，故称。

［3］曾伯祖奭：字子燕，柳旦之孙，柳宗元高祖子夏之兄。当为高伯祖，此作曾伯祖误。柳奭在贞观年间（627—649）为中书舍人，因外甥女王氏为皇太子（唐高宗）妃，擢升为兵部侍郎。王氏当了皇后后，又升为中书侍郎。永徽三年（652）代褚遂良为中书令。后来，高宗欲废王皇后，立武则天为皇后，韩瑗和褚遂良力争，武则天一党人诬说柳要和韩、褚等谋反，被杀。

［4］褚遂良：字登善，曾做过吏部尚书、同中书门下三品、尚书右仆射等官。唐太宗临终时命他与长孙无忌一同辅助高宗。后因劝阻高宗改立武后，遭贬忧病而死。

［5］韩瑗：字伯玉，官至侍中，为救褚遂良，也被贬黜。

［6］皇考：对亡父的尊称。《礼记·曲礼下》："祭……父曰皇考，母曰皇妣。"

［7］太常博士：太常寺的属官，掌管礼仪祭祀和议定王公大臣的谥号。

［8］权贵：居高位而有权势的人，这里指窦参。柳镇曾迁殿中侍御史，因不愿与御史中丞卢佋、宰相窦参一同陷害侍御史穆赞，后又为穆赞平反冤狱，得罪窦参，被窦参以他事陷害，贬为夔州司马。

［9］权贵人死：窦参因罪被贬，第二年被唐德宗赐死。

［10］侍御史：御史台的属官，负责纠察百僚，审讯案件。

［11］号为刚直：郭子仪曾表柳镇为晋州录事参军。晋州太守骄悍好杀戮，官吏不敢与他相争，而柳镇独能抗之以理，所以这样说。

［12］所与游皆当世名人：柳宗元有《先君石表阴先友记》，记载了他父亲相与交游者计六十七人，书于墓碑之阴。并说："先君之所与友，凡天下善士举集焉。"

[13]逮其父时：在他父亲在世的时候。柳宗元童年时代，其父柳镇去江南，他和母亲留在长安。至十二三岁时，柳镇在湖北、江西等地做官，他随父同去。柳镇卒于贞元九年（793），柳宗元年二十一岁。逮，到。

[14]已自成人：柳宗元十三岁即作《为崔中丞贺平李怀光表》，刘禹锡作集序说："子厚始以童子，有奇名于贞元初。"

[15]取进士第：贞元九年（793），柳宗元进士及第，时年二十一岁。

[16]崭然：高峻的样子。形容高出一般。见（xiàn）：同"现"显现。在这里指出人头地。

[17]有子：意谓有光耀门楣之子。

[18]博学宏词：唐代考试科目的一种，由吏部在进士中考选博学能文之士，取中后即授予官职。柳宗元于贞元十二年（796）中博学宏词科，年二十四。集贤殿：集贤殿书院的省称，掌刊辑经籍，搜求佚书。正字：官名，集贤殿置学士、正字等官。正字掌管编校典籍、刊正文字的工作。柳宗元二十六岁授集贤殿正字。

[19]廉悍：峻峭精悍，方正廉洁，坚毅，有骨气。

[20]证据今古：引据今古事例作证。

[21]踔厉风发：议论纵横，言辞奋发，见识高远。踔，远。厉，高。

[22]率：通常。屈：使屈服。

[23]令出我门下：意谓都想叫他做自己的门生以沾光彩。

[24]交口：异口同声，众口一词。

[25]蓝田：县名，今属陕西省。尉：官名，县官的助手，负责管理治安，缉捕盗贼。监察御史：官名，御史台的属官，掌分察百僚、巡按郡县、纠视刑狱、整肃朝仪诸事。

［26］礼部员外郎：官名，礼部是尚书省下分六部之一，掌管辨别和拟定礼制之事及学校贡举之法。柳宗元得做此官是王叔文、韦执谊等所荐引。

［27］用事者：掌权者，指王叔文。唐顺宗做太子时，王叔文任太子属官。顺宗登位后，王叔文任户部侍郎，深得顺宗信任，于是引用新进，施行改革。

［28］例出：按规定遣出。永贞元年（805），柳宗元被贬为邵州（今湖南邵阳）刺史。

［29］例贬：照例，按规定。永州：唐时一个州，今为湖南零陵县。司马：州刺史属下掌管军事的副职，唐时已成为有职无权的冗员。

［30］居闲：指公事清闲。

［31］记览：记诵阅览。此喻刻苦钻研书籍。

［32］泛滥：文笔汪洋恣肆。停蓄：文笔雄厚凝炼、深沉。

［33］涯涘：边际。涯、涘，均是水边。

［34］自肆：任意放情。

［35］柳州：唐置州名，属岭南道，即今广西柳州市。

［36］为政：推行政治教化。

［37］因：顺着，按照。土俗：当地的风俗。

［38］教禁：教化和禁令。

［39］顺赖：顺从依赖。

［40］质：典当，抵押。

［41］不时赎：不按时赎取。

［42］子：子金，即利息。本：本金。相侔：相等。

［43］没：没收。

［44］与设方计：替债务人想方设法。方计：办法。

[45]悉：全部。

[46]书：写，记载。佣：当雇工。此指雇工劳动应得的工资。

[47]足相当：意谓佣工所值足以抵消借款本息。

[48]质：抵押品，指用以质钱的男女。

[49]观察使：官名，又称观察处置使，唐朝时设置十五个监察区，叫做"道"，每道设置一名观察使，掌管州县官吏的政绩。下其法：推行赎回人质的办法。

[50]比：及，等到。

[51]衡湘：衡山、湘水，泛指岭南地区。

[52]法度：规范。

[53]中山：古郡名，今河北定县。刘梦得：名禹锡，中山为其郡望。其祖先汉景帝子刘胜曾封中山王。王叔文失败后，刘禹锡被贬为朗州司马，这次召还入京后又贬播州刺史。

[54]诣：前往。播州：唐置州名。今贵州绥阳县。

[55]亲在堂：谓母亲健在。

[56]大人：父母。此指刘禹锡之母。

[57]拜疏：向朝廷上呈奏章。

[58]以柳易播：意指柳宗元自愿到播州去，让刘禹锡去柳州。易：调换。

[59]重得罪：再加一重罪。

[60]"遇有"句：指当时御史中丞裴度、崔群上疏为刘禹锡陈情一事。

[61]改刺：用作动词。改任……刺史的意思。连州：唐属岭南道，州治在今广东连县。

[62]征：约之来。逐：随之去。征逐：相互邀请，往来频繁。

[63]诩诩：讨好取媚的样子。强：勉强，做作。取下：指采

取谦下的态度。

［64］背负：背弃，违戾。

［65］如毛发比：譬喻事情之细微。比，类似。

［66］陷阱：圈套，祸难。

［67］为人：帮助别人。

［68］顾籍：顾惜，爱惜。

［69］立就：即刻获得。

［70］坐：因为。废退：指远谪边地，不用于朝廷。

［71］有气力：有权势和力量的人。推挽：推荐提携。

［72］穷裔：荒远之地。

［73］台省：御史台和尚书省。此处指柳宗元在御史台任监察御史、在尚书省任礼部员外郎的时候。

［74］自力：自我努力。

［75］为将相于一时：被贬“八司马”中，只有程异后来得到李巽推荐，位至宰相，但不久即死，也没有什么政绩可言。此处暗借程异作比。

［76］万年：县名，在今陕西临潼县东北。先人墓：在万年县之栖凤原。见柳宗元《先侍御史府君神道表》。

［77］周七：即柳告，字用益，柳宗元遗腹子。

［78］河东：郡名，今山西永济县。裴君行立：裴行立，绛州稷山（今山西稷山县）人，时任桂管观察使，是柳宗元的上司。

［79］节概：节操度量。

［80］重然诺：看重许下的诺言，讲信用。

［81］卢遵：柳宗元舅父之子。

［82］涿：唐时州名，今河北涿县。

［83］从而家：跟从柳宗元以为己家。

[84]经纪：料理，安排。

[85]庶几：近似，差不多。

[86]惟：就是。室：幽室，即墓穴。

[87]嗣人：子孙后代。

【赏析】

墓志铭一体，主要由墓志与铭构成，不过亦有变体、别体。徐师曾就说“至论其题，则有曰墓志铭，有志、有铭者是也。曰墓志铭并序，有志、有铭而又先有序者是也。然云志铭而或有志无铭，或有铭无志者，则别体也”。徐师曾在《文体明辨序》中列举凡二十题。古今墓志铭的作手，一是东汉的蔡邕，一是唐代的韩愈。韩愈一生写了诸多墓志，虽然尝被人讥讽，靠“谀墓中人所得”为酬金，但不可否认韩愈墓志有其特色所在。宋人楼昉《崇古文诀评文》卷九评语云：“退之所作墓志最多，篇篇各有体制，未尝相袭。”韩愈对墓志文体的革新主要体现在以下方面：

首先在于突破了墓志传统的体例。传统墓志铭主要围绕墓志的几个因素诸如讳、字、籍贯、家族世系、幕主履历、卒年、葬地、妻子、子女等，且大都按照这一次序书写，但韩愈的墓志铭虽也记录以上信息，但墓志铭的主体部分会根据墓主的不同而不同，使得墓志铭突破了以往墓志铭固定模式造成的固化。钱钟书云：“韩愈始破(碑志)旧格，出奇变样。”其次，墓志铭写作中善于抓取墓主一生中的独特事例来彰显其个性，使墓主形象跃然纸上。《柳子厚墓志铭》记柳宗元被贬为永州司马、柳州刺史部分，韩愈主要写了其自肆于山水、解救奴婢、培养后学、注重友情等事，而三者中着重通过自肆山水与培养后进突出其文学成就。被贬永州是柳宗元一生的转折点，更是其文学创作的转折点，也是柳宗元奠定其文学特色的关捩点。再次，夹叙夹议的行文方式。墓志铭主要以叙事为主，或历述墓主生平履历来彰显其勋业，或通过其事迹尤其是一些特立独行之事来凸显其个性。这是传统墓志的写作惯例，墓志“正体唯叙事实，变体则因叙事而加议论焉”（徐师曾《文体明辨序说》）。韩愈所写墓志在上述基础上采用夹叙夹议方式，寄寓自我的情感。《柳子厚墓志铭》在介绍柳宗元以柳州换刘梦得播州后，以“呜呼！士穷乃见节义”阐发议论，辛辣讽刺了那些背信弃义之人。最后，韩愈所写的墓志铭突破了传统墓志铭书善不书恶的惯例。墓志一般为墓主后代延请名家所写，故所写多谀词。曾巩《寄欧阳舍人书》针对此种现象说：“及世之衰，为人之子孙者，一欲褒扬其亲而不本乎理。故虽恶人，皆务勒铭以夸后世。立言者既莫之拒而不为，又以其子孙之所请也，书其恶焉，则人情之所不得，于是乎铭始不实。后之作铭者，常观其人。苟托之非人，则书之非公与是，则不足以行世而传后。故千百年来，公卿大夫至里巷之士，莫不有铭，而传者盖少。其故非他，托之非人，书之非公与是故也。”曾巩认为，善恶的写与不写是墓志铭与传统史传的相异之处：“史之于善恶无所不书，而铭者，盖古之人有功德材行志义之美者，惧后世之不知，则必铭而见之。或纳于庙，或存于墓，一也。苟其人之恶，则于铭乎何有？此其所以与史异也。”史传善恶皆书，而墓志铭书善不写恶。依此而言，韩愈则是将史传写法引入墓志铭。韩愈此举的历史意义，王行在《墓铭举例》中评价说：“由齐梁以至隋唐诸家，文集传者颇多，然词皆骈偶，不为典要。惟韩愈始以史法作之，后之文士率祖其体。”清人张穆在《汉石例序》中也说：“一变而为述事，后世史籍踳午，往往足资考证。故各家文集碑志尤为可贵，昌黎之功，诚亦不细。”

林纾在《用笔八则·用起笔》一文中说：“大家文集，所能引人入胜者，正以不自相犯。譬甲篇是如此起发，乙篇即易其蹊径；丙篇是如此起法，丁篇又别有其用心。……不同非自相戾也，期于适用而已。盖匠心独运，自有不同之同。”此处林纾虽主要针对文章的首尾而言，但此观点同样适用于文章的整体布局。正是因为韩愈对传统墓志铭的突破，才会获得人们的推崇。如清人储欣在《唐宋八大家类选》中称：“昌黎墓志第一，亦古今墓志第一。”胡念修《四家纂文叙录汇编序》也说：“封墓之文……唐贤既兴，首推昌黎。”《柳子厚墓志铭》则成为韩愈墓志铭中的压卷之作。储欣《唐宋十大家全集录·昌黎先生全集》卷六云：“有抑扬隐显不失实之道，有朋友交游无限爱惜之情，有相推以文墨之意，即令先生自第所作《墓志》，亦当压卷此篇。”

【集评】

张端义《贵耳集》卷上：作文之法，先观时节，次看人品，又当玩味其立意。如退之作《柳子厚墓铭》，自“士穷而见节义”三四十言，皆自道胸中事。

程端礼《昌黎文式》卷一：子厚失身王叔文之党，大节已亏。以柳易播一事，颇合道理。其可传后世者惟文章。退之乃厚交，欲以善掩恶，故叙二事最详，自“召至京师”以下，乃反复论子厚之文章卓然，可敬可爱，此文章之妙也。

李涂《文章精义》：退之志樊绍述，其文似樊绍述；志子厚，其文似子厚。春蚕作茧，见物即成性，极巧。

茅坤《唐宋八大家文钞·韩文公文钞》卷一五：昌黎称许子厚处，尺寸斤两，不放一步。

黄士京辑《合诸名家点评古文鸿藻》卷八：此五节议论有断制，有回干，有驰骤，意气激昂而光彩灿烂，一节高一节，文章之妙如此。

储欣《唐宋十大家全集录·昌黎先生全集》卷六：有抑扬隐显不失实之道，有朋友交游无限爱惜之情，有相推以文墨之意，即令先生自第所作《墓志》，亦当压卷此篇。

储欣《唐宋八大家类选》卷一三：昌黎墓志第一，亦古今墓志第一。以韩志柳，如太史公传李将军，为之不遗余力矣。

何焯《义门读书记》卷三三：公此文亦在远贬之后作，故尤淋漓感慨。"俊杰廉悍"，此是雅健；后云"泛滥停蓄"，则更雄深也。合此八字，略尽柳氏一家诗笔之长矣。"因其土俗"三句，简括。《罗池庙碑》记其有功德于斯土，可以世祀者，故详叙政事，志则所重者在文章必传于后，区区下州之理，特余事也，故只用三语虚括。"衡湘以南"至"悉有法度可观"，通篇重文学，故此事不得略。"其召至京师"至"梦得于是改刺连州"，详柳待刘之厚，所以愧他人有力不救子厚者。"士穷乃见义节"至"亦可以少愧矣"，以子厚无人推挽，故发此论。"子厚前时少年"至"且必复用无穷"，持论既严，精神亦打得紧。上既叙子厚之笃于朋友，因反复嗟惜人莫为推挽。言子厚始诚有过，及其能改，奈何使之终穷。后以文之必传慰死者，而生者之失才，盖无可解矣。"勇于为人"，为犹助也。"不自贵重顾籍"，犹顾惜也。读本安溪。"谓功业可立就"，言子厚欲借叔文辈引用以就功业，非饕富怙权，不枉子厚用心。"材不为世用"二句，许之者不小。"然子厚斥不久"至"如今无疑也"，此是笃论。使子厚见用，诗不窥建安，文不到西京，不过与常、杨辈争伯而已。即有功业，岂能数有唐第二人也！"其得归葬也"至"庶几有始终者"，复详裴、卢之待子厚，以愧有力者，与前一段感慨亦相配，且以深着子厚之穷也。"既固既安"二句，子厚已矣，不复能申其志矣，庶几以待后之人乎！铭词盖深痛之也。

林云铭《韩文起》卷十二：昌黎与子厚，千古知己，其作《顺宗实录》云“王叔文有宠，密结有当时名欲侥幸而速进者十数人为死友”等语，绝不为子厚讳。人皆谓古人作文，不肯轻易假借。其实侥幸速进，谓急于功名，为枉尺直寻之计耳。当得何罪乎？叔文虽小人，然当顺宗初立，数月间，贬李实，召陆贽、阳城，免进奉，蠲诸色，罢宫市、五坊小儿。德宗秕政，一朝反之，不可谓非叔文力也。子厚之附叔文，谓不知叔文为小人则可，若明知之而故附，岂子厚之心哉！故《寄许孟容书》云“早岁与负罪者亲善，始奇其能，谓可以共立仁义，裨教化”等语，实非支饰。乃以不能预察于几先，而遂不能自明于事后，所谓立身一败，万事瓦裂，诚可痛也。此其意惟昌黎知之，故作墓志铭，首尾将文词极口嘉赞。中段一叙政绩，一叙友谊，而子厚人品，卓然可见。至其用进废退处，初言其名声大振，则与《实录》所云“有当时名”者相符。故忙接一语曰：“诸公要人争欲令出我门下。”是叔文欲结子厚，非子厚求而得之可知也。末言其“勇于为人，不自贵重”，则与《实录》所云“侥幸欲速进”者相符。故又忙接一语曰：“顾藉谓功业可立就。”是子厚之依叔文，实欲用其材，行其道，非为富贵苟就，而不意其不奸而败，又可知也。虽曰出脱，而子之心事，子厚之定案，皆著笔端，非千古第一知己哉！若篇首不叙姓氏，却于取进士第后点出柳氏有子；不叙里居，却于归葬时点出万年先人墓侧，而姓氏里居自见。其作法皆与他篇不同。至中段，忽把世俗交情，感慨一番；又把文章必传，欣幸一番，在志铭尤无此格。按史，执政召子厚等至京师，“谏官争言其不可”。想必有子厚故交在内，其落陷阱不救、反挤下石等语，确有所指。玩祭文中有“凡今之交，观势厚薄”句，则知此意。究竟此势力反复，虽位极人臣，死同卉蚁，安能如子厚以斥而能传？则下石者未始非曲成之矣。故不禁感慨而欣幸之。总之，公与子厚，文章声气，一时无两。所作祭文、志铭、庙碑三篇，皆绝顶出色，不可以常格论也。（按：自“昌黎与子厚，千古知己”至“非千古第一知己哉”又见于《古文析义》卷十二）

吴楚材、吴调侯《古文观止》卷八：子厚不克持身处，公亦不能为之讳。故措词隐约，使人自领。只就文章一节，断其必传，下笔自有轻重。

浦起龙《古文眉诠》卷五十：论子厚者，可以两言尽之：曰文章震世，曰轻躁被斥。此志激荡低徊，都不出此两意，无笔不伸，无笔不扣。子厚年少喜功名，挟才轻进，以此不振，固非臣莽党操者比。其事亦不必深讳，篇中云“要人”，云“用事者”，云“不自贵重”，云“使自持其身”，绝非曲脱，亦无甚辞。彼或疑为隐护而回全者，皆过分之虑也。

李扶九原编、黄仁黼重订《古文笔法百篇》卷十五：评解：此篇以文论，予只取中间“其召至京师，而复为刺史也”至“必有能辨之者”三段，一言交情之笃，不似近世之薄；一言其文穷而益工，因此而传也，未为不幸。然前后叙事虽多，墓志体如是，不可不知。参其时，宰相王叔文招致文人以倚重，如柳子厚、刘梦得等皆罗门下。在子厚初以其有权，或能大用己，后以奸败，与门下士皆贬。为之作志，只极扬其友谊与文章，而其事若不甚为之讳，此古人作文所以为实录也。

黼按：文为志墓，非他文扼定主意者比。然前人之作，皆有脉络可寻，如此篇首段叙先世，即以不媚权贵为坐党叔文无气力推挽伏案；随叙子厚，即以益自刻苦为自力文词伏案；中间或尽力于民，或尽力于友，无非为末段数“力”字作势。故后此得赖友力，虽为余波，然亦本此脉而来。似此“力”字宜为是篇之主矣。原评只取中间三段，恐亦未尽然之论也。

书后：尝考石志不出典礼。志者，记也，所以纪其人、其时、其地及其世系子孙，将千秋后陵谷变迁，使后人有所闻知也。其人若有殊才异德者，则为铭文。然则有志而无铭，知其必为庸俗人矣。而文公之记子厚，志详而铭略。其生平道艺，均于志中补叙，而铭若赘疣者，何也？铭志之体备，则其人之贤不肖可知，而详略非所记也。后世不知此义，专以铭词夸美其人，而志反从其略，是岂立铭之本意乎哉！

蔡世远《古文雅正》卷八：安溪先生云：“子厚不过因一时依附之失，末路悔过迁善，又有政事可称，居一官则尽一官之职，此乃君子人也，岂文章与文公鼎峙哉！”余友陈少林亦云：“公此篇不为隐护，而子厚心迹自见。”末段激昂旋折，尽情极致，子厚可以瞑目矣。中叙朋友一节，尤能使浇薄侥负一种人缩首流汗，其有关于世道人心者甚大，故登斯选。公生平最笃于朋友者，故人存没，多为荐拔经纪，故末段叙裴、卢二君，特为称赞。

朱子曰：此志作于袁州。公之志子厚详矣，其祭文推许尤厚。刘梦得序子厚集曰：子厚之丧，昌黎韩退之志其墓，且以书来吊曰：哀哉，若人之不淑。吾尝评其文雄深雅健似司马子长，崔、蔡不足多也。安定皇甫湜于文章少推许，亦以退之之言为然。又按，咸通四年，右常侍萧仿知举，试《谦光赋》《澄心如水诗》，中第者二十五人，柳告第三人，韩绾第八人。告即子厚之子，字用益。绾即退之之孙。

陈景云《韩集点勘》卷四：（勇于为人）按：“为”当读于伪反。郑康成《诗笺》云：“为，犹助也。”史言王叔文密结柳、刘诸人，定为死交，勇于为人，即言子厚党助叔文，而微其辞也。又，八司马初贬，有永不量移之命。后八人中，惟程异以大臣李巽力荐，复得进用，位登宰辅，可谓有巨力推挽矣。然物望素轻，殁于相位，旋即身名俱灭，视子厚之以文章传世、百世不磨者，所得孰多耶？异先子厚卒，当韩志柳墓时，正两人盖棺论定之日，故《志》中云云，似专为异而发也。太史公有言："富贵而名灭者，不可胜记，惟倜傥非常之人称焉。"韩子之轩轾柳程，犹斯志也。

过珙《增订古文评注全集》卷七：于叙事中夹入议论，曲折淋漓，绝类史公伯夷、屈原二传。予旧选止录中间精警处，前后文俱削去。近李子惠时语予曰：古人文字不可轻加删动，且此文题曰墓志铭而有志无铭，于理未安。因备载原本，集中如路温舒《尚德缓刑书》、昌黎《题张中丞传后》诸篇，旧刻有所删节者，因惠时之言，今悉存其全矣。

唐德宜《古文翼》卷六：铭之义，虽称美不称恶，然须瑜不掩瑕，乃为征实。吏部与柳州相契最深，叙其一生文章第一，次写其政绩、交情，亦极出色。至被黜之故，隐现笔端，正不必曲为之讳，古人之直道乃尔。

吕留良《晚村先生八家古文精选·韩文精选》：子厚平生最出色处，曰交友，曰文章。昌黎志中亦最摹写二事出色，淋漓感慨之至。其一生瑕累，乃是入党而被贬斥。昌黎即附丽于二事内写之，语及微婉，而亦不没其实，盖古人之义也。即令子厚复生，亦应感且服耳。近有人为死友作志传，但视其后人显赫即贡谀，子姓凋零则卖直，尚自诧曰"古义则然"。此正昌黎所云禽兽不为者也。

倪承茂選《古文约编》卷八：极推重，亦极痛惜，如太史之传李将军，感慨唏嘘，遂成绝文，将交友、文章二事摹写得淋漓感慨之至。盖子厚平生最出色处在此二事故也。志入党被黜，乃一生瑕累，文即附丽于二事内写之，语极微婉而亦不没其实，盖古义也。后人为死友作志传，当显赫即贡谀，凋零则卖直，全是私心作用。正昌黎所云禽兽不为者也。

吴闿生《古文范》卷三：韩、柳至交，此文以全力发明子厚之文学风义。其酣恣淋漓，顿挫盘郁处，乃韩公真实本领，而视所为墓铭以雕琢奇诡胜者，反为别调。盖至性至情之所发，而文字之变格也。金石文字，当以严重简奥为宜。此文偶出变格，固无不可。欧公作墓铭，乃专用平日条畅之体，以就已性之所近，而文体遂为所坏。此既公之过，不得以韩此文为借口也。

李中黄《逸楼论文》：《柳子厚墓志》淋漓呜咽，却切柳子。《马君墓志》自道其悲而已。志墓而自道其悲，于墓中人何有？盖欧公墓志亦多如此。

唐文治《国文经纬贯通大义》卷一：子厚“前时少年勇于为人”一段，以议论法行之，亦系奇峰突起。有此一段概其生平，精神团结，故铭辞即不甚注意，此亦文体之当知者。

章懋勋《古文析观详解》卷五：子厚之为叔文所附，一时迷于所从，遂致陷身于不义，而追悔莫及，所以有愚溪歌辞，身不失其为身，溪不失其不溪，足以见子厚之心哉。篇中先从柳氏世系源源叙起一段，只闲闲点缀；第二将子厚乃翁，名誉当世，平平表扬一番；次叙子厚一段，崭然头角峥嵘，谓“柳氏有子”，已得名声，就为下文出脱子厚地步。其后至“交口赞誉”一段，因子名声大振，王叔文诸要人，一时皆企慕而与子厚交，非子厚往彼求附，又全是出脱子厚。词意深永，何等流动。“由蓝田拜御史”转“员外”一段，单叙用事之力，何等森动！就含下段“遇用事者得罪例”，至“自肆于山水间”一段。一笔双锁，又随自撇开一笔，绝口不提政绩，就“益自刻苦”四字，生发出“文章”二字来，就含末段“自力”“必传于后”句。为子厚传神，千载如见。及“元和尝例”至“悉有法度可观”一段，不但借教为文章可法，即事事无不可取法于他州。妙在说子厚始进时极斟酌，得罪处极含蓄，废弃后极勤敏，真瑜瑕不掩，绝不为子厚讳，就有法限淋漓处。及“召至京师复为刺史”，及“闻子厚之风”，至“亦可以少愧矣”一段，言人当闻风知愧。就借偕往徙事，发出感慨余波，愈觉生色。然后说出子厚“勇于为人”，一生病根全在此。迷其所从，而不能预察于机之先，所以自取西山之囚，甘贻愚溪之辱。所谓立身一败，万事瓦裂，就有无限惋惜规讽处。当时使子厚不以名声为叔文所依而附之，即持身如司马，则“文学辞章，必不能自力，以致必传于后”，“以此易彼”，较之荣辱于一时，总不如传闻于后世也。末将“归葬”之费一段，衬出裴公之节概然诺，与子厚交，而“竟赖其力”。妙在并前叙友谊，生一施，死一受，而子厚人品卓然可见。又得其“舅弟卢遵”，始终如一，正与前“士穷见义节”一段相照，发作余波。行文之妙，真绾束有法，感慨有情。而子厚之心事，子厚之定案，皆著之于笔端，昌黎可称千古知己矣。

钱基博《韩愈志·韩集籀读录第六》：《柳子厚墓志铭》悲子厚之不自贵重，为交道言之也。《柳州罗池墓碑》记柳侯之民有遗爱，以民意言之也。柳州之政，亦见《柳子厚墓志铭》，然不过以著生平之一节，而重在写其文学辞章，必能自力以致必传于后。而《柳州罗池庙碑》，则重在叙柳州之政，而柳侯之生平，亦不可不略著其概；入后曰：“柳侯，河东人，讳宗元，字子厚，贤而有文章，尝位于朝，光显矣；已而摈不用。”盖檃括《柳子厚墓志铭》意，而出以简廉也。读者于此可悟篇外之结构；而细玩两篇，互为牝牡，意不相复，而辞亦异趣。《柳子厚墓志铭》长篇浑灏，出以雄沛，陵纸怪发，感慨淋漓，太史公之健笔也。《柳州罗池庙碑》短语矜练，出以安和，敛气神定，意思安闲，蔡邕之雅度也。惟邕多袭《诗》《书》语，而杂厕《左》《国》，不如愈之词必已出；又邕丰于词而啬于味，不如愈之情韵不匮。至诗以迎神，陈其地、其人备物之飨，游处之乐，报事之不怠，不如北方之人为侯是非，以歆动之；则原本《楚辞·招魂》；而情致风华，飘荡婉折，依仿《九歌》；惟《九歌》托词以寓讽，此则比事而属词也。

【延伸阅读】

祭柳子厚文

韩愈

维年月日，韩愈谨以清酌庶羞之奠，祭于亡友柳子厚之灵。

嗟嗟子厚，而至然耶？自古莫不然，我又何嗟！人之生世，如梦一觉。其间利害，竟亦何校？当其梦时，有乐有悲。及其既觉，岂足追惟？

凡物之生，不愿为材。牺樽青黄，乃木之灾。子之中弃，天脱馽羁。玉佩琼琚，大放厥辞。富贵无能，磨灭谁纪？子之自著，表表愈伟。不善为斫，血指汗颜。巧匠旁观，缩手袖间。子之文章，而不用世。乃令吾徒，掌帝之制。子之视人，自以无前。一斥不复，群飞刺天。

嗟嗟子厚，今也则亡。临绝之音，一何琅琅？遍告诸友，以寄厥子。不鄙谓余，亦托以死。凡今之交，观势厚薄。余岂可保，能承子托？非我知子，子实命我。犹有鬼神，宁敢遗堕！念子永归，无复来期。设祭棺前，矢心以辞。呜呼哀哉，尚飨！

唐故尚书礼部员外郎柳君集纪

刘禹锡

八音与政通，而文章与时高下。三代之文至战国而病，涉秦、汉复起。汉之文至列国而病，唐兴复起。夫政厖而土裂，三光五岳之气分，大音不完，故必混一而后大振。初，贞元中，上方向文章。昭回之光，下饰万物。天下文士争执所长，与时而奋，粲焉如繁星丽天，而芒寒色正，人望而敬者，五行而已。河东柳子厚，斯人望而敬者欤！

子厚始以童子有奇名于贞元初，至九年，为名进士。十有九年，为材御史。二十有一年，以文章称首，入尚书，为礼部员外郎。是岁，以疏隽少检获讪，出牧邵州，又谪佐永州。居十年，诏书征，不用，遂为柳州刺史。五岁，不得召归。病且革，留书抵其友中山刘某，曰："我不幸，卒以谪死，以遗草累故人。"某执书以泣，遂编次为四十五通，行于世。

子厚之丧，昌黎韩退之志其墓，且以书来吊曰："哀哉！若人之不淑。吾尝评其文：雄深雅健似司马子长，崔、蔡不足多也。"安定皇甫湜于文章少所推让，亦以退之言为然。凡子厚名氏与仕与年暨行己之大方，有退之之志若祭文在。今附于第一通之末云。

种树郭橐驼传

柳宗元

柳宗元，字子厚，河东解人，贞元九年进士。参与王叔文为首的政治革新运动，擢礼部员外郎。变法失败后，被贬为邵州刺史，半道有诏，贬为永州司马。元和十年，转柳州刺史，时刘禹锡被谪播州，柳宗元上表请于朝，以柳州让刘禹锡，自往播州。柳宗元在柳州多施惠政，元和十四年卒于任。州人追慕其政绩，立庙于罗池祀之。柳宗元与韩愈同为古文运动的倡导者，并称“韩柳”，亦为“唐宋八大家”之一。柳宗元毕生抱济世救民之志，为文重在明道，“辅时及物”。其文章“雄深雅健，似司马子长”，所作寓言、山水游记、传记最为世人推崇。著作有《柳河东集》。

郭橐驼[1]，不知始[2]何名。病偻[3]，隆然[4]伏行，有类[5]橐驼者，故乡人号之[6]“驼”。驼闻之曰：“甚善，名我固当[7]。”因舍其名[8]，亦自谓[9]“橐驼”云。其乡曰丰乐乡，在长安[10]西。驼业[11]种树，凡长安豪富人为观游[12]及卖果者，皆争迎取养[13]。视驼所种树，或移徙[14]，无不活，且硕茂[15]，早实以蕃[16]。

他植者虽窥伺效慕[17]，莫能如也[18]。

此段述郭橐驼得名之由来、形象特征、籍贯、职业及技术特长。

传者，传也，记载事迹以传示后人之意。一般认为传记起源于司马迁的《史记》。《文心雕龙·史传》云："及史迁各传，人始区详而易览，述者宗焉。"明代吴讷《文章辨体·序说·传》："太史公创《史记》列传，盖以载一人之事，而为体亦多不同。迨前后两《汉书》《三国》《晋》《唐》诸史，但第相祖袭而已。厥后世之学士大夫，或值忠孝才德之事，虑其湮没弗白；或事迹虽微而卓然可为法戒者，因为立传，以垂于世，此小传、家传、外传之例也。"徐师曾之《文体明辨·序说·传》："按字书云：'传者，传也，纪载事迹以传于后世也。'自汉司马迁作《史记》，创为'列传'以纪一人之始终，而后世史家卒莫能易。嗣是山林里巷，或有隐德而弗彰，或有细人而可法，则皆为之作传以传其事，寓其意，而驰骋文墨者，间以滑稽之术杂焉，皆传体也。"按照徐师曾的说法，传之分类主要有史传、家传、托传、假传四类。（按《文章辨体汇选》卷四八三，其分类有史传、私传、家传、自传、托传、寓传、假传七种。）史传主要由史官撰写，假传、托传则主要由文士撰写。

以寓言而谓之传者，顾炎武认为起源于东方朔。顾炎武在《日知录》中说："不当作史之职，无为人立传者。故有碑、有志、有状而无传。梁任昉《文章缘起》言传始于东方朔作《非有先生传》，是以寓言而谓之传。《韩文公集》中传三篇：太学生何蕃、圬者王承福、毛颖。《柳子厚集》中传六篇：宋清、郭橐驼、童区寄、梓人、李赤、蝜蝂。"

此段介绍郭橐驼的基本信息，一在突出其形象，一在突出其技能。貌奇是表，技奇是本。柳宗元在写时采用了传统史传的体例，由奇处入笔。郭橐驼“病偻，隆然伏行”，是其畸形残疾之处，面对人们开玩笑甚至揶揄嘲讽，他却全然不在意，“甚善，名我固当”，欣然接受这一称呼，表现了其不因病偻而自卑，顺乎自然的思想。郭橐驼种树之技能，首先表现在他种树的成活率高，其次表现在果树硕茂，且易结果。柳宗元用“他植者虽窥伺效慕，莫能如也”作对比反衬，使郭橐驼种树技艺蒙上了一层神秘色彩。俗话说，人不可貌相。柳宗元从买树者、树、他植者三个角度，极力写郭橐驼种树之技艺，不禁令读者心生疑窦：外貌丑陋的郭橐驼缘何会有如此独门绝技？这就使读者留下悬念，为下文郭橐驼之言张本。

传统典籍中，描写畸形之人物，柳宗元之前，以庄子为代表，他在《养生主》《德充符》《人世间》中就描绘记载过失去足之人、怪物支离疏。闻一多先生在《古典新义》中指出：“文中之支离疏，画中的达摩，是中国艺术里最特色的两个产品。正如达摩是画中有诗，文中也常有一种‘清丑入图画，视之如古铜古玉’的人物，都代表中国艺术中极高古、极纯粹的境界；而文学中这种境界的开创者，则推庄子。”此后，中国古代艺术中的审丑意识由文学领域逐渐扩展至书画领域。如清代扬州八怪的石涛就说：“书画图章本一体，精雄老丑贵传神。”

有问之[19]，对曰：“橐驼非能使木寿且孳[20]也，能顺木之天[21]，以致其性焉尔[22]。凡植木之性[23]，其本欲舒[24]，其培[25]欲平，其土欲故[26]，其筑欲密[27]。既然已，勿动勿虑[28]，去不复顾[29]。其莳也若子[30]，其置也若弃[31]，则其天者全而其性得矣[32]。故吾不害其长而已[33]，非有能硕茂[34]之也；不抑耗其实[35]而已，非有能早而蕃[36]之也。他植者则不然，根拳而土易[37]，其培之也，若不过焉则不及[38]。苟有能反是者[39]，则又爱之太恩[40]，忧之太勤[41]，旦视而暮抚，已去而复顾。甚者[42]，爪其肤以验其生枯[43]，摇其本以观其疏密[44]，而木之性日以离[45]矣。虽曰爱之，其实害之；虽曰忧之，其实仇之，故不我若[46]也。吾又何能为哉？”

此段郭橐驼自述种树经验。

本段从道、术层面展开论述，“顺木之天，以致其性”是道的层面，介绍种树的总的原则。术的层面则围绕移植、管理两个层面展开，主要采用对比手法，比较了郭橐驼和他植者在移植和管理方面的差别。首先，移植方面，郭橐驼充分顺应木之性，遵从四“欲”原则：本欲舒，培欲平，土欲故，筑欲密。与之相反，他者则不顾木之本性，根拳土易，培之亦不当。从管理角度而言，郭橐驼对所种植之树，勿动勿虑，去不复顾，不害其长，不耗其实，而他植者“爱之太恩，忧之太勤，旦视而暮抚”，甚至“爪其肤以验其生枯，摇其本以观其疏密”。其结果，郭橐驼种植之树“天者全而其性得”，而他植者“木之性日以离”。通过对比，郭橐驼指出他植者的行为本质是“虽曰爱之，其实害之”“虽曰忧之，其实仇之”。这两句可谓发人深省：一切以“爱”之名义不顾事物发展规律的行为都是不理智的害人之举。《孟子·公孙丑》中曾讲述一则揠苗助长的寓言故事，说一宋国人嫌他田里的禾苗老是长不高，便将禾苗一棵棵拔高，自以为成功，结果禾苗全都枯萎。他植者不就像是孟子笔下的宋人吗，其举动亦诚如孟子所言“非徒无益，而又害之”，原因就在于没有按照事物发展的规律来积极地适应自然。依此来看，郭橐驼所掌握的他植者“莫能如”的独门绝技无非就是顺应木之本性，使之适应自然罢了。王鏊对此评价说：“此数句只浅浅就植木上说道理，亦说得十分痛快。”（《古文鸿藻》卷八）

问者曰：“以子之道[47]，移之官理[48]，可乎？”驼曰：“我知种树而已，官理非吾业也。然吾居乡，见长人者好烦其令[49]，若甚怜焉[50]，而卒以祸[51]。旦暮吏来而呼曰：‘官命促尔耕[52]，勖尔植[53]，督尔获[54]，早缫而绪[55]，早织而缕[56]，字[57]而幼孩，遂而鸡豚[58]。’鸣鼓而聚之[59]，击木[60]而召之。吾小人辍飧饔以劳吏者[61]，且不得暇[62]，又何以蕃吾生而安吾性耶[63]？故病且怠[64]。若是[65]，则与吾业者其亦有类乎[66]？”

此段由种树移至官理，郭橐驼没有正面回应问者的问题，而是讲述其居乡的所见所闻。其虽不答，而答案已明。

此段在写作手法上的典型特征是铺陈，郭橐驼将乡间种种不善之举以典型化的语言作了集中的书写，这可作为古代“爪牙”的典型写照。文中三个“尔”字，四个“而”字，串联起一系列的动词，形象描绘了吏下乡作威作福，搞得满乡鸡犬不宁的景象。这样的举动又与上述他植者何异？“官命促尔耕，勖尔植，督尔获，早缫而绪，早织而缕，字而幼孩，遂而鸡豚”，表面来看，处处为人们考虑，然而正如郭橐驼所言，“不得暇”，“又何以蕃吾生而安吾性耶？”其结果自然是“病且殆”。

本文的主旨在于由“顺木之天以致其性”的种树之道阐发顺民之性以养民的养民之道。前一段所述的种树当与不当恰恰是映照养民的当与不当。“若是，则与吾业者其亦有类乎”便是顺势而下，强调顺性养民。文章先说养树，再讲养民，将养树与养民的话题合二为一，这就使文章主旨的提出更加顺畅，也进一步增强了气势。

值得注意的是，在中国文学中作为辅助“官”的“吏”，其形象向来并不讨喜，如杜甫笔下“有吏夜捉人”的小吏。不过，柳宗元笔下所描述的这些“吏”，并非是那些大奸大恶之人，亦非贪赃枉法、搜刮民脂民膏之人。按照柳宗元所述，这些官吏催促人民耕种，催促人民收割，催促人民缫丝，催促人民织布，催促人们教育子女，催促人民养好家禽。表面来看，这些官吏无不是为民着想，那柳宗元为何又说人民在这些“勤政爱民”的官吏之下变得“病且殆”呢？其原因就在于统治者表面上或主观上为民着想，而实际上却给人民带来了困扰。诚如储欣在《唐宋十大家全集录·河东先生全集录》卷三中所评：“以烦为戒。虽然，此特有司之好事喜名者耳，较诸悍吏之来，叫嚣乎东西，隳突乎南北，害之轻重何如耶？近世有司有命促尔耕者乎？督尔获者乎？视穷氓之耕织畜字，藐焉不以动其心，而叫嚣隳突无虚日也。是则官戒有缓急，吾愿‘长人者’急戒彼而徐读此可也。”柳宗元在这里所讨论的不是如何减轻农民负担等具体问题，而是触及到了大一统时代统治者与被统治者之间关系如何维系的问题。从养树到养人，反映了柳宗元秉持“养人”而非“烦人”的政治原则。

这篇文章的写作背景，目前学界一般将之系于柳宗元早年在长安参与变法时期。从文章的内容看，柳宗元借郭橐驼之口表达自己的政治主张。这显然与变法失败后被贬永州时所创作的《捕蛇者说》等一类文章有着明显的不同。一为贪官的盘剥，一为能吏的扰民。柳宗元的这种观念，在他的另一篇文章《晋问》中作了进一步的阐发。在柳宗元看来，"所谓民利，民自利者是也"。所谓的"民自利"，是指人民根据自己的意志不受干扰地生存、发展。这与他养树、养人的思想一脉相承。

问者曰："嘻[67]，不亦善夫[68]！吾问养树，得养人[69]术。"传其事以为官戒也[70]。

此段点明主旨，阐明养树与养人之关系。"传其事以为官戒"道出柳宗元的写作意图。结尾虽淡淡写出，但却是文章的归旨所在。王慎中就评价说："归结处似淡，然一篇精神命脉，全赖此句收拾，便觉淡中有味。"（《古文鸿藻》卷八）

【注释】

[1]橐(tuó)驼：骆驼。这里指驼背。

[2]始：最初，先前。

[3]病偻：驼背，指患了脊背弯曲的病。

[4]隆然：高耸的样子，指脊背突起而弯腰行走。

[5]有类：有些像。

[6]号之：给他起个外号叫。号，起外号。

[7]名我固当：这样称呼我确实恰当。名：起名，命名，名词作动词，意动用法。固：确实。当：恰当。

［8］因：于是，就，副词。舍：舍弃。其名：他原来的名字。

［9］谓：称为。云：句末表示肯定的语气词。

［10］长安：唐王朝首都，今西安市。

［11］业：以……为业，名词作动词。

［12］为观游：经营园林游览。为：从事，经营。

［13］争迎取养：争着迎接雇用。取养：雇用。

［14］或：或者。移徙：指移植。徙：迁移。

［15］硕茂：大而茂盛。

［16］早实：早结果实。实：结果实，名词做动词。以：而且，连词，作用同“而”。蕃：茂盛，兴旺。

［17］他植者：其他种树的人。窥伺：偷偷地察看。窥伺效慕：暗中观察，羡慕效仿。效慕：羡慕，仿效。

［18］莫：没有谁，代词。如：比得上，动词。

［19］有问之：有人问他（种树的经验）。

［20］寿且孳（zī）：活得长久而且繁殖茂盛。孳：生育，繁殖。

［21］天：指树木自然生长的规律。

［22］致其性：使它按照自己的本性成长。致，使达到。焉尔：罢了，而已，句末语气词。

［23］凡：凡是，所有，表示概括，副词。植木之性：按树木的本性种植。性，指树木固有的特点。

［24］本：树根。欲：要。舒：舒展。

［25］培：培土。

［26］故：旧。

［27］筑：捣土。密：结实。

［28］勿动：不要再动它。勿虑：不要再担心它。

［29］去：离开。顾：回头看。

[30]其：如果，连词。莳(shì)：移栽，种植。若子：像对待子女一样精心。

[31]置：放在一边。若弃：像丢弃了一样不管。

[32]则其天者全而其性得矣：那么树木的生长规律可以保全而它的本性得到了。则：那么，连词。者：助词，无义。

[33]不害其长：不妨碍它的生长。而已：罢了，句末语气词连用。

[34]硕茂：使动用法，使高大茂盛。

[35]不抑耗其实：不抑制、损耗它的果实(的成熟过程)。

[36]早而蕃：使动用法，使……(结实)早而且多。

[37]根拳：树根拳曲。土易：更换新土。易：更换。

[38]若不过焉则不及：如果不是过多就是不够。若……则……，如果……那么(就)，连接假设复句的固定结构。焉：句中语气词，无义。

[39]苟：如果，假装，连词。反是者：与此相反的人。

[40]爱之太恩：爱它太深。

[41]忧之太勤：过分担心它。

[42]甚者：更严重的。甚：严重。

[43]爪其肤：掐破树皮。爪：掐，作动词用。以：表目的，连词，用来。验：检验，观察。生枯：活着还是枯死。

[44]疏密：指土的松与紧。

[45]日以离：一天天地失去。以：连词，连接状语和动词，不译。

[46]不我若：不若我，比不上我。若：及，赶得上，动词。

[47]之：助词，的。道：指种树的经验。

[48]之：代词，指种树之“道”。官理：为官治民。理，治理，

唐人避高宗李治名讳，改“治”为“理”。理：治理百姓。

［49］长（zhǎng）人者：指居上位者、官长，指当官治民的地方官。大县的长官称“令”，小县的长官称“长”。烦其令：不断发号施令。烦：使繁多。

［50］若甚怜：好像很爱（百姓）。焉：代词，同“之”。

［51］而：但，连词。卒以祸：以祸卒，以祸（民）结束。卒：结束。

［52］官命：官府的命令。促尔耕：催促你们耕田。

［53］勖（xù）：勉励。植：栽种。

［54］督：督促。获：收割。

［55］缫（sāo）：抽茧出丝。而：通“尔”，你们。绪：丝头。早缫而绪：早点缫好你们的丝。

［56］早织而缕：早点纺好你们的线。缕，线。

［57］字：养育。

［58］遂而鸡豚（tún）：喂养好你们的鸡和猪。遂，顺利地成长。豚，小猪。

［59］聚之：召集百姓。聚：使聚集。

［60］木：这里指木梆。

［61］吾小人：我们小百姓。辍飧（sūn）饔（yōng）：不吃饭。辍：停止。飧：晚饭。饔：早饭。引申为吃饭。以：来，连词。劳吏者：慰劳当差的。

［62］且：尚且。暇：空暇。

［63］何以：以何，靠什么。蕃吾生：繁衍我们的生命，即使我们的人口兴旺。安吾性：安定我们的生活。性：生命。

［64］病：困苦。怠：疲倦。病且怠：困苦又疲劳。

［65］若是：像这样。

[66]与吾业者：与我同行业的人，指“他植者”。其：大概，语气词。类：相似。

[67]嘻：赞叹声，表示高兴。

[68]不亦善夫：不是很好吗？夫：句末表示感叹的语气词。

[69]养人：养民，唐人避唐太宗李世民名讳，改“民”为“人”。

[70]传：作传。以为：以(之)为，把它作为。戒：鉴戒。

【赏析】

本文是一篇以传记形式写成的寓言，这就决定了此文一方面遵从传记的特点，一方面又兼具寓言的使命。传记讲究实录，通过记载传主某一或某些事迹以传于后世，以达到不朽。司马迁说“唯倜傥非常之人称焉”，这为不管是正史之传记，还是私人之传记的写作树立了标杆，奠定了基调。柳宗元笔下的郭橐驼显然符合这一标准。作者选择了一位驼背而非玉树临风的人物，这就更加符合现实。这样的人物，我们在乡村中经常碰到，他们因长年累月的劳作，腰板大都不再挺直，而是多有佝偻之态。其次，郭橐驼面对众人略显挖苦的嘲讽不仅不以为意，还欣然接受这一名号，这一方面是他遵从自然之道，对自己的样貌之丑泰然处之，一方面还在于对以郭橐驼为代表的种树人，他们看重的并不是自己样貌的美丑，而是自己的技艺，这才是他们赖以糊口养家的支柱。再次，郭橐驼谈论种树之道不是夸夸其谈，而是本本分分，丝毫没有一点夸口，这也符合具有丰富的实战经验的农民形象。正是缘于农民所具有的本分，当别人问及将种树之道“移之官理”时，才会说出“我知种树而已，官理非吾业”的话。这不就是孔子所说的“知之为知之，不知为不知”吗？郭橐驼无论是从外貌还是从语言来看，不就是我们日常生活中所熟悉的那个人吗！这就使得郭橐驼非常的真实，接地气。

寓言就是假托他人之言来阐发作者的观念，重在说理，而传记遵循“实录无隐之旨”，依此来看，传记与寓言颇多不合，那柳宗元又缘何将二者合二为一？无疑，柳宗元正是要借助塑造的郭橐驼这一“真实”人物，增加自己所要宣扬的“养人”政策的可信度与被接受度。毕竟，柳宗元写此文重在规劝，而非单单叙一郭橐驼。在《答吴武陵论〈非国语〉书》中，他说：“在长安时，不以是取名誉，意欲施之事实，以辅时及物为道。”柳宗元采用传记形式的进谏方式，显然他是十分明白劝谏之道的，无怪乎蔡铸《蔡氏古文评注补正全集》评价说：“借言规讽，可以垂世。”

本文写作手法的特别之处，一在于采用对话形式，一在于采用对比方式，一在于类比方式的运用。全文除第一段外，主要采用对话的形式，而又主要侧重于郭橐驼的回答上。通过他人之问，引出郭橐驼之答，这就使得文章前后的过渡更加自然、顺畅，使文章由“养树”过渡到“养人”，顺利实现两者的衔接。本文的对比主要通过以下几个方面展开。一是郭橐驼外貌之丑与心灵之巧、心灵之美构成强烈的对比；二是郭橐驼的种树与他植者的对比，郭橐驼种树的原则在于顺木之本性，其结果则是“天者全而其性得”，“或迁徙，无不活，且硕茂，早实以蕃”。相比之下，他植者则与之恰相反，结果导致“木之性日以离”。在文中，作者通过问者之口，将养树和养人作了类比。那些“爱之太恩”的他植者与“好烦其令”的养人者恰是一类。养人者“旦暮吏来而呼”，“促尔耕，勖尔植，督尔获，早缫而绪，早织而缕，字而幼孩，遂而鸡豚”，恰恰与他植者“旦视而暮抚”，“爱之太恩，忧之太勤”如出一辙。

按照柯庆明《拨云寻径：古典中国实用文类美学》的观点，传记的写作一般采用语言的摹拟、行动的摹拟，道德生命的抉择以及思想气度的呈现。

【集评】

司马光《资治通鉴》卷二三九：宗元善为文，尝作《梓人传》……又作《种树郭橐驼传》……此其文之有理者也。

王应麟《困学纪闻·诸子》："种树传本《淮南》。《淮南子》曰：'春贷秋赋，民皆欣；春赋秋贷，众皆怨。得失同，喜怒为别，其时异也。为鱼德者，非挈而入渊；为蝯赐者，非负而缘木，纵之其所而已。'亦见《文子》。此柳子《种树传》之意。"

黄震《黄氏日钞》卷六〇：戒烦苛之扰。

孙琮《山晓阁选唐大家柳柳州全集》卷四：前幅写橐驼命名，写橐驼种树，写橐驼与人问答种树之法，琐琐述来，纯是涉笔成趣。读至后幅，陡然接入"官理"一段，变成绝大议论。于是读者读其前文，竟是一篇游戏小文章；读其后文，又是一篇治人大文章。前后改观，咄咄奇事。

林希元评：此与《梓人传》，似韩退之《圬者传》，乃借种树作室，以规讽当世，盖牧民当顺其性，亦犹种树不可拂其性也。知种树之法，则知牧民之道矣。此立言之意也，可谓垂世之文。（黄士京辑《合诸名家点评古文鸿藻》卷八）

金圣叹《天下才子必读书》卷七：纯是上圣至理，而以寓言出之。颇疑昌黎未必有此。

张伯行《唐宋八大家文钞》卷四：子厚之体物精矣，取喻当矣。为官者当与民休息，而不可生事以扰民。虽曰爱之，适以害之，是可叹也。然所谓烦其令者，虽未得爱民之道，而犹有爱民之心焉。若今日之吏来于乡者，追呼耳，掊克耳，是直操斧斤以入山林也，岂特爪其根、摇其本已哉！噫！

林云铭《古文析义》：政在养民，即唐虞不废戒董，以其能致民之性也。后世具文烦扰，而民始病。郭橐驼种树之道，若移之官理，便是居敬行简一副学问。即充而至于舜之无为、禹之无事，不越此理。然前段以种树之善、不善分提，后段单论官理之不善，但云以他植者为戒，不说以橐驼为法，盖知古治，必不易复，省一事，斯民间省一扰，即汉诏以不烦为循吏之意，非谓居官可以不事事也。细玩方知其妙。

何焯《义门读书记·河东集上》：此文王荆公对症之药也。李(光地)云：文不甚高，而论有可存者。

吴楚材、吴调侯《古文观止》卷九：前写橐驼种树之法，琐琐述来，涉笔成趣。纯是上圣至理，不得看为山家种树方。末入"官理"一段，发出绝大议论，以规讽世道。守官者当深体此文。

《唐宋文醇》卷一一：《康诰》曰："如保赤子。"《大学》申之曰："心诚求之，虽不中，不远矣。"夫父母之于子，无名之可立也。惟不以名求而以心诚求，故神听无响，而饮食寒暖之宜，必适得乎不能言之赤子之心，而终未尝厌其烦。长民者，民之父母也。民，赤子也。乃有父母之责，而未尝稍存父母之心，不以为获利之区，即以为立名之地，赤子奚乳焉？宗元所言，"长人者，好烦其令"，民"辍飧饔以劳吏者，且不得暇，又何以蕃吾生而安吾性？"诚足以为官戒矣。虽然，其所以至是者，岂以赤子视斯民而致然哉？为其以民事为立名之地而致然也。果甚怜其民，而促耕督获之勤且劬如是，又安得使民辍飧饔以劳吏？唯其为此者名也。名既至，而赤子与我即秦、越，是以若甚怜焉，而卒以祸。如心诚求之，则或烦或简，于民各有所利也。其简也，固种树者之置若弃也；其烦也，非即种树者之莳若子乎？

蔡铸《蔡氏古文评注补正全集》卷七：牧民当顺民性，亦犹种树不可拂其性也。借言规讽，可以垂世。

茅坤《唐宋八大家文钞·柳柳州文钞》：守官者当深体此文。

储欣《唐宋八大家类选》卷一三：顺木之天，其义类甚广，为学养生，无不可通。然柳氏自为"长人者"而发，后世并促耕督获之呼，亦无暇及矣。叫嚣隳突，鸡犬不宁，如《捕蛇说》所云，则无间日夜也，悲夫！

储欣《唐宋十大家全集录·河东先生全集录》卷三：以烦为戒。虽然，此特有司之好事喜名者耳，较诸悍吏之来叫嚣乎东西，隳突乎南北，害之轻重何如耶？近世有司有命促尔耕者乎？督尔获者乎？视穷氓之耕织畜字，藐焉不以动其心，而叫嚣隳突无虚日也。是则官戒有缓急，吾愿"长人者"急戒彼而徐读此可也。

沈德潜《唐宋八大家文读本》卷九：此为勤民而不得其道者言。若戕虐其民，如"根拳土易"一流，固不待言也。柳子主意，盖在盖公治齐一边。"问养树，得养人术"，古帝王所以询于刍荛也。古人立私传，每于史法不得立传，而其人不可埋没者，别立传以表章之。若柳子《郭橐驼》《宋清》诸传，同于庄生之寓言，无庸例视。

浦起龙《古文眉诠》卷五四：特为良吏作官箴。诩诩讲惠政，不持大体，病往往类此。重在"既然""反是"两转笔也。叙事不多，通述橐驼言，并官理亦不作传者语，脱甚。

过珙《详订古文评注全集》卷七：借种树以喻居官，与《捕蛇说》同一机轴。

朱宗洛《古文一隅》卷中：尝谓大家之文，多以意胜，而意又要善达。其所以善达者，非以词纠缠敷衍之谓也，盖一意耳。或借粗以明精，如此文"养树"云云是也；或借彼以证此，如以"他植者"来陪衬是也；或去浅而取深，如"既然已"，及"苟有能反是者"与"甚者"云云是也；或反与正相足，如中间"其本欲舒"

数句正说，而后又用“非有能”以反徵是也。至一段中或先用虚提，中用申说，后用实徵；或两段中一正一反，一逆一顺，错间相生；或一篇中前虚后实、前宾后主、前提后应，变化伸缩，则题意自达，不犯纠缠敷衍之病矣。处处朴老简峭，在柳集中应推为第一。

李扶九原编、黄仁黼重订《古文笔法百篇》卷九：此为勤民而不得其道者言。林西仲曰：政在养民，即唐、虞不废戒董，以其能致民之性也。后世具文烦扰，而民始病。郭橐驼种树之道，若移之官理，便是居敬行简一副学问，即充而至于舜之无为，不越此理。然前段以种植之善、不善分提，后段单论官理之不善。但云以他植者为戒，不说以橐驼为法，盖知古治为不易复。省一事，斯民间省一扰，即汉诏以不烦为循吏之意，非谓居官可以不事事也。黼谓养树养人本是一理，《中庸·哀公问政章》已有“敏政”“敏树”之喻，柳州此篇，不过借为官戒。而其论政之旨，多发前人所未发，于世道人心有裨益，故补选之。

书后：圣贤相传之道，不外一中。中者执于一心，贵勿正勿忘，尤贵勿助长。故人心道心之著，则危而又微，必精以察之，一以守之，不可过，亦不可不及。此《中庸》所谓“天下之大本”也。大本既立，以之养物，而物无不遂；以之养人，而人无不安。一有所偏，则畸轻畸重之念既呈，即或荣或枯之机所由伏也，岂必待有心戕贼而始然哉？柳子所言，即孟子“苟得其养，无物不长；苟失其养，无物不消”之义。而其莳若子，置若弃，不以殷勤顾验者过其中，亦不以根拳土易者不及乎中，可谓得天下之大本者矣。故与言养树，而无害且仇之实；与言养人，而无病且怠之讥；即与言养心，而无旦视暮抚，爪其肤以验生枯，摇其本以观疏密，或助其长之虑。顺吾心之天以致其性，则养心之道得，而民物之生亦遂矣。然则古圣贤之拳拳于一中者，岂徒然哉！

李惺《书柳子厚郭橐驼传后》（《西沤全集》卷八）：天下本无事，庸人自扰之。召兵因小忿，见鬼坐多疑。船漏何当补，丝棼不可治。橐驼工种树，黄老是渠师。

吕留良《晚村先生八家古文精选·柳文精选》：养树养人分两段，而养人一段亦向橐驼口中得之。何也？盖若从旁推论，必将养人之术贴定养树，洗发殆尽，议论虽畅，而亦少含蓄矣。此只就橐驼居乡所见，冷冷数语，语未毕而意已透，使读之者尚有余味。此等处皆文章妙诀也。

又，此本为有爱民之心而烦扰者言之，然世之官吏往往本无爱民之心而故为烦扰，以粉饰故事。此种又须分别。故后段“若甚怜焉”，放作活句以该之。谁识良工心苦！

林纾《古文辞类纂选本》卷七：此文较《王承福传》稍直致，无伸缩吐茹之功。文所谓全性得天者，似庄子语。其讥操切之吏，尚属有心民事者，不过讲具文耳。读者须观其造句古朴坚实处。

林纾《林纾集·种树郭橐驼传》：“文本寓言，然就橐驼所述处，大意已尽。其下阐明本意，特余波耳。”

【延伸阅读】

圬者王承福传

韩愈

圬之为技，贱且劳者也。有业之其色若自得者。听其言，约而尽；问之，王其姓，承福其名，世为京兆长安农夫。天宝之乱，发人为兵，持弓矢十三年，有官勋，弃之来归，丧其土田，手镘衣食，余三十年。舍于市之主人，而归其屋食之当焉。视时屋食之贵贱，而上下其圬之佣以偿之；有余，则以与道路之废疾饿者焉。

又曰：粟，稼而生者也；若布与帛，必蚕绩而后成者也；其他所以养生之具，皆待人力而后完也：吾皆赖之。然人不可遍为，宜乎各致其能以相生也。故君者，理我所以生者也；而百官者，承君之化者也。任有小大，惟其所能，若器皿焉。食焉而怠其事，必有天殃，故吾不敢一日舍镘以嬉。夫镘，易能可力焉，又诚有功，取其直，虽劳无愧，吾心安焉。夫力，易强而有功也；心，难强而有智也：用力者使于人，用心者使人，亦其宜也。吾特择其易为无愧者取焉。

嘻！吾操镘以入富贵之家有年矣。有一至者焉，又往过之，则为墟矣；有再至、三至者焉，而往过之，则为墟矣。问之其邻，或曰："噫！刑戮也。"或曰："身既死，而其子孙不能有也。"或曰："死而归之官也。"吾以是观之，非所谓食焉怠其事而得天殃者邪？非强心以智而不足，不择其才之称否而冒之者邪？非多行可愧，知其不可而强为之者邪？将富贵难守，薄功而厚飨之者邪？抑丰悴有时，一去一来而不可常者邪？吾之心悯焉，是故择其力之可能者行焉。乐富贵而悲贫贱，我岂异于人哉？

又曰："功大者，其所以自奉也博。妻与子皆养于我者也，吾能薄而功小，不有之可也。又吾所谓劳力者，若立吾家而力不足，则心又劳也。"一身而二任焉，虽圣者不可为也。

愈始闻而惑之，又从而思之，盖贤者也，盖所谓独善其身者也！然吾有讥焉，谓其自为也过多，其为人也过少，其学杨、朱之道者邪？杨之道，不肯拔我一毛而利天下，而夫人以有家为劳心，不肯一动其心以蓄其妻子，其肯劳其心以为人乎哉？虽然，其贤于世之患不得之而患失之者，以济其生之欲、贪邪而亡道以丧其身者，其亦远矣！又其言有可以警余者，故余为之传而自鉴焉。

捕蛇者说

柳宗元

永州之野产异蛇，黑质而白章，触草木尽死，以啮人，无御之者。然得而腊之以为饵，可以已大风、挛踠、瘘、疠，去死肌，杀三虫。其始，太医以王命聚之，岁赋其二。募有能捕之者，当其租入。永之人争奔走焉。

有蒋氏者，专其利三世矣。问之，则曰："吾祖死于是，吾父死于是，今吾嗣为之十二年，几死者数矣。"言之，貌若甚戚者。余悲之，且曰："若毒之乎？余将告于莅事者，更若役，复若赋，则何如？"蒋氏大戚，汪然出涕，曰："君将哀而生之乎？则吾斯役之不幸，未若复吾赋不幸之甚也。向吾不为斯役，则久已病矣。自吾氏三世居是乡，积于今六十岁矣。而乡邻之生日蹙，殚其地之出，竭其庐之入。号呼而转徙，饥渴而顿踣。触风雨，犯寒暑，呼嘘毒疠，往往而死者相藉也。曩与吾祖居者，今其室十无一焉。与吾父居者，今其室十无二三焉。与吾居十二年者，今其室十无四五焉。非死而徙尔。而吾以捕蛇独存。悍吏之来吾乡，叫嚣乎东西，隳突乎南北；哗然而骇者，虽鸡狗不得宁焉。吾恂恂而起，视其缶，而吾蛇尚存，则弛然而卧。谨食之，时而献焉。退而甘食其土之有，以尽吾齿。盖一岁之犯死者二焉，其余则熙熙而乐，岂若吾乡邻之旦旦有是哉！今虽死乎此，比吾乡邻之死则已后矣，又安敢毒耶？"

余闻而愈悲，孔子曰："苛政猛于虎也！"吾尝疑乎是，今以蒋氏观之，犹信。呜呼！孰知赋敛之毒有甚是蛇者乎！故为之说，以俟夫观人风者得焉。